Melissa Ratsch

Sirenengesang

Die anderen Anderen

Romantic-Fantasy-Roman

Über die Autorin

Die 1987 geborene Autorin schreibt schon seit ihrer Jugend Kurzgeschichten und Romane - anfangs aus der Not heraus, da einfach nichts ihrem Geschmack entsprach und die Ideen in ihrem Kopf viel interessanter waren. Daraus ergaben sich im Laufe der Jahre mehrere Kurzgeschichten und ersten Romane. Mit „Die anderen Anderen" veröffentlicht Melissa Ratsch ihre erste Romantic-Fantasy-Reihe.

Du willst immer auf dem Laufenden über meine Bücher und mich sein? Dann folge mir doch auf Instagram (Melissa.Ratsch) und melde dich auf meiner Homepage zum Newsletter an!

Impressum

2. Auflage mit Korrekturen

Druckerei: Amazon Media EU S.à r.l., 5 Rue Plaetis, L-2338, Luxembourg
ISBN 13: 978-1793402523

Über das Buch

Die Erde wird von etwa 8 Milliarden Menschen bevölkert. Sie haben sich auf fünf der sechs Kontinente niedergelassen und sind die erfolgreichste, höhere Lebensform des Planeten. Doch das ist eine Lüge - wir sind keineswegs allein…

Sie ist verdammt sexy, sie hat eine total verrückte Familie und sie ist kein Mensch.
Marleen Cromwell teilt sich mit ihren drei Schwestern, ihrer Mutter und ihrer Großmutter ein Haus auf den Klippen der kleinen Stadt New Port. Als wäre ihr Leben dadurch nicht turbulent genug, muss sie auch immer ein Auge auf das Wetter haben – denn Marleen ist eine Sirene und wenn sie nass wird bekommt sie Schuppen. Wortwörtlich.

Aber das ist nicht ihr einziges Problem:
Als der attraktive Lír im Café der Cromwells auftaucht und beginnt unangenehme Fragen zu stellen, muss Marleen sich entscheiden: Ob sie ihm ihr Geheimnis anvertrauen kann oder ob sie ihn ihrer blutrünstigen Verwandtschaft überlässt. Er wäre nicht der erste Mann, der einer Sirene zum Opfer fällt…

Mit „Sirenengesang“ startet die Romantic-Fantasy-Reihe „Die anderen Anderen“.

Weitere Teile der Reihe:

- Sirenengesang
- Schlangengift
- Sturmwind
- Irrlicht
- Fuchsfeuer
- Blutdurst
- Neuschnee
- Traumwandler
- Nachtgeheimnis
- Höllenfeuer
- Wasserflüstern (März 2022)

Urban-Fantasy-Reihe „New Gods“:

- Erwachen
- Erheben (Dezember 2021)

Romantic-Fantasy-Reihe „Das Highborn-Projekt“ (abgeschlossen):

- Wolfshaut
- Wolfsspur
- Katzenseele
- Grizzlyblut
- Wolfsstimme

Einzel-Romane:

- Bis du mich weckst
- Burned – Wenn in der Hölle das Licht ausgeht
- Magical Stories – Zauberhafte Kurzgeschichten
- Your Choice – Liebe auf Umwegen

Für all die starken Frauen dort draußen.

In uns allen steckt eine Cromwell, verdammt!

Kapitel 1

„Er gefällt dir."

Das breite Lächeln ihrer älteren Schwester zeigte strahlend weiße Zähne. Viele Zähne. Marleen warf ihr einen bösen Blick zu. Sie konnte es nicht leiden, wenn Luna das machte. Vor allem nicht, wenn sie im Café waren.

„Grins noch breiter, dann sieht man deine zweite Zahnreihe. Du siehst aus wie ein verdammter Haifisch." Luna brach in leises Gelächter aus. Marleen wusste warum – ihr Vergleich hinkte nur ein ganz kleines bisschen. Jedes Wort war wahr.

„Das ändert nichts daran, dass ich Recht habe. Geh zu ihm rüber und sprich ihn an. Oder warte!" Luna stemmte eine Hand in ihre ausladenden Hüften, ihre dunkelgrünen Augen blickten hinterlistig. „Lass ihn noch etwa eine Woche schmoren. Er kommt sicher jeden Tag wieder und bis er sich traut dich anzusprechen, sichert er uns den nächsten Urlaub."

Marleen warf einen Kaffeelöffel nach ihrer Schwester. Zu ihrem Bedauern wich Luna flink aus, das Grinsen auf ihrem Gesicht wieder genauso breit wie zuvor. Unsicher blickte Marleen sich im Café um – aber niemand schien sich für das Geplänkel zwischen den Schwestern zu interessieren.

„Du bist unmöglich", zischte Marleen. „Außerdem weißt du genau was passiert, wenn wir Männern zu viel Aufmerksamkeit schenken." Lunas Augen nahmen einen dunkleren Farbton an.

„Ich hab ja nicht gesagt, dass du ihn gleich auffressen musst. Aber ein bisschen knabbern wird ihn schon nicht umbringen." Marleen würde ihre linke Hand dafür geben, wenn Luna nur rumalbern würde.

Sie wandte ihren Blick wieder zu dem Mann am Fenster. „An dem ist genug dran."

Marleen schnaubte missbilligend. Dennoch konnte sie ihre Augen nicht davon abhalten, über die breiten Schultern und muskulösen Arme zu schweifen, die so appetitlich von einem weißen T-Shirt umschmeichelt wurden.

Weil sie wusste, dass sie sonst den restlichen Tag über keine Ruhe haben würde, murmelte sie: „Ich überleg es mir." Luna kicherte neben ihr, ziemlich unartig.

„Manchmal kann ich nicht glauben, dass wir verwandt sind – so prüde, wie du bist."

„Luna hat Recht", sagte eine weiche Stimme hinter ihr. Nadja, die älteste von ihnen, kam aus der Küche. Über ihrer Schulter hing ein Spültuch. Um ihre Lippen tanzte dasselbe durchtriebene Lächeln wie bei Luna.

„Selbst Grandma findet es bedenklich, wie abstinent du in letzter Zeit geworden bist."

Statt rot zu werden, wie die meisten Leute in einer solchen Situation, stieß Marleen nur ein ärgerliches Knurren aus. Scheppernd wurde vor ihr auf dem Tresen ein Tablett mit schmutzigem Geschirr abgestellt.

„Spielt Marleen wieder den Pitbull?"

„Sara, halt die Klappe und arbeite gefälligst weiter."

Missmutig drückte Marleen ihrer jüngeren Schwester ein neues Tablett in die Hand, vollgestellt mit Tassen und Gläsern. Mit einem Luftkuss in ihre Richtung zog Sara wieder ab. Niemand, nicht einmal der miesepetrigste Mensch der Welt, konnte ihr die Laune verderben. Auch wenn Marleen sich manchmal wirklich Mühe gab – und noch nicht einmal ein Mensch war.

„Ich werde ihm einfach ihre Handynummer zustecken", sagte Luna zu Nadja. Während die beiden Kriegsrat abhielten, widmete sich Marleen wieder der Kaffeemaschine. Sie liebte dieses Monstrum aus Chrom und Plastik. Der Duft von geröstetem Kaffee und warmer Milch gehörte zu den ersten, an die sie sich erinnern konnte.

Schon seit Generationen gehörte den Frauen ihrer Familie dieses Café – zusammen mit dem großen Haus an den Klippen, in das es integriert war. Die Männer der Familie… na ja, das war ein anderes Thema.

Marleen konnte sich an keinen Tag in ihrem Leben erinnern, an dem sie morgens nicht das Rauschen des Meeres gehört hatte. Den frischen Geruch nach Salz nahm sie schon gar nicht mehr wahr. Als hätte er sich bereits unter ihre Haut gesetzt.

Unweigerlich wanderte ihr Blick doch wieder zu der einsamen Person am Fenster. Er ist wirklich knackig, dachte sie bei sich. Ihr Blut sirrte durch ihre Adern, wenn sie die Augen über seinen Körper wandern ließ.

Marleen war weder dumm noch eingebildet – sie wusste, dass der Mann wegen ihr seit einigen Tagen ins Café kam. Und warum sollte er auch nicht an ihr interessiert sein. Mit ihrem taillenlangen blauschwarzem Haar, den dunkelblauen Augen und der milchweißen Haut war sie ein lohnenswerter Anblick.

Leider wäre ich seiner Gesundheit nicht förderlich, dachte Marleen selbstironisch. Die Frauen der Familie Cromwell waren… sehr speziell. Was zwangsläufig zu den Männern der Cromwells führte, die meist nur eins waren: tot.

Eine lästige kleine Angewohnheit, ein bisschen wie ein Fluch, der leider nicht aussterben wollte. Dumm nur, dass keine Frau aus der Blutlinie Cromwell jemals auch nur annähernd hässlich war und sich immer irgendjemand fand, der sie schwängerte. Aussterben, auch wenn es zum Wohle der Menschheit wäre, würden sie wohl niemals.

Marleen seufzte und sah wieder auf den Cappuccino, den sie gerade zubereitete. Es war wirklich ärgerlich. Ihrer

Großmutter hatte sie einmal hitzig versprochen, bis zu ihrem Tod Jungfrau zu bleiben. Sofia hatte sie mit großen Augen angesehen, war in schallendes Gelächter ausgebrochen und hatte sich fast fünf Minuten nicht mehr eingekriegt.

„Schätzchen", hatte sie schließlich geprustet, „du wirst noch bevor du achtzehn bist dein Versprechen brechen und glaub mir – deine Grandma wird dich dazu beglückwünschen." Sofia hatte sie tatsächlich lachend in die Arme genommen – am Tag nach ihrem sechzehnten Geburtstag. Gott sei Dank war Sam Brown damals noch mit dem Leben davongekommen.

„Elende Hormone", knurrte Marleen vor sich hin.

„Lästige kleine Biester, nicht wahr?" Die tiefe Stimme ließ Hitze in Marleens Körper aufwallen. Der Geruch nach Seife und Mann verdrängte für einen Moment den Dunst der Kaffeemaschine, in dem sie stand. Unwillkürlich leckte sich Marleen über die Lippen, als sie den Blick hob.

Wie gebannt hingen die Augen des knackigen Mannes vom Fenster an ihrem Mund.

Du bist ein Miststück und ein Luder, dachte Marleen bei sich. Dieser Gedanke veranlasste sie zu einem lasziven Lächeln. Marleen konnte sich zwar dagegen wehren, eine Cromwell zu sein, aber schaffen würde sie es nie. Niemals.

„Ach, Kontrolle wird überbewertet", hörte sie sich schnurren. Luna und Nadja lachten leise und verschwanden in der Küche. Marleen war ihnen sehr dankbar – noch ein Haifischgrinsen von ihrer zweitältesten Schwester, und Marleen hätte sie mit Wasser übergossen. Etwas, das für diejenigen aus ihrer Blutlinie weit mehr Unannehmlichkeiten bedeutete als nur eine ruinierte Frisur.

Der Mann ihr gegenüber erwiderte ihr Lächeln. Seine braunen Augen funkelten amüsiert.

„Ich heiße Lír." Über den Tresen hinweg reichte er ihr die Hand. Marleen wusste, dass sie sie nicht ergreifen sollte, tat es aber trotzdem. Seine Haut fühlte sich etwas rau an, sehr warm und einfach herrlich. Das Sonnenlicht aus dem Oberlicht malte goldene Reflexe in sein blondes Haar.

Er war so *lebendig*. Etwas, dass auf Marleen schon immer wie eine Droge gewirkt hatte. Ein Grund, warum sie niemals von sich aus zu ihm gegangen wäre. Aber nun war er hier - selbst schuld an dem, was ihm widerfahren könnte. Marleen bemühte sich, ihre Stimme neutral klingen zu lassen. Der falsche Tonfall und sie konnte dem armen Mann den Verstand rauben - wortwörtlich. Vor allem, wenn sie wie jetzt vor Verlangen glühte.

„Hallo, ich bin Marleen", sagte sie. Soweit es möglich war, wurde das Blut in ihren Adern noch heißer. Sie hatte einfach zu lange gewartet, hatte sich zu lange gewehrt. Der Herr möge ihr beistehen - oder besser dem gutaussehenden Lír. Denn noch während er sich ihre Telefonnummer aufschrieb, wusste Marleen, dass sie ihn mit Haut und Haaren verschlingen würde.

„Marleen, wir überlassen dir auch die Entscheidung."

„Bitte!"

„Komm schon. Die anderen sind immer so grob, wenn sie mir die Knoten aus den Haaren ziehen." Vier ungehaltene Augenpaare richteten sich gleichzeitig auf Sara. Diese hob abwehrend die Hände vor sich.

„Ladies, schaut mich nicht so bösartig an. Es ist die reine Wahrheit. Selbst du bist ziemlich ruppig, Grandma."

Sofia verdrehte die grünen Augen. „Ich hab eben einfach keine Geduld. Das ist etwas, dass man nicht einmal mit dem Alter dazulernt."

„Bitte Mutter, du gibst dir doch nur nicht genug Mühe", kicherte Anna.

„Ich bin noch nicht zu alt, um dir eine Tracht Prügel zu verpassen." Kaum einen Wimpernschlag später waren die fünf Frauen um Marleen in harmlose Streitereien vertieft.

Marleen seufzte schicksalsergeben – an diesem Tag konnte sie sich wohl gegen nichts zur Wehr setzen.

„Also gut", sagte sie laut genug, damit sie das Geschnatter übertönen konnte. „Ich komme mit. Aber nur, wenn wir im Haus bleiben. Heute ist Flut und ich habe keine Lust, das ganze eklige Zeug, das die Wellen vom Meer herangetragen haben, in meinen Haaren wiederzufinden."

„Du bist so zimperlich", neckte Sara sie, während Luna ihr einen Kuss auf die Wange drückte.

„Da ich dich kenne, meine liebe Schwester, habe ich bereits heute Morgen die Heizungen angeworfen."

„Und damit mal wieder die Gasrechnung gesprengt." Anna grinste ihre zweitälteste Tochter liebevoll an.

Bevor Luna etwas erwidern konnte, klatschte Sofia in die Hände und scheuchte sie alle Richtung Kellertreppe.

„Kommt schon Kinder, die Nacht dauert nicht ewig und ich werde nicht jünger."

Nadja kicherte leise. „Du siehst auch schon ganz verschrumpelt aus."

„Meiner Haut fehlt es eben an Feuchtigkeit", verteidigte sich Sofia.

Marleen grinste vor sich hin. Ihre Großmutter sah keinen Tag älter aus als vierzig, obwohl sie schon weit über achtzig Jahre alt war. Ein Geschenk ihrer guten… Gene. Keine Cromwell wurde je wirklich *alt*. Sie wurden zwar älter, aber keine der Frauen ihrer Familie hatte sich je mit grauen Haaren oder Falten herumschlagen müssen.

Innerlich seufzte Marleen. So schön die Vorstellung auch war, diese Jugend hatte einen Preis.

Hör schon auf!, mahnte sie sich selbst. Ich habe heute schon genug dunklen Gedanken nachgehangen. Entschlossen, den Abend und die Nacht inmitten ihrer Familie zu genießen, schaltete sie das Kellerlicht an.

Der „Keller“ war nicht wie der gewöhnlicher Häuser, zumal er viel weitreichender war, als es das Gebäude darüber vermuten ließ. Tatsächlich erstreckte er sich bis in die Klippen hinein. Als Kinder waren Marleen und ihre Schwestern unzählige Male durch die vielen Tunnel und Gänge gerannt, die das Untergeschoss mit dem Strand, dem Rand der Klippen und einer kleinen Lagune verband.

Sanftes Licht erhellte eine Welt, die ganz den Cromwells vorbehalten war. Marleens Herz wurde augenblicklich leichter. In die anthrazitfarbenen Felsen der Klippen war ein riesiges Wasserbecken gehauen worden, immer wieder unterbrochen von kleineren Felsen. Jede Generation der Cromwells hatte etwas hinzugefügt – einen Wasserfall, einen kleinen Bachlauf, später elektrisches Licht und schließlich Marleen und ihre Schwestern mit der Heizung.

Das Becken wurde mit Meerwasser gefüllt, das durch ein ausgeklügeltes System aus Naturfiltern und Wasserrädern, angetrieben durch Windkraft, ständig ausgetauscht und gereinigt wurde. Schon vor Jahrzehnten war diese Technik perfektioniert worden.

Der verführerische Duft von warmem Salz sickerte in jede von Marleens Poren, streichelte ihre Sinne. Die Haut schien plötzlich zu straff auf ihren Knochen zu sitzen. In all ihren Zellen pulsierte das Leben. Die Stimmen ihrer Familie waren nur noch ein diffuses Rauschen im Hintergrund, während ihre Beine sie ganz automatisch näher an den behauenen Beckenrand trugen.

Sie fühlte kräftige Finger auf ihrer Schulter, einen Schritt bevor sie ins warme Wasser gefallen wäre.

„Du wartest immer viel zu lang.“ Die dunkelblauen Augen ihrer Mutter sahen sie tadelnd, wenn auch liebevoll an. „Marleen, du solltest öfter hier herunterkommen. Nicht erst, wenn du beim bloßen Anblick von Wasser Kiemen bekommst.“

Behutsam berührte Marleen ihren Hals, fühlte tatsächlich bereits die ersten Kerben in der Haut. Unausgesprochen hing ihre Befürchtung zwischen ihr und Anna. Diese küsste sie auf die Stirn.

„Es ist mir wirklich ein Rätsel, wie ich so ein feinfühliges Wesen auf die Welt setzen konnte.“

Marleen lächelte entschuldigend.

„Nun komm. Hier unten wirst du schon niemanden beißen, mein Schatz.“

Marleens Lächeln weitete sich zu einem durchtriebenen Grinsen aus. „Da wäre ich mir nicht so sicher – deine anderen Töchter haben mich heute ganz schön geärgert.“

„Sei nicht so zimperlich“, entgegnete Luna. Ohne jegliche Scham stand sie splitternackt vor ihnen. Ihre helle Haut schimmerte im diffusen Licht wie eine Perle. Ihr dunkelblondes Haar wellte sich in einer langen Kaskade bis hinunter zu ihrem Po.

„Außerdem willst du ja nicht als miese Petze dastehen, oder?“

Anna küsste Marleen auf die Stirn, ehe sie sich daran machte die Schnürung ihres Wickelkleids zu lösen. „Ich mische mich nicht ein – da könnte ich mich ja genauso gut in ein Becken mit Säure stürzen.“

Sofia schlang von hinten die Arme um Anna und sagte: „Du und Helena wart auch nicht besser.“

Bei der Erwähnung ihrer Tante musste Marleen wieder grinsen. Sie mochte Helena wirklich sehr, auch wenn sie sie nur sehr selten zu Gesicht bekam. Wie auch ihre beiden Großtanten war Helena eine Frau, die es nirgendwo länger als ein paar Wochen aushielt. Darum war es für sie und ihre Schwestern immer ein großes Ereignis, wenn ihre Tante für ein paar Tage wieder hier ins Haus zog.

Ungeduldig zupfte Sara an Marleens Kleidung.

„Runter damit", ordnete sie an. Etwas irritiert bemerkte Marleen, dass sie die Einzige war, die noch angezogen war.

„Weil du immer so viel deinen Gedanken nachhängst", kommentierte Luna ihre verwunderte Miene. „Der arme Kerl aus dem Café heute tut mir jetzt irgendwie leid. Solltest du dich je dazu durchringen, mit ihm zu schlafen, wird er das Gefühl haben mit einem teilnahmslosen Fisch zu vögeln."

Nadja schnippte ihrer jüngeren Schwester gegen ein Ohr. „Luna, mäßige deine Wortwahl!"

„Was? Der Vergleich mit dem Fisch ist doch gar nicht so schlecht…" Statt sich zu schämen, grinste Luna verschlagen.

Marleen verdrehte die Augen und schälte sich aus ihren Klamotten. Achtlos warf sie ihre Jeans und das schulterfreie Top auf eine der Liegen in der Nähe. Sobald die feuchte Luft sie von Kopf bis Fuß einhüllte, verdoppelte sich ihr Herzschlag.

„Hört auf zu streiten", murmelte sie, den Blick bereits fest auf das Wasser gerichtet.

Das leise Rauschen des Wasserfalls dröhnte überlaut in ihren Ohren. Der Drang, endlich ins Wasser zu gehen, war verhängnisvoll. Selbst wenn in diesem Moment das Haus über ihr zusammenstürzen und die Hölle losbrechen würde, Marleen könnte sich nicht davon abhalten in dieses Becken zu steigen.

Doch statt kopfüber hinein zu springen, zwang sie sich mit dem letzten Rest Disziplin dazu, die Steintreppe zu nehmen. Ein beinah ekstatisches Stöhnen entrang sich ihrer Kehle, als sie den einen Fuß ins Wasser tauchte. Schmerz und Euphorie schossen gleichzeitig durch ihren Körper, lähmten und belebten sie im selben Atemzug. Es war das Schönste und Schrecklichste zugleich, was sie jemals gefühlt hatte.

Immer weiter stieg sie ins Wasser, bis es ihr schließlich bis zur Brust reichte. Die Wasseroberfläche leckte wie ein Liebhaber über ihre Brustwarzen. Ihr langes Haar sog sich voll, wurde schwer und warm auf ihrem Rücken. Aber das alles bemerkte sie kaum. Vielmehr wurde Marleens Aufmerksamkeit davon aufgezehrt, wie sich ihr Körper veränderte, neu formte.

Versteckt unter der Wasseroberfläche zerfaserten ihre Beine. Kein einziger Blutstropfen verfärbte das Wasser und dennoch war innerhalb von wenigen Augenblicken kaum noch mehr von ihren Beinen übrig als zwei blutige, zerrissene Fleischstränge.

Immer weiter arbeitete das Gewebe, bewegte sich, zwang sich selbst in eine andere, unmenschliche Form. Neue Qual durchströmte Marleens Körper, als ihr vormals geteilter Unterkörper zu einem Ganzen verschmolz, länger wurde und sich an den Enden lange, biegsame Knorpelstreben bildeten.

Krampfhaft sog Marleen Luft in ihre Lungen, fühlte die kühle Berührung des Sauerstoffs bereits an den Schlitzen in ihrem Hals. Wie scharfe Klingen durchstießen Schuppen das blutige Fleisch ihres Unterkörpers. Einige Herzschläge später war das wunde Gewebe von einem schillernden, überirdischen Blau überzogen. Entlang ihrer Wirbelsäule schoben sich ebenfalls Schuppen durch die Haut.

Zwischen den Knorpeln am Ende spannte sich eine durchsichtige, aber ledrige Membran. Gleichzeitig wuchsen an ihren Hüften und ihrem unteren Rücken entlang weitere Knorpel, bildeten sich zu fächerartigen Auswüchsen.

Anschließend verformte sich ihr Hals, die Kiemenschlitze wurden tiefer. Ihre Ohren wurden in die Länge gezogen, wurden spitz und an den Enden beinah durchscheinend. Die Metamorphose ihrer Hände war weit weniger schmerzhaft. Ihre Finger wurden lediglich etwas länger, krallenartiger. Das Wachstum ihrer Eckzähne war innerhalb eines Herzschlags beendet. Als letztes änderte sich die Textur ihrer Haut, die ohnehin milchweise Farbe nahm das helle Schillern von Perlmutt an, wenn das Licht darauf traf.

Alles hatte kaum zehn Minuten gedauert, aber Marleen war es wie eine Ewigkeit erschienen. Als sie nun einatmete, klang es nicht mehr krampfhaft, nicht mehr als würde sie unendliche Qualen erdulden. Sanft und gleichmäßig floss ihr Atem durch Nase und Kiemen. Erst jetzt wurde sich Marleen wieder der Geräusche in ihrer Nähe bewusst.

Da sie als erste ins Wasser gegangen war, steckten ihre Verwandten noch mitten im Formwechsel. Marleen hätte tiefstes Mitleid empfunden, wenn sie nicht genau wüsste, dass der Schmerz nach wenigen Herzschlägen bereits vergessen war.

Nadja, keinen Meter neben ihr, war als zweite fertig. Ihre blauen, fast violetten Augen reflektierten auf gespenstige Art und Weise das Licht. Es war kein Weiß mehr darin zu sehen - nur bodenlose Tiefe. Ein Lächeln ließ die dolchscharfen Eckzähne zum Vorschein kommen. Nadjas Gesicht wirkte dennoch feiner, filigraner.

„Besser als ein Orgasmus, wenn der Schmerz endlich nachlässt. Nicht wahr?“

Marleen nickte. Wäre sie nicht ihre Schwester, wäre sie nicht genauso eine Kreatur wie sie, Marleen hätte sich beim Klang von Nadjas Stimme die Kleider vom Leib gerissen und sie angebettelt, sehr unanständige Dinge mit ihr zu tun. In ihren menschlichen Hüllen konnten sie die Verführung in ihren Stimmen beherrschen, aber nach der Wandlung war das unmöglich. Nicht, wenn sie ihr wahres Gesicht zur Schau trugen.

Neben ihr schlug das Wasser kleine Wellen und Luna lehnte sich mit einem seligen Seufzen an den Beckenrand. Ihre Augen, zwei grüne Tintenkleckse in ihrem perlenfarbenen Gesicht, funkelten mutwillig.

„Schön, nicht wahr?"

Sofia glitt lautlos neben sie, warf ihrer frechen Enkelin einen bösen Blick zu. „Lass Marleen endlich in Ruhe. Oder glaubst du tatsächlich, dass sie länger als einen Monat hierauf verzichten könnte?" Mit ihrem weißblonden Haar sah sie Luna fast zum Verwechseln ähnlich. Nur ein bisschen reifer, facettenreicher.

„Könnten wir das Thema bitte lassen?" Marleen versuchte, eine tadelnde Miene aufzusetzen, doch es gelang ihr nicht. Nicht jetzt, nachdem sie sich so viel leichter fühlte als zuvor. Mochte sie es auch nicht wahrhaben, die menschliche Gestalt war anstrengend. Etwas weniger gefährlich, aber anstrengend. Vor allem, wenn sie immer auf der Hut sein musste, nicht von zu viel Wasser berührt zu werden.

Nicht, dass sie sich nicht gegen die Verwandlung wehren konnte – aber es tat weh. Sehr, sehr weh. Dagegen waren die Qualen von eben wie ein Mückenstich. Es war nie ratsam, sich Mutter Natur und ihrem Willen entgegenzustellen. Die Lady war ziemlich bestialisch in ihren Strafen.

Aber jetzt… Marleen seufzte und ließ sich rückwärts ins Wasser fallen. Jetzt war Marleen einfach nur glücklich, zu dieser schrägen Familie zu gehören. Lächelnd und mit kleinen Bewegungen ließ sie sich auf den tiefsten Punkt des Beckens sinken – fünfzehn Meter unter der Oberfläche. Das schwarze Haar wie eine lebende Wolke um sie herum, atmete sie tief durch. Das Wasser kitzelte an den winzigen Lamellen ihrer Kiemen.

Anna sank neben sie, die Lippen ebenfalls zu einem Lächeln verzogen. Das diffuse Licht von oben ließ das helle

Blau ihrer Schuppen wie Aquamarine funkeln. Liebevoll strich sie über Marleens filigrane Seitenflosse.

„Na, bist du nicht froh eine Cromwell zu sein?“ Annas Stimme klang seltsam verzerrt, aber immer noch wie sie selbst. Marleen lachte und kleine Luftblasen stiegen nach oben.

„Es hätte mich schlimmer treffen können.“ Anna lachte ebenfalls. Der Schall trug weit durch das Wasser, lockte die anderen Frauen der Familie an.

„Ja, du könntest eine verdammte Baumnymphe sein. Und glaub mir, als Ficcus hat man nur halb so viel Spaß.“

Sara ließ sich langsam auf sie sinken, bis ihre Brüste den Übergang zwischen Haut und Schuppen berührten. Ihr Lächeln hätte einem Mann gegenüber als schamlose Einladung gegolten. Ihre Stimme strich wie Samt über Marleens Sinne.

„Mom hat Recht – sei froh, dass du eine Sirene bist.“

Wie versprochen, flocht Marleen später in der Nacht Saras Haare.

Die Frauen hatten sich an die seichte Stelle des Beckens zurückgezogen, lagen halb im Wasser wie gestrandete Wale. Sofia lachte laut bei dem Vergleich, den Luna ausgesprochen hatte. „Was glaubst du wie ich aussah, als ich mit deiner Mutter schwanger war?“

Anna verdrehte die Augen, grinste aber breit.

Bald darauf waren alle wieder in ihre kleinen, liebenswerten Streitereien und Klatschgespräche vertieft. Marleen atmete tief durch, ein Lächeln auf dem Gesicht. Sie hasste und vergötterte ihre Familie gleichermaßen. Allesamt waren es verlogene, hinterhältige Mistkröten, die ihr dennoch das Gefühl gaben, genau so richtig zu sein, wie sie war.

Kein Monster, dachte sie mit einem Anflug von Bitterkeit. Marleen konnte sich nicht so leicht in ihr Schicksal fügen wie ihre Schwestern.

Vorsichtig entwirrte sie einen Knoten in Saras dunkelrotem Haar. Wie Blut rann es durch ihre Finger, wirkte im gedämpften Licht schwarz und ölig. Mit ihren grauen Augen sah sie Helen zum Verwechseln ähnlich. Noch etwas, dass die Cromwell-Frauen alle gemein hatten: Ihr Aussehen wiederholte sich in unregelmäßigen Abständen durch die Generationen hinweg. Seit es die Fotografie gab, konnte man das Muster noch deutlicher verfolgen. Marleen sah zwar Anna ähnlich, aber ihr genaues Abbild war ihre Urgroßmutter.

Marleen lächelte versonnen vor sich hin. Es gefiel ihr, dass sie wusste, wie sie in einigen Jahrzehnten aussehen würde. Die Cromwells alterten nicht nur nicht wie normale Menschen, sondern sie starben auch nicht so einfach. Es war kein wirklich ewiges Leben, aber eine besonders ausgeprägte Langlebigkeit.

Und Thea hatte sich bisher noch nicht entschlossen, diese Welt zu verlassen. Auch wenn sie aus dem Haus, der Stadt und dem Landstrich hatte verschwinden müssen. Seit die Dokumentationswut der Menschen durch Bilder, Videos und dergleichen unterstützt wurde, war das Risiko gestiegen, dass irgendwer einmal ihre… Dauerhaftigkeit entdeckte.

Liebevoll legte Marleen die Arme von hinten um Saras Schulter.

„Fertig, mein Schatz“, sagte sie und drückte einen Kuss auf die Wange der anderen.

Sara drückte kurz ihre Hände und drehte den Kopf zu ihr um. „Du solltest ihn wirklich anrufen. Er hat dich praktisch mit den Augen ausgezogen.“

Ihre grauen Augen tanzten verschmitzt. Marleen seufzte tief, ließ Sara aber nicht los. Da die anderen Frauen zu sehr in den neusten Klatsch der Stadt vertieft waren, um ihnen Aufmerksamkeit zu schenken, flüsterte Marleen ihrer Schwester ein Geheimnis ins Ohr. „Ich habe Angst, wieder die Beherrschung zu verlieren."

Der Schalk verschwand aus Saras Blick. Sie drehte sich ganz zu ihr um und zog Marleen in eine feste Umarmung.

„Süße, so was passiert uns doch nicht jedes Mal. Es hilft dir nicht, wenn du enthaltsam bleibst." Sanft strich Sara ihr übers Haar. „Dadurch erhöht sich die Wahrscheinlichkeit nur, dass du die Kontrolle verlierst, weil du zu lange gewartet hast."

Seufzend schmiegte Marleen ihr Gesicht an den Hals ihrer Schwester.

„Ja, ich weiß. Und ich weiß auch, dass hinter euren Sticheleien nur eure Sorge um mich steckt."

Sara lachte unartig. „Nein, das machen wir nur, weil wir dich so gern zur Weißglut bringen."

Ohne auf die Worte ihrer kleinen Schwester Rücksicht zu nehmen - die ohnehin nur eine scherzhafte Lüge waren - küsste Marleen sie nochmals auf die Wange. Sie liebte ihre Familie abgöttisch und wusste, dass sie ebenfalls bedingungslos zurückgeliebt wurde. Ganz egal, ob sie eine verführerische Sirene war, die Männer in ihr Bett lockte und ihnen hin und wieder ein großes Stück Fleisch aus dem Körper riss… und es genüsslich verspeiste.

Kapitel 2

Misstrauisch studierte Marleen den Wetterbericht, den der große Flachbildschirm in der Wohnküche anzeigte. Seit es Fernsehen und vor allem das Internet gab, stand immer eins der neusten Geräte in dem gemütlichen Raum. Für die Cromwells war es seit jeher von größter Wichtigkeit, das Wetter genaustens im Auge zu behalten.

„Nicht, dass es wieder wie vor zweihundertvierzig Jahren so einen Skandal wie mit Ari gibt", pflegte Sofia immer zu sagen. Ihre Ahnin war von einem Gewitter überrascht worden – und hatte daraufhin den gesamten Hafen von New Port in Aufruhr versetzt. Noch heute erzählte man sich überall in der Gegend die Geschichte von der kleinen Nixe mit den roten Haaren und den blauen Augen, die urplötzlich auf der Kaimauer erschienen war, nachdem ein Platzregen eingesetzt hatte.

„Naja", murmelte Marleen, bevor sie ihren Kaffee austrank. Heute würde ihr so etwas wohl nicht passieren, denn der Wetterbericht sagte für den ganzen Tag strahlenden Sonnenschein voraus. Kein Grund also, nicht auf einen kleinen Stadtbummel zu gehen.

Eine halbe Stunde später streifte sie bereits durch die Innenstadt von New Port. Der warme Wind vom Meer strich um ihre nackten Beine und bauschte den Faltenrock ihres lilafarbenen Kleids. Ein bisschen kam sie sich vor wie Marilyn Monroe, als sie den Stoff mit einer Hand nach unten drückte, um nicht im Freien zu stehen.

Nicht, dass es ihr etwas ausgemacht hätte. Wie alle Cromwell-Frauen war auch Marleen niemals verlegen oder schamhaft gewesen. Ein Grund, warum einige Frauen der Stadt ihre Familie schon immer gehasst hatten. Ein Wunder eigentlich, dass die verklemmten Puritaner ihre Vorfahrinnen nicht alle als Hexen verbrannt hatten.

Hinter sich hörte sie ein enttäuschtes Seufzen, drehte sich um und sah sich zwei alten Männern gegenüber, die vor dem Tabakladen auf einer Bank saßen. Beide hatten ihren Blick fest auf ihre Beine und den Po gerichtet.

Marleen lachte kehlig.

„Damit hätten Sie uns wirklich den Tag versüßt", krächzte einer der Herren. Auf seinen faltigen Wangen zeigte sich eine gesunde Röte. Und weil Marleen eine Cromwell und damit automatisch ein Miststück war, zog sie einen kleinen Schmollmund und klimperte mit den Wimpern, ehe sie den beiden Herren je eine Kusshand zuwarf.

„Nette Vorstellung", murmelte es hinter ihr. Marleen lief ein angenehmer Schauer über den Rücken, als sie die Stimme des knackigen Kerls vom Vortag erkannte. Lächelnd drehte sie sich um, gespielte Unschuld in ihrem Blick.

„Hallo Lír." Ihre Stimme klang jedoch überhaupt nicht nach Unschuld. Innerlich seufzte Marleen. Man konnte eben einfach nicht aus seiner Haut und sie steckte leider Gottes in der einer teuflischen Kurtisane. Ihre Grandma wäre stolz auf sie.

Zufrieden bemerkte sie, wie sich Lírs Pupillen etwas weiteten. Marleen wusste sehr wohl, dass die Korsage ihres Kleids ihre Brüste fabelhaft zur Geltung brachte. Sie musste ihm zu Gute halten, dass er nur einen ganz kleinen Augenblick auf ihr Dekolleté starrte, ehe er den Blick zu ihrem Gesicht hob.

„Was für ein netter Zufall, dass wir uns treffen. Ich wollte dich heute noch anrufen."

„Und wie gut es sich trifft, dass ich heute einen Tag frei habe." Marleens Blut begann in ihren Ohren zu rauschen, als sie ein Stück näher an ihn hintrat. „Hast du denn gerade etwas zu tun?“

Línrs Lächeln verriet ihr genau, dass er selbst ein Treffen mit dem Präsidenten hätte sausen lassen.

„Nein, ich habe nichts vor“, sagte er. Seine tiefe Stimme schwang in ihrem Zwerchfell wider. Galant bot er ihr den Arm. Die warme Sommersonne ließ die feinen Haare auf seinem Unterarm wie gesponnenes Gold schimmern. Zu einem dunkelgrünen Hemd trug er verwaschene Jeans, die so tief saßen, dass Marleen das Wasser im Mund zusammenlief.

Ihr Lachen klang wie das Schnurren einer zufriedenen Katze, als sie sich bei ihm unterhakte.

„Sehr schön. Da du neu in der Stadt bist – soll ich dich ein wenig herumführen?“ Als sie seine fragend hochgezogene Augenbraue sah, erklärte sie: „Uns gehört das Café und es ist sehr beliebt. Außerdem leben wir in einer Kleinstadt. Von der Minute deiner Ankunft hat es maximal eine Stunde gedauert, bis die verdammten Klatschmäuler die Neuigkeit überall verbreitet hatten.“

Gemächlich schlenderten sie in Richtung Marktplatz. Marleen war berauscht von der Wärme seines Körpers und dem Duft seiner Haut. Sie war froh, dass ihre Eckzähne dennoch schön brav in ihrem Kiefer schlummerten. Wären sie zum Vorschein gekommen… Nun, Marleen hätte sich wohl von dem leckeren Lír zurückgezogen, weil sie ihn nicht um ein Pfund Fleisch erleichtern wollte. Nicht wie vor Jahren bei…

Lírs leises Lachen brachte sie zurück in die Gegenwart.

„Was erzählt man sich denn so?“ Er klang aufrichtig amüsiert. Marleen selbst hasste das viele Gerede in New Port, aber wegziehen wollte sie auch nicht. In den Metropolen war es ihr viel zu laut, zu dreckig und dort lebte nicht ihre Familie.

„Nun, du wurdest nur der ‚knackige Goldjunge' genannt. Mrs Stanton meinte, du wärst sicher ein Wegelagerer und wärst hierhergekommen, um dich vor den Bullen zu verstecken. Mr Travis vermutete hingegen, dass du ein erfolgloser Schauspieler wärst, der hier in New Port neue Inspirationen sammeln will."

Marleens Grinsen wurde breiter, sie sah dem Mann neben sich tief in die Augen. „Und Mrs Glace, die Frau des Pfarrers, sagte, sie hätte von deiner Vermieterin gehört, du hättest einer reichen Erbin das Herz gebrochen, weil du es mit ihrer Schwester und der Cousine gleichzeitig auf ihrem Couchtisch getrieben hättest. Deswegen bist du jetzt auf der Flucht vor ihrem rachsüchtigen Vater."

Schon vor ihrem letzten Satz war Lír in lautes Gelächter ausgebrochen. Tatsächlich musste er so sehr lachen, dass er sich eine Träne aus dem Augenwinkel wischen musste. Marleen wäre am liebsten auf der Stelle über ihn hergefallen, wenn sie nicht am Rand des Marktplatzes gestanden wären.

Als er sich wieder gefangen hatte, legte er eine sehr warme Hand auf ihre, die nach wie vor in seiner Armbeuge ruhte.

„Bitte sag mir, dass das nicht wahr ist."

„Na gut, das mit dem Schauspieler war gelogen, ich gebe es zu." Wieder begann Lír zu lachen, dieses Mal jedoch leiser.

Sie lehnte sich ein Stück näher zu ihm, bis ihre Korsage seinen Arm berührte. Nur, weil sie sonst nicht widerstehen könnte, ihn doch noch zu küssen. Ihr Blick wanderte jetzt schon besorgniserregend häufig zu seinen geschwungenen Lippen.

„Und was führt dich wirklich nach New Port?"

Seine Augen funkelten noch immer vergnügt. „Was würdest du sagen, wenn es wirklich die Version mit dem rachsüchtigen Vater wäre?"

Marleen lachte kehlig. „Dann würde ich sagen, dass du dich liebend gern in meinem Schlafzimmer vor ihm verstecken könntest."

Hitze wallte in ihr auf, als sie Lírs glutvollem Blick begegnete.

„Ein verlockendes Angebot", murmelte er. Seine Augen wanderten von ihren Lippen hinunter zu ihrem Dekolleté. Augenblicklich richteten sich Marleens Brustwarzen auf, ihr Slip wurde auf skandalöse Art und Weise feucht.

Da sie aber noch nie eine vollkommene Sklavin ihrer Lust gewesen war, wollte sie zuerst ihre Neugier befriedigen. Außerdem wusste sie, dass man Vorfreude auskosten musste.

„Der Preis dafür ist aber leider die Wahrheit", sagte sie mit einem kleinen Lächeln. „Schließlich muss zumindest einer hier die wahre Geschichte hinter dem ‚knackigen Goldjungen' kennen."

Lír sah ihr wieder in die Augen und lächelte langsam. „Abgemacht."

Erregung summte lauter in jeder von Marleens Körperzellen. Dennoch ließ sie sich bereitwillig von Lír über den Marktplatz in Richtung Meer führen.

Erst als sie durch die verschlungenen, beinah verlassenen Seitenstraßen gingen, sagte er: „Seit etwas über einem Jahr reise ich bereits umher, um etwas mehr über eine bestimmte Familie zu erfahren. Besser gesagt, meine eigene Familie. Wir sind ein wenig… speziell."

Marleens sexuelle Vorfreude wurde im Keim erstickt, als sie Lír von einer *bestimmten Familie* hatte reden hörte. Die Cromwells waren regelrecht paranoid, wenn es darum ging, dass andere Leute in ihrer Familiengeschichte herumstochern wollten.

Jetzt mal langsam, sagte sie sich und entspannte sich wieder. Es war sicher nur ein Zufall und irgendwie amüsant, dass er seine Familie so bezeichnete. Dieselbe Beschreibung hatte sie schon tausende Male für ihre eigene Sippschaft verwendet.

„Hm, speziell klingt doch gut. Normal kann jeder", kommentierte sie seine Worte.

Lírs Lippen verzogen sich zu einem kleinen Grinsen. „Jedenfalls ist es eine ziemlich alte Familie, die sehr viel herumgekommen ist und daher ist es schwer, die Spur nicht zu verlieren." Er seufzte leidgeprüft. „Vor einigen Monaten schien sich die Spur im Sand zu verlaufen. Aber dann bekam ich von einem meiner Kontakte den Tipp, hier in New Port weiter zu suchen. Und tada - hier bin ich."

Marleen strich mit den Fingerspitzen der anderen Hand über seinen Unterarm. „Ich muss zugeben, dass finde ich fast noch interessanter als die Geschichte mit dem Couchtisch."

Mittlerweile hatten sie die Klippen erreicht. Der frische, kühle Wind vom Meer umspielte sie wie die erfahrenen Hände eines Liebhabers. Das Salz in der Luft strich verführerisch über ihre Haut. Unter einem alten, ausladenden Baum blieben sie stehen.

„Wirklich?", fragte Lír. „Die meisten finden es langweilig, was ich mache."

Marleen machte eine wegwerfende Handbewegung, neigte den Kopf zur Seite und fragte: „Bist du denn Historiker?"

„Ja, zumindest besagt das mein Diplom. Aber diese Ahnensuche ist auch etwas sehr Persönliches."

„Das kann ich gut verstehen." Sie lächelte ihn an und gestattete es sich, sich noch weiter an ihn zu lehnen. „Meine…

Tante ist ziemlich besessen von unserer Familiengeschichte. Die Cromwells leben hier schon eine Ewigkeit. Vielleicht solltest du dich einmal mit ihr unterhalten."

Lírs Lächeln wurde eine Spur durchtriebener. „So schnell wurde ich noch von keiner Frau zu ihrer Familie geschleppt."

Marleen schlug ihm auf die Brust, lachte und entzog sich im, um an den Rand der Klippen zu treten. Bevor der Wind ihren Rock hochheben konnte, strich sie ihn vorsorglich hinunter. Sie fühlte Lírs warmen Körper an ihrem Rücken.

„Es ist deine Entscheidung", sagte sie über ihre Schulter hinweg. Sie schenkte ihm ein verführerisches Lächeln und konnte nicht verhindern, dass ihre Stimme den verhängnisvollen Klang der Sirene annahm. „Anschließend können wir uns gemeinsam vor der Welt in meinem Schlafzimmer verstecken."

Anna sah ihre Tochter ungläubig an.

Schon am Tag ihrer Geburt hatte sie gewusst, dass Marleen ihr am meisten Scherereien machen würde. Doch so etwas hätte Anna nie erwartet.

„Du hast einen *Mann* hierher eingeladen?"

„Mom, bitte." Genervt verdrehte Marleen ihre blauen Augen. „Jetzt tu nicht so, als hätte noch nie ein Kerl diese Schwelle übertreten."

„Das sage ich ja auch nicht, aber dieser ist ein *Historiker.*"

Sie sprach das letzte Wort so entsetzt aus, als wäre er ein Aussätziger. So in etwa war dieser Schlag Menschen auch zu behandeln. Sie wühlten in der Vergangenheit und brachten Dinge ans Tageslicht, die ganz zu Recht vergessen worden waren. Im Falle der Cromwells war es ein ungeschriebenes Gesetz, nicht mit Fremden über die Familie zu reden.

Was ihre Tochter offenbar vergessen hatte. Anna stemmte die Hände in die Hüften.

„Tust du das um mich zu ärgern?"

Überrascht zog Marleen beide Augenbrauen hoch. „Mom, es wird dich überraschen, aber mein Denken und Handeln dreht sich nicht nur um dich."

Für diese freche Antwort warf Anna ein Geschirrtuch nach ihr. Lässig fing sie es auf und verkniff sich ein Grinsen.

Gut so, dachte Anna missmutig.

„Außerdem will Lír nicht über unsere Familie reden, sondern über seine eigene", sagte Marleen. „Und da Sofia ein wandelndes Ahnenlexikon von New Port ist, könnte sie ihm ja vielleicht helfen."

Anna verzog die Lippen zu einem süffisanten Grinsen. „Seht alle her, Marleen Cromwell, die Wohltäterin der Menschheit."

„Lass das", zischte ihre Tochter. Mittlerweile waren die anderen Frauen in die Küche gekommen. Sofia sah aus, als hätte sie sich die Haare gerauft. Doch statt etwas zu sagen, schüttelte sie nur resigniert den Kopf.

Stattdessen sagte Nadja: „Wir können ihn ja einfach auffressen, wenn er uns mit blöden Fragen kommt."

„Lecker sah er ja aus", gurrte Luna, woraufhin Sara in ein sehr ungezogenes Lachen ausbrach. Marleen ballte sichtlich genervt die Hände zu Fäusten. Anna hätte sich am liebsten ausgeschüttet vor Lachen, hätte sie nicht fürchten müssen, von ihrer Tochter dafür erdrosselt zu werden.

„Also, ich finde den Vorschlag von Nadja vernünftig", warf Sofia in die Runde. Als Marleen sie bösartig anknurrte, tätschelte sie ihr nur liebevoll die Wange.

„Keine Sorge Schatz, ich werde die Meute lang genug in Schach halten." Statt einer Antwort verdrehte Marleen lediglich die Augen, bevor sie durch den breiten Durchgang ins Wohnzimmer trat.

„Sie sind alle wahnsinnig“, murmelte Marleen vor sich hin. Es war manchmal ein echtes Kreuz, mit diesen zickigen Weibern unter einem Dach zu leben. Hätte sie sie nicht alle von Herzen geliebt, wäre Marleen schon längst ausgezogen.

Seufzend ließ sie sich auf einen der großen Sessel nieder. Die Uhr über dem Kamin schlug sieben – ihr Besuch müsste jeden Augenblick kommen. Nicht, dass Marleen wirklich unruhig deswegen gewesen wäre. Schon weit vor ihrem zwanzigsten Geburtstag war sie wegen eines Kerls nicht mehr nervös geworden. Rastlos, aufgrund ihrer Erregung, jedoch sehr wohl.

Dennoch zuckte sie leicht zusammen, als die Türglocke ertönte.

Bevor sie aufstehen konnte, rief Sara vom Flur her: „Ich geh schon!“

Bei dem süffisanten Ton ihrer jüngeren Schwester bleckte Marleen die Zähne. Nadja setzte sich neben sie auf die Sessellehne. „Lass ihr den Spaß. Oder hast du etwa Angst, die spannt ihn dir aus?“

Tatsächlich regte sich in Marleen ein hässliches, garstiges Gefühl, das man sehr gut mit Eifersucht beschreiben könnte. Gerade deswegen schüttelte sie entschieden mit dem Kopf.

„Dann hätte er nach ihrer Nummer gefragt – schließlich hat sie gestern genauso im Café gearbeitet wie ich.“ Trotzdem stand Marleen auf und ging zur Haustür, Lír war immerhin von ihr eingeladen worden.

Leider kam sie nicht allzu weit, denn im Hausflur drängten sich bereits alle Bewohnerinnen des Hauses. Selbst Nadja, die eben noch bei ihr im Wohnzimmer gewesen war, schob sich ungeniert in den übervollen Vorraum, um einen Blick auf den „knackigen Goldjungen“ zu erhaschen. Doch statt von den fünf verrückten Weibern überfordert zu sein, lächelte Lír charmant und ließ sich von Sara allen vorstellen.

Grinsend lehnte sich Marleen an den Türrahmen und verschränkte die Arme unter ihren Brüsten. Lír hatte das grüne Hemd vom Vormittag gegen ein schwarzes T-Shirt eingetauscht, das seine definierten Brustmuskeln herrlich zur Geltung brachte. Sollte auch nur eine der Damen die Sirenenstimme benutzen, würde Marleen ihr die Haare einzeln ausreißen.

Schließlich war Lír bei Marleen angekommen. Grinsend meinte Sara: „Und das ist Marleen. Sie ist eine miesepetrige Zicke und ganz unter uns – sie redet im Schlaf."

Marleen lächelte zuckersüß und antwortet: „Sara ist unser kleines Nesthäkchen. Sie steht immer noch auf Zeichentrickfilme, aber das dürfen wir niemandem verraten."

Saras graue Augen hatten einen mörderischen Glanz angenommen und bevor sie zum Gegenschlag ausholen konnte, trat Sofia mit strenger Miene zwischen sie.

„Kinder!", mahnte sie, ehe sie sich mit einem entschuldigenden Lächeln an Lír wandte. „Tut mir leid, junger Mann. Sind Sie sicher, dass Sie nicht lieber wieder gehen wollen?"

Doch Lír lachte nur leise, ein Laut, der Marleen das Wasser im Mund zusammenlaufen ließ, und sagte: „Schon gut Sofia, das halte ich aus." Seine Augen ruhten einen Moment glutvoll auf Marleen. „Es wird sich sicher lohnen."

Kapitel 3

Die Frauen der Familie Cromwell waren... ungewöhnlich. Wenn nicht sogar, speziell.

Eine bessere Beschreibung wollte Lír nicht einfallen, nachdem er sich zusammen mit den sechs Frauen in dem gemütlichen Wohnzimmer niedergelassen hatte. Bei Sandwichs und einem wirklich guten Wein hatte es nicht lange gedauert, bis er sich richtig heimisch gefühlt hatte. Es war herrlich mit anzusehen, wie sich diese erstaunlichen Frauen gegenseitig neckten, aufzogen und gleichzeitig aber immer wieder mit liebevollen kleinen Gesten berührten.

Sie sind alle wunderschön, ging es ihm durch den Kopf, während er an seinem Wein nippte. Selten waren ihm derartige Schönheiten so geballt gegenübergesessen. Es war bemerkenswert. Aber keine der Damen fesselte seine Aufmerksamkeit so wie Marleen. Alles an ihr sprach eine primitive, gierige Seite in ihm an: Das seidenweiche, blauschwarze Haar, ihre funkelnden Augen von der Farbe dunkler Saphire und ein Körper zum Niederknien.

Was wohl auch der Grund war, wieso schon seit er die Türschwelle überquert hatte, seine Erektion schmerzhaft gegen den festen Stoff seiner Jeans drückte. Nur mühsam konnte Lír sich darauf konzentrieren, warum er eigentlich da war. Sobald er Sofia seine Fragen gestellt hatte, konnte er sich diesem rasenden Verlangen widmen.

„Sofia", wandte er sich an die viel zu hübsche Tante, „Marleen sagte mir, dass du dich sehr gut mit eurer Familiengeschichte und der Geschichte der Stadt auskennst."

Ein kaum merklicher Schatten huschte über die grünen Augen der Frau, ehe sie lächelte. „Ja, das stimmt. Es wäre zu schade, wenn eine so lange Familiengeschichte wie die unsere in Vergessenheit geraten würde."

„Unbedingt", murmelte Lír. Er versuchte, seine Stimme neutral klingen zu lassen, obwohl ihm ein Kloß im Hals steckte. „Meiner Familie ist es leider nicht gelungen, ihre Geschichte vollständig zu halten. Das versuche ich zu ändern."

Anna bedachte ihn mit einem nachdenklichen, fast bohrenden Blick. Ihre Augen sahen Marleens sehr ähnlich. „Wie kommst du denn ausgerechnet auf New Port? Dein Vorname stammt doch aus Nordeuropa, nicht?"

„Das stimmt. Er ist keltischer Abstammung."

Nadja ließ ein kleines, geheimnisvolles Lachen ertönen. „Lír ist in der keltischen Mythologie der Gott des Meeres."

Lír war etwas überrascht und sagte: „Das stimmt. Darf ich fragen, woher du das weißt?"

Nadjas violette Augen funkelten amüsiert. „Wie Sofia habe ich eine Schwäche für Geschichte. Im Gegensatz zu ihr fühle ich mich von den Götterwelten und Mythologien dieser Welt angezogen."

„Ihr liebster Pantheon ist der der Griechen", erklärte Marleen.

Es war zu verlockend, dieses Thema weiter zu verfolgen. Tatsächlich hatte Lír die Vermutung, dass die Frauen ihn absichtlich von den Fragen über ihre Familie ablenken wollten. Seltsam, wenn man bedachte, dass Marleen ihn eingeladen hatte. Offenbar war sie mit der Vergangenheit ihrer Ahnen freizügiger als der Rest der Familie.

Um den Faden nicht völlig aus den Augen zu verlieren, sagte er: „Nun, ich bin nach New Port gekommen, weil ein alter Studienkollege mir den Tipp gegeben hat. Er unterstützt mich bei meiner Suche und übernimmt den lästigen Teil, der sich mit alten Registern und Archiven befasst."

Sein Gesicht verzog sich bei dem Gedanken an Patrik zu einem Lächeln. Seinem Freund machte es sogar Spaß, in verstaubten Bibliotheken zu hocken.

Anna nickte, scheinbar mit seiner Antwort zufrieden.

Lír fügte hinzu: „Es ist gut möglich, dass vor einigen Jahrzehnten das ein oder andere Mitglied meiner Familie hier gelebt hat. Wir sind eine sehr… reiselustige Sippe."

„Darum habe ich ihn eingeladen", sagte Marleen. Dabei spielte mit dem Stiel ihres Weinglases, was sich verheerend auf Lírs Selbstbeherrschung auswirkte. „Da unsere Familie schon seit etlichen Generationen hier lebt, könnte vielleicht der Name von Lírs Vorfahren in einem der Tagebücher sein."

Lír horchte augenblicklich auf. „Tagebücher?"

Er hatte maximal mit einem Stammbuch oder anderen amtlichen Aufzeichnungen gerechnet, aber nicht mit so etwas. Sein Puls beschleunigte sich, als wäre er kurz davor, im Lotto zu gewinnen. Für einen Historiker war es auch so. Tagebücher waren so kostbar und selten wie der Fund von Gold.

Luna verdrehte die Augen und flüsterte ihm in verschwörerischem Ton zu: „Eine lästige Familientradition. Sofia zwingt uns dazu, seit wir in der Lage sind, einen Stift zu halten. Hier im Haus gibt es extra eine Klimakammer für die Tagebücher unserer Ahninnen."

„Und Ahnen", fügte Anna mit einem Seitenblick auf ihre Tochter hinzu. Diese zuckte nur mit den Schultern.

Lír hätte sich über diese seltsame Szene gewundert, wenn er nicht so aufgeregt gewesen wäre. „Könntest du denn für mich nachsehen, Sofia? Es würde mir sehr viel bedeuten."

Er legte all seinen Charme in diese Frage. Aus Annas Reaktion auf die Erwähnung der Bücher schloss er, dass die

Frauen ihm niemals gestatten würden, selbst einen Blick darauf zu werfen. Aber das war ihm im Moment herzlich egal. Lír hatte so ein Gespür, dass das hier eine heiße Spur war.

Wird auch Zeit, nach all den Sackgassen, dachte er.

Sofias Lächeln ließ sie um Jahre jünger aussehen, als sie sagte: „Sicherlich, mein Junge. Du musst mir nur deinen Nachnamen nennen."

„O'Callahan. Mein voller Name lautet Lír O'Callahan. Ich gebe dir am besten auch eine Liste der Vorfahren, die ich hier in New Port vermute." Er zog einen zerfledderten Zettel aus der Gesäßtasche seiner Jeans und reichte ihn Sofia. „Darauf ist auch der ungefähre Zeitpunkt vermerkt."

„Keine Sorge Lír, ich werde mich noch heute an die Suche machen", versprach Sofia.

Es war, als hätte sie damit einen Schalter in seinem Kopf umgelegt. Augenblicklich kehrten seine Gedanken von der verrückten Suche nach seiner Familiengeschichte zu der verführerischen Frau zurück, der er diese einmalige Gelegenheit zu verdanken hatte.

Lír warf Marleen einen fragenden Blick zu. Als sie nickte, schoss neues Blut in seinen ohnehin steinharten Schritt.

„Nun, dann will ich euch nicht länger aufhalten." Er erhob sich und war froh, dass sein T-Shirt seinen unkeuschen Zustand verbarg. „Wenn du erlaubst Anna, werde ich deine Tochter zu einem kleinen Spaziergang entführen."

Noch bevor die blonde Frau etwas erwidern konnte, sprang Luna auf und umklammerte seinen Arm. Überrascht blinzelte er sie an, während sie mit schmachtendem Blick zu ihm aufsah und flötete: „Aber sicher gehe ich noch mit dir spazieren."

Er meinte sogar, ihre Brüste an seinem Bizeps zu spüren, als sie unvermittelt nach hinten gezogen wurde. Dabei stieß sie einen spitzen Schrei aus - kein Wunder, denn Marleen hatte sie an den Haaren von ihm weggezerrt.

„Geh und benutz den verdammten Vibrator, den Sara dir zu Weihnachten geschenkt hat", zischte Marleen.

Entgeistert blinzelte Lír wegen ihrer unzensierten Wortwahl. Da alle - selbst Luna - statt empört zu sein, in Gelächter ausbrachen, schlich sich auch auf sein Gesicht ein kleines Grinsen. So ein schamloses Verhalten kannte er sonst nur von ausufernden Studentenpartys.

Marleen seufzte, während sie den Reißverschluss ihres Sweatshirts hochzog. Der dunkelblaue Stoff schmiegte sich flauschig und wie eine zweite Haut an ihren Körper. Obwohl es draußen bereits dunkel war, hielt die Hitze des Tages weiterhin an. Dennoch kam ein kühler Wind vom Meer heran.

Lír wird mich sicher warmhalten können, dachte sie grinsend.

Flink band sie ihre Turnschuhe und folgte ihm hinaus auf die Veranda. Augenblicklich fühlte sie den frischen Wind um ihre Beine streifen - ihre knappen Shorts verdeckten gerade das Nötigste. Sie kam sich herrlich verrucht und unanständig vor. Ihr Körper sirrte schon den ganzen Abend vor Verlangen. Sie hatte sehr wohl Lírs begehrliche Blicke auf sich gespürt, während er Zeit mit ihrer verrückten Familie verbracht hatte.

Neue Hitze erfasste sie, als sie ihre Hand wie am Vormittag in seine Armbeuge gleiten ließ.

„Wir sollten über diesen kleinen Hügel spazieren. Ansonsten laufen die verrückten Weiber im Haus Gefahr, sich die Nasen an den Fenstern plattzudrücken."

Lírs tiefes Lachen strich wie Samt über ihre Haut. „Es sind wirklich reizende Damen, die du deine Familie nennst. Seit langem habe ich mich nicht mehr so amüsiert."

Marleen biss sich auf die Zunge, um ihm nicht zuzuraunen, dass das Beste noch kam. Sie hatte ihre Grenze eindeutig erreicht und dieses Prachtexemplar von einem Mann sollte ihre Enthaltsamkeit beenden. Nun, soweit man eine Abstinenz von zwei Monaten überhaupt so bezeichnen konnte.

In angenehmem Schweigen wanderten sie über die Wiese zu dem Hügel. Den Cromwells gehörte das gesamte Areal um ihr Haus. Ihre Nachbarn lebten eine halbe Meile von ihnen entfernt. Für ein Café war die Lage ziemlich weit ab vom Stadtzentrum, aber die Leute aus New Port und die Touristen kamen wegen der Aussicht aufs Meer und der Möglichkeit zu tratschen her - nicht, weil sie nur mal eben einen Kaffee trinken wollten. So waren die Cromwells vielleicht nicht sonderlich erfolgreich, dafür aber außerhalb der Öffnungszeiten immer unter sich.

Marleen und Lír waren gerade über die Kuppe hinweg, außer Sichtweite des Hauses, als Lír sie unvermittelt zu einer kleinen Felsgruppe nahe dem Klippenrand zerrte. Atemlos hielt Marleen sich an seinem Unterarm fest, wollte schon fragen, was zum Teufel ihn geritten hatte, als er sie bereits gegen einen der hohen Felsen drückte. Der Stein war noch warm von der Sonne, aber nichts im Vergleich zu dem Inferno des Mannes vor ihr.

Der Hitze seines Kusses versenkte sie. Begierig bewegten sich seine Lippen auf ihrem Mund, die Spitze seiner Zunge streichelte aufreizend den Saum ihrer Oberlippe nach. Er schmeckte nach Wein und Sex. Stöhnend legte Marleen ihre Arme um seine Schultern und zog ihn näher zu sich. Sein Körper presste sich sinnlich an ihren, seine Erektion rieb über den Bund ihrer Hotpants.

Bereitwillig öffnete sie den Mund, streifte Lírs Zunge mit ihrer und war sofort verloren. Der Kuss wurde tiefer, leidenschaftlicher. Marleens Körper spannte sich vor Erregung an. Mit einer Hand fuhr sie in seine Haare, spürte die seidigen Strähnen zwischen den Fingern und stöhnte abermals.

Ohne zu zögern ließ Lír seine Hände über sie gleiten. Von ihrem Hals über ihr Schlüsselbein, von den Brüsten bis zu ihren Hüften. Fest griff er ihren Hintern und Marleen verstand die Einladung. Ohne den Kuss zu unterbrechen, sprang sie hoch und schlang die Beine um Lírs schmale Hüften. Sogleich presste er sie fester gegen den warmen Stein, küsste sie noch glutvoller.

Als er langsam die Hüften kreisen ließ, seine Erektion gegen ihre heiße Mitte rieb, glaubte Marleen Sterne zu sehen. Noch nie ging es so schnell, dachte sie benommen. Wie alle in ihrer Familie, von ihrer Art, war Marleen ein sehr sinnliches, sexuelles Wesen. Scham war für sie ein Fremdwort, sie kannte ihren Körper und ihre Bedürfnisse sehr genau und nahm sich, was sie brauchte.

Aber das hier… Ein heiseres Keuchen drang aus ihrer Kehle, als Lír ihren Mund freigab, um seine heißen Lippen auf ihren Hals zu pressen. Marleen hätte sich nie vorstellen können, dass sie allein nach einem Kuss so unanständig feucht werden würde. Alle ihre Sexualpartner waren ungezügelt gewesen. Doch Lír bräuchte nur mit einem Finger zu schnippen und sie würde ihm jeden noch so ausgefallenen Wunsch sofort erfüllen.

Dieser Gedanke ließ sie für einen Moment innehalten. Vielleicht hätte sie der Alarmglocke in ihrem Kopf mehr Beachtung geschenkt, hätte Lír nicht in diesem Moment seine Zähne in die empfindliche Haut zwischen ihrem Hals und ihrer Schulter versenkt. Ihr langgezogenes Stöhnen hallte von den Felsen um sie herum wider und Marleen vergaß alles – in ihrem Kopf existierte nur noch der Wunsch, diesen Mann in sich zu spüren.

Zu erregt, um die Macht in ihrer Stimme noch zu unterdrücken, befahlt sie: „Lír, zieh dich aus."

Seine Augen schienen zu glühen, als er sie unter gesenkten Lidern ansah. Marleen wusste, dass er ihr gehorchen würde. Kein Mann entzog sich den Worten, die mit Sirenenstimme gesprochen wurden.

Langsam, fast quälend ließ er sie an seinem Körper nach unten gleiten. Er sah sie die ganze Zeit über an, während er erst seine Schuhe auszog und anschließend sein T-Shirt über den Kopf streifte. Sein muskulöser Oberkörper schimmerte weißgolden im Zwielicht der Nacht. Als er sich seiner Jeans widmete, knöpfte Marleen ebenfalls ihre kurzen Hosen auf und ließ den ausgewaschenen Stoff an ihren Beinen hinuntergleiten.

Mit einem verruchten kleinen Lachen stellte sie fest, dass er keine Unterwäsche trug – ebenso wenig wie sie. Langsam und aufreizend ließ sie ihren Blick über seinen Körper wandern. Ihr lief regelrecht das Wasser im Mund zusammen. Oh ja, schnurrte sie in Gedanken. Dieser Abend würde ein Fest werden.

Und plötzlich konnte es Marleen nicht schnell genug gehen. Hastig schlüpfte sie aus ihrem Sweatshirt und dem Top, kickte die Schuhe von den Füßen und zerrte das Band aus ihren Haaren. Kühl wie Seide bedeckte die schwarze Mähne ihren Rücken. Sie beobachtete Lír, während er langsam näherkam, sie umkreiste. Marleens Haut glühte.

„Berühr mich", wisperte sie, sinnlichen Zauber in der Stimme.

Oh… und wie er sie berührte. So schnell wie zuvor packte er sie, hob sie hoch und drückte sie wieder gegen den Felsen. Marleen zischte leise, als Haut auf Haut traf. Dieses Mal war sein Kuss noch verzehrender. Lír biss sie in die Unterlippe, linderte den sinnlichen Schmerz mit seiner Zunge, ehe er ihre tief in seinen Mund sog. Seine Hände schienen

Brandzeichen auf ihren Hüften und ihrem Hintern zu hinterlassen. Marleens empfindlicher Busen drückte sich in das krause Haar seiner Brust. Ihre Hände krallten sich in seine Schultern, ihre Nägel ließen deutliche Spuren zurück.

Es war atemberaubend, sinnlich und das Beste, was ihr seit Jahren passiert war. Aber die heißeste, erregendste aller Berührungen war Lírs harter Schwanz, der immer wieder über ihre feuchte Klitoris glitt. Ihr Atem ging immer schneller, Hitze breitete sich von der Stelle zwischen ihren Beinen aus.

Aber kurz bevor der Orgasmus sie mit sich riss, verharrte Lír bewegungslos an ihr. Er verteilte kleine, federleichte Küsse auf ihrem Gesicht.

„Du musst mir etwas versprechen", hauchte er gehen ihre Haut. Seine Stimme war tiefer, rauer geworden. Augenblicklich zogen sich Marleens Brustwarzen zu harten kleinen Perlen zusammen.

„Schon gut, ich verspreche, dich nicht zu beißen." Die Worte hatten scherzhaft klingen sollen, doch sie waren nur ein atemloses Murmeln gewesen.

Lír lachte leise, sie spürte die Vibration überall in ihrem Körper.

„Nein, darum bitte ich sogar." Seine Augen suchten ihre, leuchtendes Bernstein in der Nacht. „Versprichst du mir nun etwas oder soll ich nicht mehr..." Er beendete den Satz nicht, ließ seine Erektion aber andeutungsweise gegen ihren Schritt kreisen.

„Ja, verdammt noch mal! Was ist es denn?", stieß sie hervor. Sie war so kurz davor zu kommen, zur Hölle noch mal - warum musste er so viel quatschen?

Sein Grinsen war schief, aber nicht weniger verrucht. Wieder hauchte er ihr einen Kuss auf die Lippen, ehe er sagte: „Du darfst nichts sagen, nicht einmal meinen Namen. Auf keinen Fall. Hast du verstanden?"

Marleen blinzelte ihn verwirrt an. Bisher hatte sie sehr viele und teilweise sehr ungewöhnliche Forderungen ihrer Sexualpartner gehört, aber so etwas noch nie.

Wen interessiert es, wenn er dich dann endlich fickt?!, fragte es in ihrem Kopf und diese Stimme hatte recht.

Mit einer geübten Drehung ihres Körpers, pfählte sich Marleen auf Lírs harten Schwanz. Sie war derart nass, dass er in einer einzigen, köstlichen Bewegung ganz in sie eindrang. Gleichzeitig mit Lír stöhnte sie laut auf.

„Ich verspreche es", raunte sie an seinen Lippen.

Lír konnte keinen klaren Gedanken mehr fassen. Alles in seinem Kopf drehte sich um diese unglaublich sinnliche, begehrenswerte Frau in seinen Armen. Nur mit Mühe konnte er sich davon abhalten, sofort zu kommen, als Marleen ihn so unvermittelt in sich aufgenommen hatte. Ihre Hitze umschloss ihn wie ein maßgeschneiderter Handschuh.

Sie hat es versprochen, beruhigte er den letzten vernünftigen Teil seines Hirns. Lír ließ die dunklen Gedanken hinter sich und tat endlich das, was er sich vorgenommen hatte, seit er diese heiße Frau das erste Mal gesehen hatte: Sie um den Verstand vögeln.

Mit seinem Mund fiel er wieder über ihre herrlichen Lippen her, während er sich langsam in ihr zu bewegen begann. Lír wusste, dass er sie viel zu grob behandelte. Seine Hände würden Spuren auf der zarten Haut ihrer Taille hinterlassen, die er so fest umschlossen hielt. Ebenso zeigten sich Abdrücke seiner Zähne auf ihrem Hals und ihrer Schulter. Aber er konnte sich beim besten Willen nicht zurückhalten.

Zum Glück schien es ihr zu gefallen. Ihre Hände griffen fester in seine Haare, während sie in seinen Rhythmus einfiel, ihn beschleunigte. Lírs Atem ging schwer, seine Haut glühte regelrecht. Immer sinnlicher stimulierte ihr enger

Leib seinen Schwanz. Er zog gerade eine Spur von Küssen ihren Hals hinunter, leckte über die salzige Haut an ihrer Schulter, als Marleen ein heißeres Keuchen ausstieß. Ihre Hüften bewegten sich stärker, die Hand in seinem Haar griff fester zu. Als er sie in die Sehne zwischen Hals und Schulter biss, entfuhr ihr ein Schrei.

Rhythmisch zog sich ihr Unterleib zusammen, massierte ihn und Lír war verloren. Der Orgasmus lief in Wellen durch seinen Körper. Sein Herz hämmerte in seiner Brust und Schweiß glänzte auf seiner Haut. Irgendjemand lachte leise und sehr unanständig und Lír brauchte einige Sekunden, um zu begreifen, dass er das war.

Kleine, scharfe Zähne knabberten an seinem Ohr, während Marleens heißer Atem über seinen Nacken strich. Noch immer war sie zwischen dem Felsen und seinem Körper eingeklemmt. Um die zarte Haut an ihrem Rücken zu schonen, packte er sie fester und setzte sich mit ihr auf seinem Schoß ins weiche Gras.

Wie ein zufriedenes Kätzchen schmiegte sie sich an ihn, ließ ihre Hände über seinen Körper gleiten und entlockte ihm damit ein tiefes Stöhnen. Besitzergreifend legte er eine Hand auf ihren Po. Neue Erregung wallte in ihm auf.

„Mach so weiter und du kommst heute Nacht nicht mehr nach Hause", drohte er.

Marleen hob den Kopf und ihre blauen Augen leuchteten wie geschliffene Saphire. Ein mutwilliges Lächeln umspielte ihre geröteten Lippen. „Na, das nenne ich ein Angebot."

Lír grinste in sich hinein – diese Frau gefiel ihm. Behutsam legte er sie neben sich ins Gras. „Das war ernst gemeint." Er war bereits wieder voll erregt. „Ihr Frauen sagt doch immer, ihr wolltet stundenlang Sex, aber wenn es dann soweit ist, macht ihr nach der Hälfte der Nacht schlapp."

Lír wusste, wovon er sprach.

Marleen ließ sich zurück ins Gras fallen und lachte. Ein heiserer, tiefer Klang, der ihm in sinnlicher Art und Weise eine Gänsehaut verursachte. Sie schüttete sich regelrecht aus vor Lachen, als hätte er einen Witz gemacht, den er selbst nicht verstand. Schließlich sah sie ihn an, die Haut ihres Körpers schimmerte im Sternenlicht wie ein Opal.

„Glaub mir, ich bin sehr ausdauernd."

Langsam kroch er über sie, stütze sich links und rechts neben ihrem Kopf mit den Armen ab. „Ist das eine Herausforderung?"

„Oh ja", flüsterte Marleen, ehe sie die Hände um seine Erektion schloss. Lírs Hüften zuckten, wollten wieder in die Hitze ihres Körpers eintauchen.

„Akzeptiert", presste er zwischen zusammengebissenen Zähnen hervor. „Aber denk dran: Während des Sex' wird nicht gesprochen."

Wieder spürte er ihre scharfen Zähne auf seiner Haut, dieses Mal knabberte sie an seinem Kinn.

„Und was bekomme ich dafür?", fragte sie.

Sein Gehirn war Brei, ihre unglaublich erotische, verführerische Stimme zwang ihn gnadenlos zur Kapitulation. Und hätten ihre gehauchten Worte nicht ausgereicht, hätten ihre geschickten Hände um seinen Schwanz ihn zu ihrem Sklaven gemacht.

Lír fuhr mit der Zunge über seine plötzlich trockenen Lippen und sagte rau: „Ich könnte dich lecken, bis du den Verstand verlierst."

Marleen hielt in ihren Bewegungen inne, ehe sie seinen Blick suchte. Der hungrige Ausdruck in ihren Augen ließ ihn quälend pochen. „Abgemacht."

Im Laufe der Nacht stellte sich heraus, dass sie beide sehr gut darin waren, ihre Versprechen zu halten und Herausforderungen zu meistern.

Sehr, sehr gut.

Kapitel 4

Sofia grinste in sich hinein, als sie daran dachte, wie eilig ihre Enkelin mit dem charmanten jungen Mann verschwunden war. Die komplette Familie war an den Fensterscheiben geklebt, als sie über den Hügel hinter dem Haus verschwunden waren.

Nun war es kurz vor Mitternacht und sie saßen noch immer im Wohnzimmer zusammen. Die Mädchen hatten es sich auf dem Boden mit Kissen gemütlich gemacht, während Anna im Sessel neben ihr saß. Auch sie hatte ein verschmitztes Lächeln auf dem Gesicht, als sie ihren drei Töchtern zuhörte.

Wie ich diese Familie liebe, dachte Sofia glücklich. Sie war etwas ganz Besonderes – und nicht nur, weil sie Flossen bekamen. Es war vor allem ihr bedingungsloser Zusammenhalt untereinander und die Liebe zueinander, die Sofia so genoss.

Dennoch hatte Sofia Angst um ihre Lieben. Die Welt wurde immer durchsichtiger, es gab kaum noch echte Geheimnisse und nichts konnte mehr lang im Verborgenen existieren. Ihre größte Sorge war, dass sie irgendwann entdeckt wurden.

Eine Gänsehaut legte sich über Sofias Haut. Unbewusst griff sie nach der Hand ihrer Tochter. Anna lächelte sie liebevoll an und sofort wurde es Sofia wieder leichter ums Herz. Doch verschwinden würde dieser Schatten wohl niemals.

Bring dich auf andere Gedanken, riet sie sich selbst. Sie küsste Annas Handrücken, ehe sie aufstand. Mit den Recherchen, die sie dem jungen Lír versprochen hatte, würde sie sich hervorragend von ihren düsteren Gedanken ablenken können.

„Gute Nacht meine Hübschen", sagte sie in die Runde, bevor sie ging.

Der Klimaraum mit den Tagebüchern befand sich im Keller, gleich neben der privaten Lagune. Eine Neuerung, die Sofias Generation dem Haus hinzugefügt hatte. Das feuchtkalte Klima der Küste war tödlich für altes Papier. Vor allem die ältesten Tagebücher hatten aufwendig restauriert werden müssen. Leider hatte man nicht alle retten können. Doch seit sie einen Raum besaßen, der kontinuierlich gekühlt und entfeuchtet wurde, war der Zerfall erheblich eingeschränkt worden.

Als Sofia die schwere Eisentür öffnete, strömte ihr der Geruch von staubiger Luft und altem Papier entgegen. Für sie war es ein herrlicher Duft, voller Geschichte und Erinnerungen. Nachdem sie die Tür hinter sich wieder geschlossen hatte, zog Sofia Lírs Zettel aus der Tasche. Das Papier war zerknittert, hatte Eselsohren und war ziemlich weich – als hätte er es hunderte Male auf und zu gefaltet.

Sofia erinnerte sich an sein ernstes Gesicht, als er von der verlorenen Spur seiner Ahnen erzählt hatte. Sie selbst konnte sich nicht vorstellen, nicht zu wissen, woher sie kam und wer ihre Familie war.

Entschlossen, dem sympathischen Mann zu helfen, machte sie sich auf die Suche nach den entsprechenden Jahren. Die Kammer war nicht sonderlich groß, bis auf einen kleinen Schreibtisch mit Stuhl war jeder verfügbare Meter mit Regalen zugestellt. Bis unter die Decke erstreckten sie sich, ließen gerade genug Platz dazwischen, um zu laufen.

Da die Cromwell-Frauen schon immer sehr fruchtbar gewesen waren, war die Anzahl an Tagebüchern gewaltig. Die ältesten Aufzeichnungen waren noch auf Lederhäute geschrieben. Von jeder ihrer Ahninnen gab es mindestens ein Buch, meistens jedoch mehr als fünf.

Es herrschte penible Ordnung und so dauerte es nicht lange, bis Sofia die entsprechenden Jahrzehnte gefunden hatte. Selbst neugierig geworden, nahm sie sich die ersten Bücher und setzte sich an den Tisch.

Vier Stunden später ließ Sofia das Buch, das sie gerade las, erschrocken fallen. Etwas, was sie unter normalen Umständen *niemals* getan hätte. Ein Stückchen des alten Ledereinbands bröckelte ab, das Papier knisterte besorgniserregend.

Doch Sofia bemerkte das alles nicht. Ihr ging nur ein Gedanke durch den Kopf: Ihre Enkelin könnte sterben.

Marleen seufzte leise und streckte sich. Die weichen Laken strichen über ihre nackte, empfindliche Haut. Die ersten Sonnenstrahlen drangen durch die Fenster und fielen auf ihr Bett. Sie hatte zwar nur zwei Stunden geschlafen und dennoch fühlte sie sich wunderbar lebendig. Nur widerwillig hatten Lír und sie sich getrennt.

Er hatte sein Versprechen gehalten. Ein verruchtes Lächeln lag auf ihrem Gesicht und sie kuschelte sich tiefer in die Decken. Seine Ausdauer, sein Hunger nach Sex, konnten sich mit ihrem messen – und das sollte etwas heißen. Eine Sirene war meist erst dann vollkommen zufrieden, wenn sie ihren Partner mit Haut und Haaren verschlungen hatte. Manchmal war das nicht nur eine Redewendung.

Doch was Lír ihr letzte Nacht gegeben hatte, war höchst befriedigend gewesen. Marleen spürte fast so etwas wie Bedauern, dass er nicht lange bleiben würde. Aber das war in Ordnung. Marleen war daran gewöhnt, ihre Männer nur eine kurze Zeit zu behalten. Es war eine Strategie der Frauen in ihrer Familie, nicht zu viele aufzufressen und damit unangenehme Aufmerksamkeit auf sich zu ziehen.

Sie war gerade wieder eingedöst, als ihre Zimmertür geöffnet und geschlossen wurde. Ah, die neugierige Familie, dachte sie. Dieser verrückte Haufen konnte tatsächlich nicht warten, bis sie runter zum Frühstück gekommen war. Sonntags war das Café immer geschlossen, denn das war Familientag. Jeder hielt sich diesen Tag frei, um ihn zusammen mit den anderen zu verbringen.

Die Matratze senkte sich neben ihr und jemand zog die Decke von ihrem Kopf. Marleen brummte unwillig, als Sonnenlicht auf ihr Gesicht fiel. Sie blinzelte und runzelte dann die Stirn.

„Sofia? Eigentlich hätte ich eher mit Sara gerechnet, der neugierigen-“ Mitten im Satz brach sie ab. Ihre Großmutter sah sie derart besorgt an, dass Marleen sofort hellwach war. Ruckartig setzte sie sich im Bett auf.

„Was ist passiert?“, fragte sie alarmiert. „Hat sich jemand verletzt?“ Statt ihr zu antworten, drehte Sofia Marleens Kopf hin und her, ehe ihre grünen Augen suchend über ihren nackten Körper wanderten.

„Suchst du etwas Bestimmtes?“, fragte Marleen.

„Du hast mit ihm geschlafen, oder?“ Sofias Stimme klang seltsam gepresst.

Marleen blinzelte irritiert. „Nun... ja. Aber dich hat es doch sonst nie gestört, wenn ich mit Halbfremden Sex hatte.“

Als Sofia die Bettdecke anheben wollte, schlug Marleen ihr auf die Finger. Irgendetwas war hier faul.

„Grandma! Jetzt hör mit deiner Leibesvisitation auf und sag mir, was zum Teufel in dich gefahren ist! Du benimmst dich wie eine Irre.“

„War irgendetwas ungewöhnlich an ihm, hat er sich seltsam verhalten?", bohrte Sofia. Ihre grüne Augen waren ganz dunkel, die Pupillen seltsam geweitet.

Marleen zog die Brauen zusammen. „Sofia, was-"

„Beantworte die Frage Marleen! Hat Lír sich merkwürdig verhalten oder nicht?!" Sofias Stimme bebte regelrecht. Noch nie hatte Marleen sie so herrisch erlebt.

„Nein, hat er nicht." Vorsichtig griff Marleen nach Sofias Hand - sie war eiskalt. „Sofia, was soll das? Sag mir, was dich so aus der Fassung bringt. Bitte, es muss doch einen Grund geben, warum du so besorgt bist."

Seufzend, als würde sie ein schweres Gewicht erdrücken, ließ Sofia den Kopf sinken und blickte auf ihren Schoß. Erst jetzt bemerkte Marleen das Buch, das sie mitgebracht hatte. Ihre Großmutter schlug es auf und reichte es ihr.

„Lies", ordnete sie an. Ohne noch einmal nachzufragen, tat Marleen wie ihr geheißen.

„Was du dir da ausgedacht hast, ist lächerlich."

Marleen legte das Buch behutsam zur Seite. Es war eines der Tagebücher aus der Zeit, die Lír interessierte. Ihre Vorfahrin schrieb darin, dass sie und die anderen Cromwells die O'Callahan-Brüder für Nichtmenschliche hielten. Für nichtmenschliche Mörder.

Marleen wusste sehr wohl, dass es andere übernatürliche Wesen gab. Wahrscheinlich ebenso blutrünstig oder vielleicht sogar noch gefährlicher als Sirenen sein konnten. Aber was Sofia ihr da weismachen wollte, war einfach nur absurd.

„Sag mir bitte, dass du das nicht ernst meinst", beschwor sie ihre Großmutter. Doch diese schüttelte nur traurig den Kopf.

„Marleen, ich meine es sogar todernst. Sei nicht so dumm und tu es gleich als Unsinn ab."

„Nein, das mache ich nicht. Aber wie groß ist wohl die Wahrscheinlichkeit?“

Sofias Augen verdunkelten sich. „Größer, als du denkst.“ Sie stand auf und ging zur Tür. „Aber es geht dir gut, das ist die Hauptsache. Zieh dich an, das Frühstück ist bald fertig. Anschließend muss ich dir noch etwas zeigen.“

Damit verschwand Sofia und ließ Marleen allein.

Gekleidet in ein enges Tanktop und weite Jogginghosen betrat Marleen barfuß die große Küche. Es duftete herrlich nach frischem Kaffee, Orangensaft, warmen Brot, Pancakes, Rührei und all den anderen Köstlichkeiten, die auf dem ausladenden Esstisch standen. Sie band sich die Haare zu einem hohen Pferdeschwanz und setzte sich auf ihren Platz zwischen Luna und Sara.

„Du siehst sehr erholt aus“, stellte Sara mit einem frechen Grinsen fest. „Hat es sich also nicht gelohnt?“

Marleen schenkte sich bewusst langsam eine Tasse Kaffee ein. Bevor sie antwortete, warf sie einen Seitenblick zu Sofia. Doch statt wie vorher einen Ausdruck wachsender Panik auf dem Gesicht zu tragen, lächelte ihre Großmutter sie sanft an. Vielleicht wird sie wahnsinnig, dachte Marleen verwundert. Normalerweise passierte das in ihrer Familie aber erst ab dem zweihundertsten Geburtstag.

Saras dunkelgraue Augen beobachteten sie immer noch sehr interessiert.

Marleen grinste und sagte: „Ich sag nur so viel: Wunder dich nicht, wenn ich heute o-beinig durchs Haus schlurfe.“

Ihre Schwester lachte leise vor sich hin. Einige ihrer blutroten Strähnen fielen ihr dabei ins Gesicht.

„Man könnte dich fast beneiden“, gluckste sie. Luna beugte sich von der anderen Seite zu ihnen hinüber. Ein Tropfen Honig fiel von ihrem Brötchen auf Marleens Arm.

„Dafür schuldest du mir ein Essen", verlangte sie von Marleen.

Diese leckte gerade den Honig von ihrer Haut. Ich muss Lír unbedingt mit Honig überziehen, dachte sie dabei.

„Mir war nicht bewusst, dass du gestern dabei warst", sagte sie an Luna gerichtet. „Was ich zugegebener Maßen auch gut so finde." Sie lachte leise. „Es wäre irritierend für mich, mit meiner Schwester einen flotten Dreier zu haben. Für dich nicht?"

Luna verdrehte ihre grünen Augen, die Sofias so ähnlich waren. „Du weißt genau, wie ich das meine. Ich hab dich schließlich erst dazu überreden müssen, dich mit ihm einzulassen."

Sara gluckste und sagte: „Wobei Marleen nur einen winzigen Schubs in seine Richtung gebraucht hat. Das kann man wirklich nicht als deinen Verdienst ansehen."

Luna zuckte mit den Schultern und biss von ihrem Brötchen ab. „Essengehen könnten wir trotzdem mal wieder."

Marleen nickte, während sie sich Pancakes auf den Teller legte. Es war immer herrlich, wenn sie zu viert die Gegend unsicher machten. Zwischen ihnen lagen maximal fünf Jahre Altersunterschied, weswegen sie sich vielleicht noch näherstanden als ohnehin in ihrer Familie üblich. In ihrer Jugend waren sie nach solchen Gemeinschaftsaktionen häufig von der Polizei nach Hause gebracht worden – mehr oder weniger bekleidet. Anna hatte es stets gelassen hingenommen.

Während des Frühstücks war alles wie immer, es wurde viel gegessen und gelacht. Nichts erinnerte Marleen mehr daran, dass ihre Großmutter wie eine Verrückte ihren Körper nach irgendwelchen Verletzungen abgesucht hatte. Sofia benahm sich sogar fast gespenstig normal.

Kurz vor zwölf Uhr beendeten sie den ersten Teil des sonntäglichen Rituals.

„Marleen, würdest du mir bitte beim Abräumen behilflich sein?" Sofia lächelte sie an. Marleen nickte und machte sich daran, die verderblichen Lebensmittel in den Kühlschrank zu räumen. Erst, als die letzte der anderen Cromwells gegangen war, drehte sich Sofia zu ihr um.

„Tut mir leid, wenn ich dir heute Morgen vielleicht einen Schrecken eingejagt habe."

„Hast du", bestätigte Marleen, lächelte aber. „Zum Glück habe ich kein schwaches Herz."

Sofia rollte mit den Augen. „Du kannst dir nicht vorstellen, wie erschrocken ich gestern Nacht war, als ich die Nachforschungen für diesen jungen Mann gemacht habe." Seltsam hilflos zuckte sie mit den Schultern, ehe sie sich dem schmutzigen Geschirr widmete. „Aber als ich die Eintragungen über die O'Callahans in den Tagebüchern gefunden habe, wurde mir ganz kalt ums Herz."

Nachdenklich drehte Marleen ein Marmeladenglas zwischen den Händen.

„Bist du dir damit sicher? Ich meine, du musst zugeben, dass es schon ein bisschen verrückt und seltsam klingt."

Ihre Großmutter lachte leise, ehe sie fragte: „Wer hat dir eingeredet, dass das Leben einfach ist? Vor allem in unserer Familie?"

„Niemand natürlich", antwortet Marleen. „Aber wenn ich so darüber nachdenke..."

Blicklos starrte Marleen aus dem Küchenfenster, hinaus auf das Meer. Ihre Gedanken wanderten zu der vergangenen Nacht zurück. Wenn sie jetzt so darüber nachdachte, war es für einen Mann eher ungewöhnlich, mehr als sieben Mal hintereinander eine Erektion zustande zu bringen. Nun, zumindest nicht ohne entsprechende Medikamente. Oder aber, er war kein *Mann* im gewöhnlichen Sinne.

Marleen stellte sich dicht neben Sofia, genoss ihren vertrauten Duft nach Jasmin, der sie immer umgab. Ihr Innerstes war seltsam aufgewühlt, als sie fragte: „Denkst du wirklich, dass er ein Monster ist?"

Sofia ging zum Küchentresen, holte ein schmales Buch und drückte es ihr wortlos in die Hand. Marleen kannte es, es war eines der Märchen- und Fabelbücher aus der Bibliothek im Wohnzimmer. Es klebte ein Zettel darin und Marleen begann zu lesen. Nach wenigen Absätzen sah sie ihre Großmutter an.

„Er soll ein Inkubus sein?"

Hinter ihnen schepperte es laut. Anna stand in der Küche, zu ihren Füßen eine Kaffeepfütze. Die Kanne kreiselte träge auf dem Boden.

„Wer ist ein Inkubus?", fragte sie alarmiert. Ihre dunkelblauen Augen wirkten in ihrem blassen Gesicht riesengroß.

Marleen griff nach einem Tuch, um den Kaffee aufzuwischen. Flüchtig berührte sie ihre Mutter an der Hand.

„Sofia hat mir eines der Tagebücher gezeigt. Darin meint unsere Vorfahrin, dass die O'Callahans keine Menschen sind. Die Beschreibungen passen zu Inkubi."

Annas Blick huschte zwischen ihrer Tochter und ihrer eigenen Mutter hin und her. „Lír? Ein Inkubus?" Sie fixierte Marleen, die bereits den Boden wischte. „Hast du mit ihm geschlafen?"

Sofia lachte freudlos. „Sie ist deine Tochter, Anna. Natürlich hat sie mit ihm geschlafen."

Marleen zuckte abermals mit den Schultern und hielt den Blick gesenkt. Sie konnte immer noch nicht sagen, ob sie ihrer Großmutter glauben sollte. Sie hatte zwar noch nie ein anderes unmenschliches Wesen getroffen, aber irgendwie war sie immer der Ansicht gewesen, ein solches instinktiv auf den ersten Blick zu erkennen.

Sie schüttelte über sich selbst den Kopf, während sie die Kaffeekanne auf die Küchenzeile stelle. So zu denken war anmaßend von ihr. Engstirnig und wenn sie richtig Pech hatte, sogar tödlich. Was sie in dem kleinen Band gelesen hatte, war ziemlich hässlich gewesen.

Als hätte ihre Großmutter ihre Gedanken gelesen, nahm sie das Buch und las laut: „Inkubi ernähren sich von der Lebensenergie der Menschen, mit denen sie sich paaren. In ihrer wahren Gestalt tragen sie gedrehte Hörner auf ihrem Kopf. Wenn ein Inkubus mit einer Menschenfrau intim wird, kann er sich von ihr nähren und verlängert dadurch sein Leben."

Anna sah immer blasser aus, während Sofia hinzufügte: „Zurück bleiben ausgezehrte, vertrocknete Leichname." Sie blickte von dem Buch auf und sagte: „Genau so war es in dem Tagebuch beschrieben. Es sind Leichen aufgetaucht, die aussahen, als hätte man sie leergesaugt." Sofia legte das Buch zur Seite und sah die beiden Frauen abwartend an.

„Er hatte gestern definitiv keine Hörner", sagte Marleen.

Ungehalten zog Anna die Brauen zusammen und legte eine Hand auf ihren Arm. „Das ist nicht witzig Marleen." Ihre Stimme klang schneidend.

Marleen atmete ein, um ihrer Mutter eine beißende Antwort zu gehen – und hielt mit geöffnetem Mund inne. Plötzlich war ihre Kehle sehr trocken.

„Du darfst nichts sagen, nicht einmal meinen Namen", murmelte sie vor sich hin. Das hatte Lír zu ihr gesagt. Vor einigen Stunden hatte Marleen es noch als seltsame Vorliebe von ihm abgetan, aber mit Sofias Verdacht im Hinterkopf, ergaben die Worte einen erschreckenden Sinn.

„Was hast du gesagt?", hakte Anna nach. Sie sah sie an, als wäre Marleen übergeschnappt. Vielleicht bin ich das auch, dachte sie düster. Sie antwortete ihrer Mutter nicht, sondern schüttelte lediglich den Kopf.

„Ich muss los." Mit diesen Worten verließ sie die Küche und ging ins Obergeschoss. Schon auf halbem Wege hatte sie sich komplett ausgezogen, um zu duschen.

Marleen musste Sofias Theorie unbedingt überprüfen. Ihr gefiel die Vorstellung kein bisschen, dass ihr jemand nach dem ungewöhnlich langen Leben trachtete.

Mit einem unguten Gefühl sah Anna ihrer Tochter hinterher.

„Sie ist gerissen", sagte Sofia neben ihr. „So leicht wird sie sich nicht unterkriegen lassen. Außerdem ist sie kein Kind mehr."

„Doch, mein Kind", seufzte Anna. Sie sah ihrer Mutter in die Augen und lächelte schief. „Selbst du behandelst mich manchmal noch, als wäre ich dreizehn Jahre alt."

Sofia grinste und stichelte: „Aber nur, weil du dich auch so benimmst."

Anna streckte ihr die Zunge raus. Doch dann verflog ihre gute Stimmung. Sie machte sich wirklich Sorgen um Marleen. Sofia nickte, als sie ihr das sagte.

„Ich weiß. Gestern Nacht bin ich auch zu Tode erschrocken. Aber als ich Marleen heute Morgen geweckt habe und es ihr gut ging, habe ich mich wieder beruhigt." Ein kleines Lächeln umspielte ihre Mundwinkel. „Außerdem hatte ich bei dem jungen Mann nicht das Gefühl, dass er mit bösen Absichten zu uns gekommen ist."

„Das war mein erster Gedanke", erwiderte Anna. Tatsächlich hatte sie sofort den Verdacht gehegt, dass ein Inkubus ihre Familie gezielt ausgesucht haben könnte – schließlich dauerte ihr Leben um einiges länger als das eines Menschen. Es wäre also eine lohnende Angelegenheit.

Sofia nickte, sie hielt Annas Blick fest. „Ich werde dir die Tagebücher zeigen. Vielleicht sollten wir Thea anrufen. Ich würde gern ihre Meinung dazu hören."

Anna nickte. Ihre eigene Großmutter würde das sicher interessieren. Plötzlich müde lehnte sich Anna an ihre Mutter. Ihr Blick wanderte sorgenvoll zur Treppe.

„Marleen wird ihn suchen."

„Natürlich, schließlich ist sie eine Cromwell", antwortete Sofia und legte einen Arm um Annas Schulter. „Noch keine Frau aus unserer Familie hat sich jemals unterkriegen oder einschüchtern lassen."

Anna seufzte tief. „Wir sollten Thea besser gleich anrufen, bevor die Mädchen noch Wind von der Sache bekommen. Wir haben gute Chancen, während sie sich auf der Terrasse in der Sonne räkeln."

Sofia lachte leise und löste sich von ihr. „Ich hole die Bücher."

Fünfzehn Minuten später saßen Anna und Sofia im kleinen Büro, das sich neben der Küche im Erdgeschoss befand. Vor ihnen lagen zwei der Tagebücher, daneben stand das Telefon. Es hatte einige Minuten gedauert, ehe sie Thea am Apparat gehabt hatten. Scheinbar war wieder irgendein Wanderarbeiter auf ihrem Weingut, mit dem sie „näheren Kontakt" pflegte. Die beiden waren nicht auf die Ausführungen ihrer Ahnin eingegangen.

„Es ist die Rede von zwei Brüdern", sagte Sofia nun. „Craig und Aiden O'Callahan. Sie kamen etwa Mitte des achtzehnten Jahrhunderts nach New Port, blieben aber nicht länger als ein paar Jahre." Sofia seufzte. „Tut mir leid Thea, die Einträge sind ziemlich wirr."

Das kehlige Lachen der älteren Frau drang durch die Leitung. „Ich kann mir schon denken, womit die Frauen dieser Generation sich ausgiebiger beschäftigt haben."

Anna rollte mit den Augen. Gott steh mir bei, wenn ich im Alter auch so werde, dachte sie bei sich.

„Ist ja auch egal", sagte Anna laut. „Jedenfalls schreibt unsere Vorfahrin Celia Cromwell, dass es zwei unglaublich gutaussehende Männer gewesen sein müssen."

„Was an sich ja kein Verbrechen ist", kommentierte Thea. „Weswegen ist diese Celia denn darauf gekommen, dass diese beiden Herren keine richtigen Menschen sind?"

Sofia blätterte eine Seite um und sagte: „Es wurde eine Frauenleiche am Hafen gefunden, die aussah, als hätte man sie leer gesaugt – im wahrsten Sinne des Wortes. Außerdem schreibt Celias Schwester Beatrix, dass sie schwören könnte, bei Craig O'Callahan Hörner gesehen zu haben, nur einen Augenblick, nachdem ihm bei einer Kneipenschlägerei der Kiefer ausgerenkt worden war."

Anna schüttelte sich und murmelte: „Wie gruslig."

Einige Augenblicke war es still zwischen den drei Frauen. Ganz leise konnte man hören, dass Thea am anderen Ende mit den Fingern trommelte.

„Aber an unserer Familie haben sie sich nicht vergriffen?" Theas Stimme war hart und schneidend geworden. Niemand hätte je vermutet, dass diese Frau eben noch schmutzige Witze gerissen hatte. Oder, dass sie weit über hundert Jahre alt war. Erst letzten Winter war sie hier gewesen und Anna wusste sehr genau, dass ihre Großmutter keinen Tag älter als fünfundvierzig aussah.

„Nein, haben sie nicht", beantwortete Sofia die Frage. Sie klang genauso erleichtert, wie Anna sich nach dieser Nachricht gefühlt hatte. Die Wahrscheinlichkeit war also gering, dass Lír von ihrem Geheimnis wusste und nun hier war, um ihnen nach dem langen Leben zu trachteten. Was nicht heißen sollte, dass er es nicht vielleicht doch plante.

Thea murmelte etwas Ähnliches vor sich hin, ehe sie fragte: „Und Marleen ist losgezogen, um ihn damit zu konfrontieren, dass er ein Inkubus ist? Wolltet ihr sie nicht aufhalten?" Der letzte Satz klang vorwurfsvoll.

Sofia schnaubte und sagte: „Selbst ein Monsunregen hätte sie nicht davon abhalten können. Sie ist eine Cromwell, verdammt nochmal."

„Schon gut, beruhig dich Kindchen", sagte Thea. Ihrer Stimme war bereits wieder das Lächeln anzuhören. „Vielleicht sollte ich euch in den nächsten Tagen besuchen kommen."

„Mit oder ohne Begleitung?", stichelte Sofia.

Ihre Mutter murmelte eine leise Verwünschung und Anna sagte: „Es wäre schön, dich hier bei uns in New Port zu haben. Wer weiß, wie sich das alles entwickelt."

„Ja, das dachte ich auch", antwortete Thea. „Es ist wirklich schade, dass wir so wenig über andere Fabelwesen wissen. Vor allem jetzt, wo die Menschheit so kurz davorsteht, auch noch die letzten Geheimnisse dieser Welt zu ergründen."

Anna und Sofia stimmten Thea zu. Aber auch die anderen nichtmenschlichen Wesen konnten ihnen gefährlich werden. Wesen, wie es Lír O'Callahan möglicherweise eines war.

Kapitel 5

Janice Brown war eine mürrische, vertrocknete alte Vettel, die ständig so aussah, als hätte sie ein ganz besonders saures Bonbon im Mund. Das schiefergraue Haar hatte sie sich zu einem strengen Knoten gebunden und in ihrem unförmigen schwarzen Kleid sah sie aus wie eine Leiche. Dennoch strahlte Marleen sie an, als wäre sie ihre über alles geliebte Großtante.

„Guten Morgen Ms Brown", grüßte sie sie. „Wissen Sie, ob Mr O'Callahan schon wach ist?"

Ms Brown musterte sie kritisch und rümpfte die Nase. Offensichtlich erachtete die strenge Christin Marleens bodenlangen, aber figurbetonten Rock und das schulterfreie Oberteil als Vorboten der Apokalypse.

Als sie zurück in ihr Gesicht sah, raunzte Ms Brown: „Das weiß ich nicht. Aber sicher lassen Sie es sich nicht nehmen, den Jungen aus dem Bett zu klingeln." Mit diesen Worten stolzierte sie an ihr vorbei, das Gesangbuch fest an ihre platte Brust gedrückt. Marleen hätte ihr am liebsten den Finger gezeigt.

Stattdessen säuselte sie in ihrem freundlichsten Tonfall: „Vielen Dank für die Auskunft, Ms Brown. Ich wünsche Ihnen einen besonders schönen Sonntag."

Die alte Schachtel ignorierte sie einfach, was Marleen allerdings ganz recht war.

Ihre Aufmerksamkeit richtete sich auf das Haus, in dem sich Lír eingemietet hatte. Es war ein unscheinbares Lagerhaus, das nachträglich in ein Wohngebäude mit einzelnen Parteien umgebaut worden war. Entschlossen ging Marleen auf die Tür zu und drückte den entsprechenden Klingelknopf. Während sie wartete, drängten sich ihr ungebeten die Ereignisse der gestrigen Nacht ins Bewusstsein.

Missmutig schüttelte sie den Kopf. Sie konnte nicht in den lustvollen Nachwirkungen ihres Zusammenseins schwelgen, wenn sie doch gerade jetzt einen klaren Verstand brauchte. Sie musste sich überlegen, welche Worte sie Lír gegenüber verwenden sollte. Aber noch bevor Marleen etwas eingefallen war, ertönte der Summer und sie öffnete die Eingangstür. Sie lief hinauf in den dritten Stock, wo Lír laut des Türschilds wohnte.

Er erwartete sie bereits am Treppenabsatz. Sein Haar sah zerwühlt aus und er trug lediglich eine weite Trainingshose. Sonnenstrahlen, die durch das Oberlicht hereinschienen, verwandelten seinen nackten Oberkörper in Gold. Es war geradezu kriminell, wie appetitlich er aussah. Marleen schnurrte innerlich.

„Guten Morgen Schönheit“, begrüßte Lír sie lächelnd. „Hast du mich etwa schon vermisst?“

Marleen erwiderte sein Lächeln und blieb eine Stufe unter ihm stehen.

„Vielleicht“, gurrte sie und nutzte absichtlich die Sirenenstimme. Dieses eine Wort genügte, damit sich Lírs Augen sofort zu einem einladenden Honigbraun verdunkelten.

„Komm doch rein“, sagte er. Seine Stimme klang belegt, der spielerische Unterton von eben war verschwunden. Marleen lächelte noch breiter und folgte ihm in die Wohnung.

Während sie sich davon abzuhalten versuchte, nicht auf seinen muskulösen Rücken zu starren, nahm sie sich vor, nicht mehr mit der verführerischen Stimme zu ihm zu sprechen. Sie brauchte Antworten und konnte kaum auf solche hoffen, wenn sich Lírs gesamtes Blut aus seinem Hirn Richtung Süden verabschiedete. Ein Handicap, mit dem wohl alle Männer leben mussten – ob vollkommen menschlich oder nicht.

„Ich hoffe, ich habe dich nicht geweckt", sagte Marleen, die Worte möglichst neutral. „Ms Brown war fest davon überzeugt, dass ich so unhöflich wäre." Andererseits dachte verklemmte Janice ohnehin, dass alle Cromwell-Frauen Huren waren.

Lír blieb an einem kleinen Tresen stehen, der die offene Küche vom Wohnbereich abtrennte. Links daneben gingen zwei Türen ab – eine ins Bad und eine ins Schlafzimmer.

Lírs Lächeln war schelmisch, als er sagte: „Ich glaube, dieser Frau wäre selbst Mutter Theresa nicht anständig genug."

Marleen lachte leise vor sich hin. „Damit hast du wahrscheinlich Recht."

Einige Augenblicke war es still zwischen ihnen, die Luft knisterte regelrecht. Wieder versuchten sich all die erotischen Erinnerungen der vergangenen Nacht in Marleens Gedanken zu schleichen.

Bevor die Stimmung kippen konnte, fragte Lír: „Darf ich dir einen Kaffee anbieten?"

„Sehr gern." Marleen setzte sich auf einen der Barhocker vor dem Tresen und beobachtete ihn, während er zwei Tassen nahm und einschenkte. Offenbar hatte sie ihn nicht geweckt, denn der Kaffee in der Kanne dampfte noch.

Wieder schüttelte Marleen innerlich über sich den Kopf. Was war nur los mit ihr? Sie sollte sich lieber darüber Gedanken machen, wie sie herausfinden konnte, was für ein Wesen Lír war, statt darüber zu sinnieren, wie lange er wohl schon wach war. Der unangenehme Verdacht, ihre ungeordneten Gedanken könnten mit seiner wahren Natur zu tun haben, verwandelte ihren Magen in einen harten Knoten.

Fester als nötig schloss sie die Hände um die Kaffeetasse, die Lír vor ihr abstellte. Ihre Augen suchten seinen Blick und hielten ihn fest. Sie musste sich konzentrieren, statt den Blick wieder über seine breiten, unbedeckten Schultern wandern zu lassen.

„Sofia hat etwas in den Tagebüchern gefunden", sagte sie ohne Umschweife. „Sie hat gestern Nacht noch mit der Suche begonnen."

„Wirklich?" Er klang seltsam atemlos und die Tasse sinken, die er eben zu seinen Lippen geführt hatte.

Marleen nickte. Sie beschloss, nicht lange um den heißen Brei herum zu reden.

„Allerdings. Was sie gefunden hat, veranlasste Sofia aber dazu, heute Morgen sehr besorgt mein Zimmer zu stürmen." Marleen ließ Lír keine Sekunde aus den Augen, als sie das sagte. Tatsächlich entdeckte sie etwas Gehetztes in seinem Blick. Weil er nicht antwortete, fuhr sie fort: „Statt ‚Guten Morgen' zu sagen, fragte sie mich ohne Umschweife, ob ich mit dir geschlafen habe."

„Du hast eine seltsame Tante", kommentierte Lír ihre Worte, ein Lächeln zupfte an seinen Mundwinkeln.

Marleen kniff ungehalten die Augen zusammen. „Lír, das ist nicht witzig. Sofia war fast panisch. Ich verwette meinen linken Arm dafür, dass du sehr genau weißt, warum das so war."

Von einem Augenblick auf den anderen sah Lír um Jahre gealtert aus. Weiße Linien gruben sich um seine Mundwinkel, als er diese nach unten zog.

Seine Stimme klang derart distanziert, dass es Marleen kalt den Rücken hinunterlief, als er sagte: „Also haben deine Vorfahren herausgefunden, was die beiden Brüder damals waren." Er neigte den Kopf zur Seite. Die Bewegung war in keiner Weise menschlich – was Marleen seltsamerweise überhaupt nicht beunruhigte.

„Ja, sie haben es in die Bücher geschrieben." Sie schwieg kurz, ehe sie hinzufügte: „Inkubus."

Lír lehnte sich mit dem Rücken an die Küchenzeile und verschränkte die Arme vor der Brust. Wieder senkte sich Stille über sie. Doch dieses Mal war es wie ein lauerndes, angespanntes Warten.

Die feinen Haare in Marleens Nacken stellten sich auf. Er sieht so normal aus, dachte sie bei sich. Diese Tatsache irritierte und beruhigte sie zugleich – schließlich war auch sie ein Monster in menschlicher Verkleidung.

Als Lír schließlich sprach, war seine Stimme leise und seltsam hohl. „Ich hatte dir das Versprechen abgenommen, nicht mit mir zu sprechen. Nicht meinen Namen zu sagen. Ob du es glaubst oder nicht, dadurch habe ich dich beschützt."

Marleen nickte langsam. Es war der einzige Grund, weswegen sie hier friedlich saß und ihn nicht mit ihrer Stimme dazu zwang, von der nächsten Klippe zu springen. Der einzige Grund, weswegen ihre Familie sie hatte hier hergehen lassen. Das wusste Marleen sehr genau.

„Ich habe noch nie ein Leben genommen", sprach Lír weiter. Als wäre er erschöpft, ließ er die Arme sinken und blickte aus dem Fenster. „Und ich bin kein Monster. Nur weil man die Möglichkeit hat etwas… Verwerfliches zu tun, heißt das noch lange nicht, dass man es auch wirklich tut."

Bei seinen Worten ging ein Schauer durch Marleens Körper. Es war, als würde er ihr direkt aus der Seele sprechen. Ein Gefühl, das sie außerhalb ihrer Familie noch bei niemandem empfunden hatte.

„Es gibt drei Siegel", erklärte Lír und sah sie wieder an. „Das erste entsteht allein durch sexuellen Kontakt. Es ist lediglich eine Art… Markierung für andere Inkubi. Sie können es fühlen, wenn sie die Frau berühren."

„Das hört sich sehr sexistisch an“, erwiderte Marleen und hob eine Augenbraue. „Wie ein unsichtbares Besetzt-Schild.“

Statt auf ihre Bemerkung mit einem Lächeln zu reagieren, fuhr Lír fort: „Spricht die Frau beim Sex den Namen des Inkubus‘ aus, dann schließt sich eine starke mentale Verbindung. Er kann ihre Gedanken lesen.“

Scharf atmete Marleen ein, ihre Augen weiteten sich. „Gedankenlesen? Du meinst sowas wie Telepathie?“

Als Lír nickte, kroch Marleen eine Gänsehaut über den Rücken. Diese Sache mit der Markierung hatte ihr schon überhaupt nicht gefallen, aber jemand anderen in ihren Kopf lassen? Bei dieser Vorstellung drehte sich ihr der Magen um.

„Du siehst also, mein Wunsch nach Stille gestern Nacht war nur zu deinem Schutz.“

„Und das dritte Siegel?“, fragte sie. Ein unheimliches Gefühl beschlich sie, aber sie musste es wissen.

Wieder wandte Lír den Blick ab, sah auf den Boden, während er sagte: „Das dritte Siegel tötet die Frau.“

Man musste kein Genie sein, um zu erkennen, dass diese Tatsache Lír belastete. Sehr sogar. Paradoxerweise wollte sie ihn aufmuntern. Eine Idee kam ihr und plötzlich nervös, leckte sie sich über die Lippen. Innerlich focht Marleen einen kurzen Kampf mit sich aus, bevor sie eine gewagte Entscheidung traf.

„Lír“, sagte sie leise, Sirenengesang in der Stimme. Sein Name kam ihr wie eine intime Liebkosung über die Lippen. Augenblicklich drehte er den Kopf zu ihr, die Augen verschleiert.

„Lír, hol ein Messer.“ Ohne zu zögern griff er eines aus dem Messerblock auf dem Tresen.

Marleen atmete tief ein und sagte: „Sehr gut. Nun setz es an deinen Hals an.“

Ohne zu zögern legte Lír die silberne Klinge an seinen Hals und als hätte die Kälte des Stahls ihn zurück in die Wirklichkeit geholt, keuchte er leise auf. Marleen blickte kurz zur Seite und brach damit den Bann. Als wäre es giftig, ließ Lír das Messer auf die Arbeitsplatte fallen. Seine braunen Augen bohrten sich regelrecht in ihre.

„Was zum Teufel hast du mit mir gemacht?", fragte er hart.

Marleen lächelte, aber darin lag keine Heiterkeit. „Nur, weil ich dich allein mit Worten dazu zwingen könnte, dir selbst seelenruhig die Halsschlagader zu perforieren, heißt das noch lange nicht, dass ich es auch wirklich tue."

Lír blinzelte verwirrt. „Was bist du?"

„Ich hasse diese Frage", entgegnete sie und kniff die Augen zusammen. „Denn plötzlich bin ich ein ‚was', kein ‚wer'. Ziemlich kühn von jemandem, der in den Augen der Normalen auch ein ‚es' ist."

Lír zog die dunkelblonden Brauen zusammen, bevor er schief lächelte. Er ging um den Tresen herum und stellte sich neben sie. Marleen konnte deutlich die Wärme seines Körpers spüren.

„Du meinst, wer im Glashaus sitzt sollte nicht mit Steinen werfen?"

„So ungefähr", sagte sie und erwiderte sein Lächeln. Weil sie nicht anders konnte, strich sie mit den Fingerknöcheln über den Bund seiner Trainingshose. Lír atmete tief ein, als sie dabei seine Haut streifte. Marleen blickte ihm tief in die Augen. Sie musste diese Frage stellen, bevor sie ihm noch mehr von sich verriet.

„Wusstest du, dass ich anders bin? Bist du deswegen in unser Café und später zu uns nach Hause gekommen?"

Zum ersten Mal, seit sie dieses Thema angesprochen hatte, erschien ein echtes Lächeln auf Lírs Gesicht. Er zog ihre Hand von seinem Bauch und drückte einen Kuss auf ihre Handinnenfläche.

„Du bist mir zwar aufgefallen, aber nicht, weil du auf *diese* Art anders bist, die du gerade meinst."

„Lügst du mich an?", fragte Marleen. Ihre Stimme hatte neckisch klingen sollen, aber in ihren Ohren hörte sie sich traurig und einsam an. Innerlich schnitt sie eine Grimasse.

„Nein, ich lüge nicht", raunte Lír, rückte näher zu ihr und küsste sie.

Lír schwirrte der Kopf – und nicht nur, weil Marleen seinen Kuss leidenschaftlich erwiderte. Er konnte nicht begreifen, was gerade geschehen war. Die hinreißende Frau in seinen Armen war offensichtlich kein Mensch, ebenso wenig wie er. Die Wahrscheinlichkeit, dass sie sich über den Weg liefen, war verschwindet gering. Dennoch hatten sie sich getroffen.

Schwer atmend löste er sich von Marleen. In ihren dunklen Augen konnte er kaum noch die Grenze zwischen Iris und Pupille erkennen.

„Hast du Angst vor mir?", fragte er an ihren Lippen. Er musste es wissen, auch wenn er die Antwort vielleicht nicht hören wollte. Lír könnte es verstehen, wenn sie sich fürchtete. Er selbst traute sich schließlich nicht über den Weg. Sein wahres Wesen hatte etwas Düsteres, Dämonisches an sich.

„Nein, ich habe keine Angst", antwortete Marleen. Ihr Lächeln wurde breiter und Lír dachte irritiert, dass ihr Gebiss wesentlich mehr Zähne zeigte, als das gewöhnlich der Fall war. Er fragte sich wirklich, was sie unter ihrer milchweißen Haut versteckte.

Bevor er die Gelegenheit dazu kam, fragte Marleen ihrerseits: „Bist du wirklich nur wegen deiner unklaren Familiengeschichte hier? Weil sie im Sand verläuft? Oder suchst du nach etwas mehr als nur einem vollständigen Stammbaum?"

Unwillkürlich versteifte sich Lír, was Marleen nicht ganz verborgen blieb.

„Lír?", hakte sie mit warnendem Unterton nach.

„Sei nicht so misstrauisch", sagte er und lehnte seine Stirn an ihre. „Es geht wirklich um meine Familie. Unsere Vergangenheit ist ein bisschen... turbulent." Was für eine Untertreibung, dachte er sarkastisch. „Wie du schon weißt, versuchte mein Großvater Sullivan die Spuren unserer Vorfahren nachzuvollziehen."

Marleen legte wieder eine Hand an seine Hüfte. Innerlich seufzte Lír bei ihrer Berührung.

„Irgendetwas sagt mir, dass der Grund dafür nicht nur Neugier war."

Er schüttelte den Kopf und entschied, ein weiteres Geheimnis zu lüften. Mit Marleen bot sich ihm eine Chance, die er niemals vermutet hätte. Das Wissen ihrer Familie und die Tatsache, dass auch sie nicht menschlich war, erschienen ihm wie ein Geschenk des Himmels.

„Ungefähr zu der Zeit, als die beiden O'Callahan-Brüder hier in New Port waren, hat sich unsere Familie entzweit und etwas später vollkommen aus den Augen verloren." Lír strich über Marleens schlanken Kiefer. Ihre Haut war zu verführerisch. Leise sprach er weiter: „Bisher war das lediglich bedauerlich für unsere Familie. Aber seit immer mehr Geheimnisse dieser Welt von den Menschen aufgedeckt werden..."

„... ist es wichtig, die Betroffenen dicht beieinander und sicher zu wissen", beendete Marleen seinen Satz.

Lír lächelte sie an. „Ganz genau."

In ihm breitete sich ein warmes Gefühl aus - was nichts damit zu tun hatte, dass Marleen mittlerweile zwischen seinem Körper und dem Tresen gefangen war. Ihre warme

Haut und ihr exotischer Duft benebelten seine Sinne und er konnte nicht aufhören, sie zu berühren. War sein sexueller Hunger gestern Nacht noch vollkommen gestillt gewesen, fühlte er sich nun bereits wieder wie ein Verhungernder.

Er hauchte ihr kleine Küsse die Wange entlang, bevor er die Lippen dicht an ihr Ohr legte und wisperte: „Nun sag mir, was unter deiner hübschen Oberfläche lauert. Bist du etwa eine Hexe, die mich mit einem Bann belegt hat?"

Denn genau so fühle ich mich, dachte er. Trunken vor Lust und ganz auf diese sinnliche Frau fixiert.

„Nein, ich bin keine Hexe", murmelte sie amüsiert. Sie schob eine Hand in sein Haar, ihre Nägel kratzen leicht über seine Kopfhaut und entlockten ihm ein leises Stöhnen.

„Ich konnte dich vorher dazu zwingen, das Messer an deinen Hals zu halten, weil ich eine Sirene bin." Lír wich ein Stück von ihr zurück. Nicht, weil er plötzlich Angst vor ihr hätte. Das wäre verlogen gewesen, denn schließlich könnte er ihr das Leben aussaugen, wenn er wollte. Er sah ihr in die Augen, die wie Edelsteine schimmerten.

„Du meinst, du kriegst Schuppen und einen Fischschwanz, wenn ich dir einen Eimer Wasser über den Kopf schütte?", scherzte er. Doch Marleen erwiderte sein Lächeln nicht. Stattdessen kniff sie die Augen zusammen und sah ihn streng an.

„Ja. Ich würde dir aber raten, das nicht zu tun. Sirenen haben die unschöne Angewohnheit, ihre Männer nach dem Sex aufzufressen."

Irgendetwas in ihrem Gesicht sagte Lír, dass sie nicht scherzte. Bei Leibe nicht. Obwohl es durchaus angebracht wäre, sich nun doch zu fürchten, entspannte er sich. Der Inkubus in ihm kam zur Ruhe. Lír lehnte sich vor und knabberte an ihrer vollen Unterlippe.

„Machen wir einen Deal – ich sauge dir nicht das Leben aus und du frisst mich nicht auf. In Ordnung?"

Marleen lachte an seinem Mund, der Laut strich wie warmer Pelz über seine Haut. „Abgemacht."

Kapitel 6

„Du hast es ihm erzählt?!"

Mit großen, veilchenblauen Augen starrte Nadja Marleen an. Es fehlte nur noch, dass ihr der Mund offen stehen blieb.

„Du hast diesem… diesem Mann erzählt, was wir sind?" Entgeistert sah Nadja zu Anna hinüber. „Und du lässt ihr das durchgehen?"

Marleen biss sich auf die Wangeninnenseite, um nicht laut zu lachen. Es war sehr komisch, wie fassungslos ihre ältere Schwester war.

Anna presste kurz ihre Lippen aufeinander, bevor sie antwortete: „Ich bin auch nicht begeistert, aber Marleen wird schon wissen, was sie tut."

„Ja, das weiß sie", entgegnete Marleen schnippisch. „Und jetzt hört auf über mich zu reden, als würde ich nicht am Tisch sitzen."

Sara neben ihr lachte leise in sich hinein.

Marleen warf ihr einen bösen Blick zu. Ihre Stimme klang fest, als sie sagte: „Lír wird unser Geheimnis bewahren. Schließlich konnte er sein eigenes auch hervorragend vor der Welt verstecken."

„Da hast du Recht", stimmte Sofia ihr zu. „Hätten wir nicht die Tagebücher gehabt, wären wir nie auf die Idee gekommen, dass dieser junge Mann nicht menschlich ist."

Luna biss von ihrem belegten Brot ab und nuschelte: „Wir dürfen ihn ja nur nicht auffressen, weil Marleen ihn behalten will."

„Wirklich?", hakte Sara nach. Ihre dunkelgrauen Augen funkelten interessiert.

Marleen tat, als hätte sie nichts gehört. Jedes Wort, das sie zu dieser Behauptung beisteuerte, würde in jedem Fall gegen sie verwendet werden.

Das ist doch lächerlich, dachte sie. Ich kann ihn nicht ‚behalten', als wäre er ein Haustier.

Gleichzeitig seufzte sie innerlich. Keine Cromwell verbrachte viel Zeit mit nur einem Mann. Die Gefahr, sich doch einmal zu vergessen und die Zähne in seinem Fleisch zu versenken, war einfach zu groß. Auch wenn es ein besonders leckeres Exemplar war, mit dem man einen wunderbaren, sinnlichen Tag zwischen den Laken verbringen konnte.

Genau dort war Marleen den ganzen Sonntag mit Lír gewesen. Es war ihr so vorgekommen, als würde sie ihn schon ewig kennen. Nie hätte sie gedacht, dass es sie derart befreien würde, mit einem Mann Zeit zu verbringen, der ihr Geheimnis kannte. Sie hatten sich nur schwer voneinander lösen können, als es schließlich dunkel geworden und Marleen nach Hause gegangen war.

„Morgen Mittag kommt Thea hier an", wechselte Sofia das Thema, wofür Marleen ihr sehr dankbar war. Augenblicklich richteten sich die Augen der vier Schwestern auf ihre Großmutter. „Anna und ich haben heute mit ihr telefoniert und ihr von Lír erzählt. Sie wollte sich unbedingt sofort auf den Weg zu uns machen."

„Sie kann uns sicher bei der Recherche helfen", warf Marleen ein. „Vielleicht kannte sie sogar eine der Cromwells aus der betreffenden Zeit." Eine Möglichkeit, die so abwegig nicht war. Immerhin war Thea gute hundertzehn Jahre alt und Lír brauchte Informationen, die nur etwa zweihundertfünfzig Jahre zurücklagen. So alt wurden die Cromwell-Frauen normalerweise nicht, aber die Überlieferungen waren durch weniger Münder gegangen, als es bei normalen Menschen der Fall gewesen wäre.

„Ich will die entsprechenden Tagebücher auch lesen", verlangte Nadja. „Es erscheint mir irgendwie seltsam, dass unsere Familie anscheinend vergessen hat, dass hier in New Port auch einmal andere Monster ihr Unwesen getrieben haben." Sie blickte in die Runde, das Gesicht ernst. „Meint ihr nicht?"

Sofia nickte langsam. „Der Gedanke ist mir auch schon gekommen. Um es einfach zu vergessen, waren die Eintragungen in den Büchern zu konkret. Es waren nicht nur wilde Vermutungen, sondern es las sich eher wie belegte Tatsachen."

„Da scheint etwas nicht zusammenzupassen", murmelte Marleen. Seit sie konkret wusste, dass es noch andere nichtmenschliche Familien gab, fand sie es geradezu ignorant, dass man sich bisher nicht untereinander gesucht hatte. Es musste also einen anderen, sehr unerfreulichen Grund geben, warum die Cromwells nur ein paar Generationen später nichts mehr von den O'Callahans wussten.

Der Gedanke, dass Lír sie vielleicht doch belogen hatte, nistete sich in einem dunklen, hässlichen Winkel ihres Gehirns ein.

Es war seltsam, einer älteren Version von sich selbst gegenüber zu sitzen. Oder in Marleens Fall, gegenüber zu stehen. Thea saß im Café am Tresen und schüttete Unmengen von Zucker in den Latte Macchiato, den Marleen ihr hingestellt hatte. Wären nicht die kleinen Lachfalten in ihren Augenwinkeln und die hellen Strähnen in ihrem nachtschwarzen Haar, man hätte die beiden Frauen für Zwillinge halten können.

„Es ist schön, dich wiederzusehen", sagte Marleen zu ihrer Urgroßmutter. Obwohl sie wusste, dass Thea gekommen war, um notfalls einen Mord zu begehen, war es die reine Wahrheit.

Als hätte Thea ihre Gedanken gelesen, lächelte sie schief. „Gib zu - diesen ganzen Zirkus hast du absichtlich veranstaltet, nur damit ich mich mal wieder hier blicken lasse."

Marleen lachte vor sich hin. Das Café war während der Mittagszeit immer wenig besucht und so war sie bis auf zwei Rentner, die am Fenster saßen, mit Thea allein.

„Ganz genau", gluckste sie. „Ich habe nur deshalb einen Inkubus aufgetrieben, der damit droht, mir die Seele auszusaugen, damit wir dich wiedersehen." Thea grinste zurück, aber die Heiterkeit erreichte ihre Augen nicht ganz.

„Nimm es nicht zu sehr auf die leichte Schulter", mahnte sie.

Marleen atmete tief durch. „Nein, tu ich nicht. Trotzdem weiß ich, dass er mir nicht wehtun wird."

Thea hob skeptisch eine Augenbraue, als wolle sie Marleen für verrückt erklären, weil sie den Versprechungen eines *Mannes* traute. Wo doch alle Welt wusste, dass Männer wirklich alles sagen würden, um eine Frau ins Bett zu kriegen.

Auch wenn Thea zweifelsohne Recht hatte, ignorierte Marleen diese nonverbale Standpauke.

Stattdessen sagte sie: „Er kommt heute Nachmittag zu uns nach Hause." Luna und Sara würden sich in dieser Zeit um das Café kümmern, damit Marleen Lír vor den älteren Frauen der Familie beschützen konnte. Bei dem Gedanken musste sie innerlich grinsen.

„Lír O'Callahan", murmelte Thea leise. Sie ließ den Namen wie einen ihrer Weine über die Zunge rollen, um zu testen, ob er verdorben war oder nicht. Die saphirblauen Augen ihrer Ahnin suchten ihre. Manchmal fragte sich Marleen, ob ihr Blick auch so intensiv und fesselnd sein konnte.

„Du sagtest, er würde seinem Großvater helfen, den verlorenen Familienzweig aufzuspüren?" Marleen nickte lediglich.

Offensichtlich genügte Thea diese Information, denn sie nippte an ihrem Kaffee, sah aus dem Fenster und schwieg.

Die dünnen, weißen Baumwollhandschuhe fühlten sich auf Theas Haut kühl, aber vertraut an. Zusammen mit Sofia, Anna, Marleen und dem blonden jungen Mann saß sie ihn der gemütlichen Küche des Hauses. Vor ihnen auf dem Esstisch stand eine kleine Kiste, die die relevanten Tagebücher enthielt. Sofia hatte sie aus der Klimakammer geholt. Dort unten wäre es für sie alle viel zu eng gewesen. Zudem wurde, nur wenn es sich nicht verhindern ließ, einem Außenstehenden Zutritt zu den Kellerräumen des Cromwell-Hauses gewährt.

Es herrschte eine angespannte Stimmung, wie vor einem Gewitter. Nicht bedrohlich, nur aufgeladen von den Erwartungen der Anwesenden. Thea selbst war ebenfalls sehr neugierig – auf die Tagebucheinträge wie auch auf den jungen Mann neben ihrer Urenkelin. Lír O'Callahan war etwas anders, als sie ihn sich vorgestellt hatte.

Wobei sie selbst nicht sagen konnte, was genau sie erwartet hatte. Jedenfalls war es kein großer blonder Mann gewesen, dessen bernsteinfarbene Augen ihre Nachfahrin regelrecht zu verschlingen schienen. Thea hatte innerlich grinsen müssen, als der Junge sie gesehen und überrascht eingeatmet hatte. Offensichtlich hatte er nicht erwartet, eine ältere Version seiner Bettgespielin anzutreffen. Ihre ‚Tante'. Thea verkniff sich ein Grinsen.

Allerdings hatte er sich sehr schnell wieder gefangen, als Sofia mit den Büchern aufgetaucht war. Nun saß er derart konzentriert über dem ersten Tagebuch, dass er um sich herum nichts mehr wahrzunehmen schien. Während Anna und Sofia sich leise mit Marleen unterhielten, nahm Thea sich selbst ein Buch aus der Kiste.

Beatrix Cromwell hatte eine klare, energische Handschrift. Zur fraglichen Zeit war sie Anfang zwanzig gewesen, ihre Schwester Celia nur ein paar Jahre älter. Vorsichtig blätterte Thea in dem Tagebuch. Die Einträge waren unregelmäßig und unterschiedlich lang. Mal waren es nur ein paar Vermerke und dann wieder einige Seiten. Beatrix musste wohl zu den Cromwells gehört haben, die diese Tradition nicht sonderlich ernst genommen hatten. Thea grinste innerlich.

Doch das heitere Gefühl verflog, als sie den ersten Hinweis auf Craig und Aiden O'Callahan entdeckte. Interessiert beugte sie sich tiefer darüber. Offenbar waren die Brüder als Wanderarbeiter im Hafen von New Port aufgetaucht, im Sommer des Jahres 1756. Beatrix schwärmte von dem Aussehen der beiden, als wären sie Halbgötter und direkt aus dem Olymp auf die Erde hinabgestiegen. Anscheinend hatte sie dies mit ihrer Schwester Celia ausgiebig diskutiert.

Thea seufzte leise. Es war doch immer dasselbe mit den Cromwell-Frauen: Kaum tauchte ein hübscher Kerl am Horizont auf, machten sie sich sogleich auf die Jagd. Unnötig zu erwähnen, dass auch Thea in dieser Hinsicht keine Ausnahme bildete. Nach einigen Einträgen hatte sich die Situation anscheinend wieder beruhigt und Thea fand nur noch gelegentlich einen Hinweis auf die O'Callahans.

Offenbar hat sich keine Cromwell einen der beiden unter den Nagel gerissen, dachte sie. Skepsis machte sich in Thea breit, wobei sie nicht genau sagen konnte, was sie störte. Bis sie auf einen Eintrag stieß, der ungefähr zur Weihnachtszeit desselben Jahres gemacht worden war. Sie hatte kaum die ersten Worte des offensichtlich mit großem Zorn geschriebenen Absatzes gelesen, da brach sie auch schon in lautes Gelächter aus.

Alarmiert wandten sich alle Köpfe zu ihr. Anna hatte sich sogar eine Hand auf die Brust gelegt, als müsse sie ihr erschrockenes Herz beruhigen.

Als Thea nicht aufhörte zu glucksen, sagte Marleen im Flüsterton an Sofia gewandt: „Jetzt ist sie übergeschnappt."

„Ach was", japste Thea und wischte sich eine Träne aus dem Augenwinkel. Sie richtete ihren Blick auf Lír, der sie ebenfalls skeptisch musterte. „Mein Junge, deine Vorfahren hatten es faustdick hinter den Ohren."

Interesse ließ seine braunen Augen funkeln.

Grinsend fügte Thea hinzu: „Offensichtlich waren das zwei ganz schöne Weiberhelden. Beatrix Cromwell schreibt kurz vor Weihnachten, dass es sie nicht wundern würde, wenn im Frühsommer des nächsten Jahres lauter Bälger auf die Welt kommen würden, die den O'Callahan-Brüdern glichen."

Marleen lachte leise vor sich hin, wohingegen Lír nicht sonderlich glücklich aussah.

Thea sagte: „Beatrix ging das ziemlich gegen den Strich, denn sie musste sich offenbar ins eiskalte Meer stürzen, um nicht Zeugin zu werden, wie wieder einmal einer der beiden im Abendrot eine Frau am Strand vernaschte." Kaum hatte sie geendet, weitete sich Marleens Kichern zu einem lauten Lachen aus.

Sie legte Lír eine Hand auf die Schulter. Der Junge schien wegen irgendetwas verlegen zu sein, denn auf seinen Wangen breitete sich ein zartes Rot aus. Wie niedlich, dachte Thea vergnügt. Sie konnte sich fast denken, warum ihre Urenkelin so schallend lachte und ihr Nebensitzer sich innerlich wand. Sofias und Annas bedeutungsschwangeren Blicken zu urteilen, wussten sie es auch.

Thea räusperte sich, als Marleen sich wieder eingekriegt hatte.

„Nun, ganz so amüsant ist das wohl nicht, wenn man bedenkt, welcher Art von… Menschen diese beiden Männer angehörten.“ Augenblicklich kippte die Stimmung, die Frauen sahen Lír aufmerksam an. Thea konnte noch immer nicht so ganz sagen, ob sie glaubte, dass Lír O'Callahan tatsächlich ein Inkubus war.

„Sie müssen sich wohl beherrscht haben“, sagte Lír nach einigen Augenblicken. Seine Stimme klang hohl und hatte einen bleiernen Unterton. Thea kannte diesen nur zu gut: Schuld. Auch Sirenen fühlten Schuld - wenn nicht für eigene Taten, dann zumindest für die ihrer Familienmitglieder. Denn nicht alle schafften es, aufzuhören, bevor es zu spät war. Ein fehlendes Pfund Fleisch brachte einen Menschen nicht um, aber wenn die Sirene sich nach dem ersten Bissen nicht bremsen konnte, hörte erst auf, wenn nur noch eine Pfütze voll Blut übrig war.

Mühsam drängte Thea die dunklen Gedanken zurück.

„Schon gut Junge“, sagte sie und tätschelte seinen Unterarm. Lír nickte kaum merklich. Zwischenzeitlich hatte sich Sofia ebenfalls Handschuhe übergestreift.

Sie blätterte in einem schmalen Band, bevor sie sagte: „Das hier sind Aufzeichnungen von Celia, etwa zwei Jahre nach der Ankunft der Brüder. Hier berichtet sie über den Fund der ersten Leiche.“

Kapitel 7

Lír fühlte sich unwohl. Es gab tausend Orte auf der Welt, an denen er im Moment lieber sein wollte, und doch hätte ihn nichts dazu bewegen können, dieses Haus zu verlassen. Marleen regte sich neben ihm, lehnte ihren warmen Körper an seinen. Die Berührung war wie Balsam auf verbrannter Haut. Lír lächelte sie dankbar an, bevor er das Buch von Sofia entgegennahm.

Schon das Schriftbild zeigte, dass Celia sehr aufgewühlt gewesen sein musste, als sie die Worte niederschrieb. Es war nach dem Fest der Sommersonnenwende, als eine sehr ungewöhnliche Leiche im Wald östlich von New Port gefunden wurde. Celia beschrieb sie als ‚ausgezehrt, als wäre alles Fleisch aus ihr herausgesaugt' worden. Auf Lírs Zunge bildete sich ein ekelhafter Geschmack.

„Einer von ihnen war es", sagte er leise. „Die Art, wie Celia die Leiche beschreibt, ist zweifellos mit einem Inkubus in Verbindung zu setzen."

Er wusste es, denn er hatte ein Bild eines solchen Leichnams bereits gesehen. Lír fühlte den schweren Blick der Frauen auf sich, sah aber nicht hoch. Marleen hatte ihm zwar erzählt, dass auch Sirenen Schreckliches tun konnten, aber er könnte es niemals ertragen, in den Augen der Anwesenden Entsetzen oder Ablehnung zu lesen.

Wieder berührte Thea seinen Arm. Marleens Tante, die ihr auf so beunruhigende Weise ähnlichsah, fragte sanft: „Wie lange dauerte es, bis deine Vorfahren danach die Stadt verließen?"

Lír räusperte sich und blätterte einige Seiten weiter. Er war Thea dankbar dafür, dass sie ihn nicht bemitleidete, sondern etwas anderes gab, mit dem er sich beschäftigen konnte.

Kurz darauf sagte er: „Etwa einen Monat, kurz nachdem eine zweite Leiche gefunden worden war."

„Die Verbindung zwischen den Leichen und deinen Vorfahren ist wohl nicht gezogen worden", warf Anna ein. Da ihre Stimme nicht verurteilend, sondern neutral geklungen hatte, hob Lír den Blick. Die blauen Augen von Marleens Mutter blickten ihn nachdenklich an. „Wohin sind sie anschließend gegangen? Weißt du das?"

„Ja. Craig und Aiden sind einige Zeit durchs Land gezogen, bevor sie getrennte Wege gegangen sind. Darum war es für meinen Großvater und mich auch so schwer, die Spur hier nach New Port zu finden."

„Gab es denn noch weitere… Leichenfunde?", fragte Sofia.

Lír zuckte mit den Schultern. „Nein, es gab keine Funde. Aber Sullivan meint, dass sie nur vorsichtiger geworden sind." Marleen lehnte sich noch ein Stückchen näher an ihn, woraufhin ihm sofort leichter ums Herz wurde. Es war absolut verrückt, dass allein ihre Anwesenheit alles für ihn erträglicher machte.

Nach kurzem Schweigen sagte Anna: „In Ordnung. Lesen wir weiter. Ich sehe Sofia schon an, dass sie ganz kribbelig wird, weil die alten Bücher an der Luft sind und nicht in der Klimakammer liegen." Kurzes Gelächter wurde laut und die Spannung löste sich. Tatsächlich schafften sie es in der nächsten Stunde, alle Bücher durchzulesen.

Lír machte sich so viele Notizen wie möglich. Sein Großvater würde sterben vor Glück, könnte er hier sein. Da Sullivan aber ein verrückter alter Mann war, der sich niemals auch nur auf fünfzig Fuß einem Flugzeug nähern würde, mussten Lírs Aufzeichnungen ihm genügen.

Es war spät und die Sonne war längst untergegangen, als Sofia die Tagebücher nahm und zurück in die unterirdische Schatzkammer trug. Lír fragte erst gar nicht, ob er sie begleiten dürfte. Die Frau mit dem ungewöhnlich weißblondem Haar würde ihn eigenhändig erwürgen, sollte er nur einen Schritt Richtung Kellertreppe machen. Sie hatte Anna wie eine Vaterlandsverräterin angeschrien, als sie ein Tagebuch ohne Schutzhandschuhe hatte anfassen wollen.

Eine warme Hand legte sich von hinten auf seine Schulter. Lír blickte in Theas freundliche Augen.

„Du bist ein guter Junge", sagte sie, bevor sie Marleen neben ihm einen Blick zuwarf. Lír wusste, dass gerade eine ungesagte Botschaft zwischen den Frauen ausgetauscht wurde, wahrscheinlich über ihn. Aber im Moment war ihm das herzlich egal - vor allem, da Marleens Tante ihn anscheinend gerade offen akzeptiert hatte.

Zusammen mit Anna verabschiedete sich Thea und beide verließen die Küche. Stille senkte sich über den Raum, der noch zuvor so voller Leben und Spannung gewesen war. Lír fühlte Marleens Wärme neben sich überdeutlich. Als sie seufzend ihren Kopf an seine Schulter legte, durchfuhr es ihn bis tief ins Mark. Weil er nicht anders konnte, legte er einen Arm um sie und strich sanft über die nackte Haut ihres Oberarms. Erregung erfasste ihn und sein eben noch erschöpfter Körper wurde hellwach.

„Du bist wirklich eine ganz schlimme Verführerin", murmelte er. Marleen hob den Kopf, ihre dunklen Augen funkelten belustigt.

„Ich habe doch gar nichts gesagt", antwortete sie. Die Worte glitten wie flüssige Seide über Lírs Haut, seine Erektion drückte schmerzhaft gegen seine Jeans und er hätte sie um ein Haar gepackt und mitten auf dem Küchentisch genommen.

„Das hast du jetzt mit Absicht gemacht. Schämst du dich denn gar nicht, diese verteufelt sexy Sirenenstimme gegen mich einzusetzen?“

Schlanke Finger strichen über seinen Schenkel, Nägel kratzten über den Jeansstoff und Lír biss sich auf die Unterlippe, um ein Stöhnen zu unterdrücken. Warum zum Teufel saßen sie in einem vollen Haus, statt irgendwo allein zu sein?

Mit rauchiger Stimme sagte Marleen: „Eine Frau muss alle Mittel einsetzen, um zu bekommen, was sie will. Und ich will dich in meinem Schlafzimmer.“ Unmittelbar sprang Lír von seinem Stuhl und zog Marleen mit sich. Er packte sie am Handgelenk und steuerte in Richtung Treppe.

Seine Stimme hörte sich in seinen eigenen Ohren rau an, als er fragte: „Wohin?“

Marleen war versucht, den Schlüssel im Schloss ihrer Zimmertür umzudrehen, nachdem sie Lír hineingefolgt war. Die Vorstellung, diesen Mann eingesperrt für sich ganz allein zu haben, war überaus verlockend. Außerdem traute sie ihren verrückten Schwestern durchaus zu, einfach hereinzuplatzen und zu fragen, ob sie nicht eine Orgie veranstalten wollten. Das ist nicht unwahrscheinlich, seufzte Marleen innerlich. Also schloss sie ab, bevor sie zu Lír hinüberging.

Mit einem zufriedenen Seufzen lehnte sie sich an seinen Rücken. Selbst durch den Stoff seiner Kleidung fühlte sie die Hitze seiner Haut, die Stärke seiner Muskeln. Marleen legte die Arme um seinen Oberkörper, presste die Handflächen auf seinen flachen Bauch. Lír atmete tief ein und strich über ihre Unterarme. Seine Finger hinterließen heiße Spuren auf ihrer ohnehin erhitzten Haut.

Langsam wanderten Marleens Hände tiefer, bis sie am Bund seiner Jeans anhielten. Zielstrebig öffnete sie den

Knopf und zog den Reißverschluss hinunter. Das Geräusch bescherte ihr eine wohlige Gänsehaut, die ihre Brustwarzen aufrichtete. Sie musste sich zusammenreißen, um nicht ihre Zähne in seiner Schulter zu versenken. Das Übernatürliche in ihr wollte einen Bissen von ihm nehmen – und das nicht nur im übertragenen Sinne.

Statt auf diesen blutigen Hunger zu hören, konzentrierte sich Marleen darauf, eine Hand in Lírs Jeans zu schieben und seine Erektion zu umfassen. Sobald sie ihn berührte, stieß er ein heiseres Stöhnen aus und spannte sich an. Lírs Hände fassten ihre Unterarme fester, während Marleen ihre Hand langsam über seine ganze Länge gleiten ließ. Sie liebte es, ihre Männer im Bett sprichwörtlich in der Hand zu haben.

„Marleen", keuchte Lír, während er sich aus ihrem Griff löste und sich zu ihr umdrehte. Sie konnte seine Augen im Zwielicht ihres dunklen Zimmers kaum erkennen. Dennoch spürte sie seinen heißen Blick überall auf ihrem Körper. Zielstrebig drängte Lír sie zu ihrem Bett. Als sie die Matratze in den Kniekehlen fühlte, ließ sie sich einfach fallen. Lír entwich ein sinnliches Lachen, bevor er auch ihre Beine aufs Bett legte und sich dann über sie beugte.

Jede Stelle, an der sie sich berührten, glühte wie Feuer. Marleen glaubte, jeden Moment in Flammen aufzugehen. Wirr dachte sie im letzten vernünftigen Teil ihres Gehirns, dass es nicht normal war. Es war verrückt, dass sie diesen Mann keine ganze Woche kannte und sich dennoch so unglaublich wohl und verstanden bei ihm fühlte. Ganz zu schweigen davon, dass er sie nur anzusehen brauchte und sie ganz feucht wurde.

Aber selbst dieser Rest Verstand schwieg in ihrem Kopf, als Lír sie küsste. Oh, er wusste ganz genau, was er mit seinen Lippen und seiner Zunge anstellen musste. Der erotische Tanz ihrer Münder raubte Marleen den Atem, ließ ihre

Haut viel zu heiß und zu eng wirken. Spielerisch knabberte sie an seiner Unterlippe, während ihre Hände sich seinem Körper widmeten. Lír keuchte an ihren Lippen, als sie wieder in seine Hose griff.

„Du bringst mich um den Verstand", murmelte er atemlos.

Marleen lachte kehlig und schnurrte mit Verführung in der Stimme: „Das ist nur der Anfang." Wie auf ein geheimes Stichwort hin, schälten sie sich gegenseitig aus den Kleidern. Geradezu fieberhaft zerrten sie den Stoff von ihren Körpern, warfen ihn achtlos beiseite und stöhnten gleichzeitig auf, als sie sich schließlich nackt berührten.

Marleens Atem stockte, als sie seine Erektion an der Innenseite ihrer Schenkel fühlte.

„Denk daran", hauchte Lír gegen ihren Hals, bevor er ihre erhitzte Haut küsste. „Du darfst meinen Namen nicht sagen."

„Abgemacht", wisperte Marleen, ein breites Grinsen auf den Lippen. Vielleicht würde sie Lír später fragen, warum ihre sexuellen Begegnungen immer von Abmachungen begleitet wurden.

Marleen wollte gerade ihre Beine um seine schmalen Hüften legen, als Lír sie mit einer sicher verbotenen Bewegung auf den Bauch drehte. Überrascht schnappte sie nach Luft, wollte etwas erwidern, doch der Atem entwich zischend ihren Lungen, als Lír sich an ihren Rücken schmiegte. Der harte Beweis seiner Erregung rieb aufreizend über ihren Po.

Während er mit einer Hand die Haare von ihrer Schulter strich, presste sie ihren Unterleib gegen ihn. Mit einem tiefen Knurren biss Lír in ihren Hals, hinterließ ein pochendes Mal auf ihrer Haut. Marleens Atem ging immer schneller, ihr Verlangen war kurz davor, zur Qual zu werden. Sie fühlte sich wie eine Verhungernde, obwohl sie noch nicht einmal vor vierundzwanzig Stunden ihren Appetit gestillt hatte.

Es muss an diesem ersten Siegel liegen, dachte sie fiebrig, während Lír mit einer Hand an ihrer Seite entlang nach unten strich. So intensiv hatte sie noch auf niemanden reagiert. Ihr Körper brannte regelrecht und Marleen würde verrückt werden, wenn er nicht endlich in sie drang.

Als hätte er ihr stummes Flehen gehört, hob Lír ihr Becken an.

„Oh ja“, entfuhr es ihr und sie hätte vor Erleichterung und gleichzeitiger Anspannung beinah geschluchzt. Doch als Lír dann endlich, endlich seinen harten Schwanz in sie schob, wimmerte Marleen doch. Sie krallte die Hände in die Kissen, atmete abgehackt und zwang sich, still zu halten. Es war eine Sache, sich im Bett gehen zu lassen, aber eine ganz andere, vollkommen die Kontrolle über sich zu verlieren. Marleen würde auf keinen Fall zugeben, wie abhängig sie im Moment von seinen Berührungen war.

Dennoch stöhnte sie tief auf, als Lír sich ganz in ihr versenkt hatte. Seine Hände hatten ihre Hüften fest gepackt und sein Atem klang harsch. Marleen konnte deutlich seinen schnellen Pulsschlag in sich fühlen.

„Sag mir, was dir gefällt“, forderte er sie rau auf. Um seine Worte zu unterstrichen, zog er sich ganz langsam fast vollständig aus ihr zurück, nur um sie mit einem kräftigen Stoß wieder ganz auszufüllen. Marleens heiserer Schrei wurde von den Kissen gedämpft.

„Nochmal“, forderte sie, Sirenengesang in der Stimme. Hätte ihr Überleben davon abgehangen, sie hätte nicht ohne die verführerische Macht zu im sprechen können. Dafür war sie viel zu erregt. Ihre Forderung wurde erfüllt, als Lír seine aufreizende Bewegung wiederholte. Und wiederholte, immer wieder. Hitze breitete sich in Marleen aus, ließ ihr Blut kochen und sammelte sich in ihrem Unterleib.

Um ihren Genuss zu vertiefen, führte sie eine Hand ihren Bauch hinunter zwischen ihre Beine. Sie konnte deutlich Lírs gebannten Blick spüren und mit einem Schwall obszöner Flüche steigerte er das Tempo, bewegte sich immer schneller in ihr. Marleen passte den Rhythmus ihrer Finger seinen Stößen an – und kam sofort.

Der Orgasmus war gewaltig, pure Ekstase raste durch ihren Körper und ließ sie tief stöhnen. Lír hielt sie noch fester, stieß schneller in sie und folgte ihr schließlich ins Nirwana.

Marleens Körper fühlte sich an wie Wackelpudding. Wäre in diesem Moment ein Feuer im Haus ausgebrochen, sie wäre unweigerlich verbrannt, denn ihre Beine würden sie keinen Meter tragen können. Bei diesem Gedanken grinste sie vor sich hin – kurz bevor ihr ein leises Stöhnen entwich, weil Lír mit einem Finger ihre Wirbelsäule hoch und runter strich. Marleen drehte den Kopf und warf ihm mit einem tadelnden Ausdruck zu.

„Lass das“, murmelte sie in die Kissen, aber Lír grinste sie nur an. Er lag neben ihr, einen Arm lässig unter den Kopf gelegt. Im diffusen Schein ihrer Nachttischlampe schimmerte seine Haut ebenso golden wie sein Haar. Es war noch dunkel draußen, aber der Sonnenaufgang war nicht mehr fern. Marleen hatte in dieser Nacht keine Minute geschlafen. Der Grund dafür strich lasziv über ihren Rücken.

Lírs Finger hielten kurz vor ihrem Po inne und er sagte leise: „Danke.“

„Wofür?“, hakte Marleen nach. „Du musst schon präziser werden, schließlich habe ich dir in den letzten Stunden den ein oder anderen Gefallen getan.“

Lír lachte leise vor sich hin, der Laut ließ Marleens Brustwarzen hart werden. „Deswegen stehe ich sicher nicht in deiner Schuld, denn ich habe dir immerhin auch einige Wünsche erfüllt.“

Sein Gesicht wurde ernster, doch das Funkeln in seinen braunen Augen blieb. „Ich will dir dafür danken, dass du mir bei meiner Suche hilfst und deine Familie ebenfalls dazu überredet hast.“ Marleen zuckte mit den Schultern, um ihre Verlegenheit zu überspielen.

Lír rückte etwas näher zu ihr heran und sagte: „Und ich danke dir dafür, dass du mich akzeptierst und keine… Angst vor mir hast.“

Marleens Kehle war mit einem Mal trocken, sie ließ Lír keine Sekunde aus den Augen. Er fuhr sich mit einer Hand durchs Haar, als würde er nach den richtigen Worten suchen.

„Es ist schwer zu erklären“, setzte er an. Mit einem Seufzen fuhr er fort: „Außerhalb meiner Familie konnte ich noch niemandem so vertrauen wie dir. Erst jetzt wird mir wirklich klar, wie viel Kraft es mich bisher gekostet hat, mein Geheimnis immer für mich zu behalten.“

Marleen lächelte ihn wissend an. Ihr Herz schlug hart in ihrer Brust, als sie sagte: „Ich weiß genau, was du meinst. Es ist sehr befreiend, wenn man nicht das einzige Monster im Raum ist.“

Lír lachte leise vor sich hin, bevor er sich hinunter beugte und spielerisch an ihrem Ohr knabberte. Bevor sich Marleens Gehirn wieder in Pudding verwandelte, musste sie ihm noch eine Frage stellen. Eine Frage, die sie schon vor ihrem Sexmarathon beschäftigt hatte.

Also setzte sie sich auf, schlang vorsichtshalber das Laken um ihren nackten Körper und sah Lír in die Augen. Dieser runzelte die Stirn.

„Irgendwas sagt mir, dass jetzt Schluss mit dem Bettgeflüster ist.“

„Keine Angst, ich fresse dich jetzt nicht. Ich will dir nur eine Frage stellen.“

„Nur zu.“

Marleen überlegte kurz, aber weil ihr keine passende Formulierung einfallen wollte, fragte sie geradeaus: „Dieses erste Siegel, was genau hat das für Auswirkungen?"

Sichtlich perplex blinzelte Lír sie an.

„Ähm..." Er sah sich hilfesuchend im Zimmer um und Marleen spürte deutlich, dass ihm die Frage unangenehm war. Lír seufzte leise, bevor er sie wieder ansah.

„Es ist wirklich nur eine Markierung für andere Inkubi."

„Wie ein Brandzeichen?", hakte Marleen nach.

„Herr Gott, nein!", entfuhr es Lír. Zu ihrer Verwunderung begann er leise zu lachen. „Nein, bei Weitem nicht. Dachtest du etwa, du hättest nun eine Art Stempel irgendwo auf dir?"

Verärgert, weil er sich über sie lustig machte, verschränkte Marleen die Arme vor der Brust.

„Verspotte mich noch einmal und ich zwinge dich, splitternackt zur Mittagszeit durch New Port zu laufen." Beschwichtigend legte Lír ihr eine Hand auf ihr Knie und rutschte ein Stück näher zu ihr heran. Ihm war deutlich anzusehen, dass er sich ein breites Grinsen verkniff.

„Bloß nicht", bat er sie. „Die Siegel sind alle unsichtbar, ein Inkubus kann sie aber erfühlen."

„Und das erste dient dazu, mich als persönliches Bumshäschen auszuweisen?", fragte Marleen gespielt empört, was Lír ein weiteres kleines Lachen entlockte.

„Nein." Er kam ihr noch näher und flüsterte gegen ihre nackte Schulter: „Es sagt ihnen, dass sie verdammt nochmal die Finger von dir lassen sollen."

„Bewirkt es auch, dass ich sofort unanständig feucht werde, wenn du mich berührst?"

Lírs Augen suchten ihre, ein erotischer Ausdruck in seinem Blick. „Nein. Aber es ist gut zu wissen, dass ich so eine Wirkung auf dich habe."

Oh ja, schnurrte Marleen innerlich. Sie beruhigte den Teil in sich, der wegen dieser Vermutung besorgt gewesen war. Was nicht hieß, dass es ihr unbedingt gefiel, in seinen Händen derart zu Wachs zu werden. Es war zweifelsfrei ein berauschendes Gefühl, aber Marleen würde niemals zu irgendeines Mannes Spielzeug verkommen. Schließlich war sie eine Cromwell, verdammt nochmal.

„Wenn das zweite Siegel geschlossen wird, wenn ich deinen Namen beim Sex sage, wie kommt das letzte zustande?"

Lír hörte auf damit, ihre Schulter zu küssen, und wurde sehr still. „Es entsteht, wenn… nun, wenn ein Inkubus das Blut der betreffenden Frau trinkt."

Ungläubig sah Marleen auf ihn hinunter. „Wie ein gottverdammter Vampir?"

„Wenn man es so sagt, klingt es natürlich sehr hässlich", verteidigte sich Lír. „Aber glaubst du, irgendein anständiger Inkubus würde je Sex haben, wenn es schon reichen würde die Lebensenergie zu stehlen, wenn seine Partnerin nur seinen Namen sagt? Im Leben nicht!" Er wirkte sichtlich verärgert und Marleen legte ihm beschwichtigend eine Hand auf die nackte Brust.

„Tut mir leid, so war das natürlich nicht gemeint. Ich war nur überrascht."

Lír seufzte und ließ sich in die Kissen zurücksinken. Er wirkte irgendwie erschöpft, als hätte ihn das Thema um Jahre altern lassen. Marleen schmiegte sich an ihn und genoss die Wärme seines kräftigen Körpers an ihrem. Plötzlich kam ihr ein verwegener Gedanke.

„Bei einem Menschen?", fragte sie und sah zu ihm hoch.

Irritiert erwiderte Lír ihren Blick. „Natürlich bei einem Menschen."

„Und bei einer nichtmenschlichen Frau?"

„Das weiß ich nicht", antwortete er und zuckte mit den Schultern. „Wahrscheinlich dasselbe. Oder vielleicht auch gar nichts. Jedenfalls will ich es nicht ausprobieren." Der letzte Satz klang schneidend.

Marleen erwiderte nichts darauf. Sie hatte ebenfalls keine Lust, die Probe aufs Exempel zu machen. Sie mochte Lír wirklich, wirklich sehr und der Sex war umwerfend, aber sie war sehr glücklich damit, niemanden in ihrem Kopf zu haben - und am Leben zu sein. Lír begann wieder, ihr sanft über den Rücken zu streichen. Sie hätte ihm gern noch ein paar Fragen gestellt, doch von einem Augenblick auf den anderen war sie eingeschlafen.

Nervös wählte Lír die Telefonnummer seines Großvaters. Es war bereits früher Nachmittag, als er endlich alle Aufschriebe noch einmal durchgegangen war und zu einem knappen Bericht zusammengefasst hatte. Zu den Einträgen aus den Cromwell-Tagebüchern hatte er einige Notizen hinzufügen können, die er im Stadtarchiv ausgegraben hatte. Erst jetzt lohnte es sich, Sullivan davon zu berichten. Der alte Mann hasste es, wenn man ihm unvollständige Recherchen vorlegte.

Lír blickte aus dem Fenster, während er dem Freizeichen lauschte. Es war ein Tag vergangen, seit er bei Marleen die Tagebücher ihrer Vorfahrinnen durchgelesen hatte. Seither hatten sie sich weder gesehen noch gesprochen, weil beide von ihnen zu beschäftigt gewesen waren: Er mit seinen Nachforschungen und Marleen mit der Arbeit im Café. Trotz dieser Tatsache und dass sie sich erst so kurz kannten, vermisste er sie.

„O'Callahan", brummelte eine tiefe, raue Männerstimme durch die Leitung.

„Großvater? Ich bin's, Lír."

Sogleich wurde die Stimme freundlicher. „Lír? Schön von dir zu hören, mein Junge. Und, hat Patriks Tipp dir geholfen?"

Lír musste über Sullivans Frage lächeln. Dem alten Mann würde niemals in den Sinn kommen, ihn nach seinem Befinden oder dem Wetter zu fragen. Dafür war er viel zu direkt. Wie Marleen, dachte er belustigt.

„Der Tipp war Gold wert. In New Port bin ich endlich auf die Brüder gestoßen. Hier gibt es doch tatsächlich eine Familie, die seit Generationen Tagebuch führt und diese wie ein übereifriger Archivar aufbewahrt." Das Bild, wie liebevoll Sofia die alten Bücher behandelt hatte, ließ sein Lächeln noch breiter werden. Sie würde sich sicher hervorragend mit seinem Großvater verstehen.

„Sehr gut", war dessen einziger Kommentar dazu. „Lass hören, was du bisher hast."

Wie gewünscht las Lír seinen Bericht vor: Dass die Brüder Craig und Aiden O'Callahan im Sommer Mitte des achtzehnten Jahrhunderts nach New Port gekommen waren, dort als Hafenarbeiter gearbeitet hatten und nach zwei Jahren wieder fortzogen.

„Vor ihrem Verschwinden wurden zwei Leichen gefunden, die genau dieselben Merkmale aufwiesen, wie alle Inkubusopfer", beendete Lír seinen Vortrag.

Einige Augenblicke herrschte Stille auf Sullivans Seite.

„Danach haben sie sich getrennt", sagte der alte Mann. Lír murmelte zustimmend. Es war genau der Scheidepunkt, den sie gesucht hatten. Sie waren ihrem Ziel, den anderen Zweig der O'Callahans zu finden, so nah wie noch nie. Sie berieten sich, was sie als Nächstes tun wollten, konnten sich aber nicht einigen. Sullivan wollte ihn zurück zu sich beordern, um ihre nächsten Schritte zu planen, während Lír weitere Hinweise in New Port suchen wollte.

Unvermittelt wechselte Sullivan das Thema und fragte: „Was ist mit dem Mädchen dieser Tagebuchfamilie?“

„Marleen?“, fragte Lír irritiert. Sein Großvater interessierte sich sonst nicht besonders für die Frauen, mit denen Lír sich traf. Wahrscheinlich, weil er wie Sullivan nur kurze Bekanntschaften pflegte, um die Frauen nicht unnötig in Gefahr zu bringen.

„Ja genau, Marleen“, antwortete sein Großvater. „Wie ist sie?“

„Speziell“, rutschte es Lír heraus, bevor er sich beherrschen konnte. Fast hätte er gelacht, weil sich hier eher die Frage ‚Was ist sie‘ eignete. Er überlegte gerade, ob er Sullivan erzählen sollte, was Marleen so speziell machte, doch die Worte kamen ihm nicht über die Lippen. Es war eine Sache, es selbst zu wissen, aber es war an Marleen oder ihrer Familie, das Geheimnis weiterzugeben.

Nicht, dass er seinem Großvater nicht blind vertraut hätte. Dennoch erschien es ihm wie Verrat, Marleens Sirenendasein auszuplaudern. Und verraten wollte er sie auf keinen Fall, dazu war sie ihm bereits zu wichtig geworden.

Also verschwieg er es und sagte stattdessen: „Sie ist etwas wirklich Besonderes.“

Sullivans raues Lachen drang an sein Ohr. „Na, dann pass gut auf sie auf.“

Obwohl noch ein Lächeln in den Worten mitschwang, vernahm Lír dennoch die eindeutige Warnung in ihnen. Er nahm sie sehr ernst.

„Keine Sorge Großvater, das mache ich.“ Sie verabschiedeten sich und Lír legte auf. Sie hatten vereinbart, dass Lír noch einige Zeit in New Port bleiben würde. Vor allem auch, weil sie nicht genau wussten, wohin es als Nächstes gehen sollte. Wenn Lír ehrlich war, verbrachte er die Wartezeit lieber hier bei Marleen, als Zuhause bei seinem Großvater.

Kapitel 8

Missmutig beobachtete Marleen ihre Schwester dabei, wie geschickt sie den Salat anrichtete - oder besser das Chaos beseitigte, welches Marleen angerichtet hatte.

„Warum muss ausgerechnet ich dir helfen?“, maulte sie.

Nadja grinste vor sich hin, während sie den Teller zur Durchreiche zum Café schob. „Weil Sara regelmäßig Feueralarm auslöst. Wir können es uns nicht leisten, immer die Feuerwehr zu verköstigen, weil sie wieder einmal umsonst zu uns rausgefahren ist.“

Missmutig brummte Marleen vor sich hin und widmete sich der nächsten Bestellung. Sie hasste es, in der Café-Küche zu arbeiten, obwohl sie sehr gerne kochte. Für das Café musste alles perfekt aussehen und Marleen war eher von der „praktisch, aber nicht hübsch“-Fraktion. Es trieb sie somit regelmäßig in den Wahnsinn, Küchendienst zu schieben.

Aber heute musste sie in den sauren Apfel beißen, denn Luna, die Nadja normalerweise zur Hand ging, war mit Thea, Sofia und Anna einkaufen gegangen. Marleen gönnte ihnen dieses Vergnügen wirklich und übernahm gern die Schicht ihrer Schwester - schließlich mussten die anderen auch ab und zu für sie einspringen - aber heute wollte ihr einfach nichts gelingen. Nun, noch weniger als sonst.

„Und du meinst, es ist sicherer Sara allein auf die Gäste loszulassen?“, fragte Marleen ungläubig.

Nadja schnaubte: „Ja, viel sicherer.“ Doch dann verzog sie ihre Lippen zu einem breiten Grinsen, ihre violettblauen Augen funkelten übermütig. „Außerdem bist du nur so schlecht drauf, weil du unter Lír-Entzug leidest.“

„Tu ich nicht“, erwiderte Marleen vehement.

Nadja grinste sie nur weiter an, als wäre allein Marleens heftige Reaktion Antwort genug. Das ist sie auch, dachte Marleen unzufrieden. Sie konnte selbst kaum glauben, wie übellaunig sie in den letzten drei Tagen gewesen war, und das nur, weil Lír und sie keine Zeit dafür gefunden hatten, sich zu treffen. Fast ekelte sie sich vor sich selbst, weil sie sich so abhängig von ihm fühlte.

„Vielleicht sollte ich ihn auffressen", murmelte sie vor sich hin. Nadja hatte die Worte natürlich trotzdem gehört.

„Das wäre aber nicht die feine englische Art. Außerdem kann er sicher nichts dafür, dass du ihn zum… Fressen gern hast." Gackernd lachte sie über ihren eigenen Witz, auch nachdem Marleen ein Geschirrtuch nach ihr geworfen hatte.

Bevor sie nach einem Teller greifen konnte, kam Sara in die Küche, ein laszives Grinsen im Gesicht. In einer Hand hielt sie einen kleinen Zettel, den sie ihnen präsentierte wie eine Trophäe.

„Wieder ein Punkt für mich", verkündete sie.

Marleen verdrehte die Augen und fragte: „Wer zum Teufel hat sich dieses bescheuerte Spiel überhaupt einfallen lassen?"

„Sofia", antwortete Nadja. Marleen seufzte leidgeprüft und ging zu einer kleinen Schiefertafel, die neben dem Kühlraum hing.

Es war ein Spiel, das seit Saras Pubertät zwischen den Schwestern gespielt wurde – mit mehr oder weniger Eifer. Es war eigentlich ganz einfach: An der Tafel standen ihre Namen und immer, wenn eine von ihnen eine Telefonnummer von einem Mann bekam, wurde ein Strich hinter den jeweiligen Namen gemacht. Wer am Jahresende die wenigsten Striche hatte, musste die anderen einen Abend lang einladen. Meist war die Getränkerechnung weit höher als die fürs Abendessen.

Mit einem weiteren Seufzen machte Marleen einen Strich hinter Saras Namen. Sie läuft nicht Gefahr, dieses Jahr die Rechnung übernehmen zu müssen, dachte sie resigniert. Sara war mit Leib und Seele dabei - meist zum Leidwesen der betroffenen Männer.

Als Marleen wieder zu ihren Schwestern zurückging, fragte sie Sara: „Hast du vor, diesen wenigstens mal anzurufen?"

Filmreif warf Sara ihr dunkelrotes Haar über die Schulter. „Ja, ich denke schon. Er sieht wirklich zum Anbeißen aus."

Wie auf ein geheimes Stichwort drängten sich die drei Schwestern an das Bullauge der Küchentür und spähten hinaus in den Gastraum.

„Es ist der großgewachsene Kerl mit den dunkelbraunen Haaren da drüben, neben der Garderobe", sagte Sara. „Sein Name ist Aaron."

Marleen pfiff leise durch die Zähne. Der Mann sah wirklich verdammt gut aus. Ein dunkelgrünes T-Shirt spannte sich über einen sehnigen Oberkörper, während die Jeans die kräftigen Beine verhüllten. Seine Haut war leicht gebräunt und das dunkelbraune Haar lockte sich zerzaust um seinen Kopf. Er wandte ihnen das Profil zu, aber Marleen hätte schwören können, dass seine Augen dieselbe Farbe hatten wie sein Shirt.

Aber obwohl sie sich von seinem Aussehen angezogen fühlte, verspürte Marleen keinerlei Drang, zu ihm zu gehen und mit ihm zu flirten. Was sie normalerweise bei hübschen Männern tat, schließlich war sie eine Cromwell.

Bevor sie darüber nachdenken konnte, warum das so war, hauchte Nadja: „Oh Mama, den würde ich auch nicht von der Bettkante stoßen."

Sara lachte leise vor sich hin. „Tut mir leid, große Schwester, ich hab ihn zuerst gesehen."

Nadja lachte, bevor sie von der Tür zurücktrat. Es war eine der wenigen, festgemauerten Regeln ihrer Familie, dass sie sich niemals gegenseitig die Männer streitig machten. Schließlich gab es genug davon auf der Welt und ihre Familienbande waren zu wichtig, um deswegen verletzt zu werden.

Allerdings verbot die Regel es nicht, spielerisch mit den Opfern der anderen zu flirten – wie Marleen erst kürzlich bei Lírs erstem Besuch wieder festgestellt hatte. Sie grinste vor sich hin.

„Schnapp ihn dir", murmelte sie an Saras Ohr, bevor sie ihr einen Kuss auf die Wange drückte.

Einige Stunden später, als das Café schloss, schlenderte der gutaussehende Aaron an die Theke zu Sara. Marleen musste grinsen, als sie einen flüchtigen Blick durch das Türfenster auf ihre heftig flirtende Schwester warf. Was bei ihr die Frage aufwarf, ob sie wohl ihr eigenes Objekt der Begierde noch wiedersehen würde. Nadja hatte sie damit aufgezogen, dass es wohl auch einmal ihr passieren musste, von einem Mann benutzt worden zu sein.

Marleen hatte einen zickigen Kommentar dazu abgegeben, aber die Worte waren ihr dennoch nachgegangen. Bei diesen trüben Gedanken schüttelte sie über sich selber den Kopf. Außerdem hatte sie noch nie einen Mann ausgenutzt – im Gegenteil, die meisten Kerle waren ihr äußerst dankbar dafür gewesen, dass sie mit einer rein sexuellen Beziehung vollkommen einverstanden gewesen war.

Um sich von diesem betrübenden Thema abzulenken, beschloss Marleen, ihre kleine Schwester ein wenig zu ärgern. Sie legte ihre Schürze ab, schüttelte ihr Haar noch einmal auf und trat dann mit wiegenden Hüften hinaus ins Café. Sie hatte keine zwei Schritte gemacht, als sie schon den Blick von Saras neustem Opfer auf sich spürte. Wie unsichtbare Hände strichen dessen grünen Augen über ihren Körper.

Mit einem lasziven Lächeln stellte sie sich neben ihre Schwester.

Diese warf ihr einen missbilligenden Blick zu, ehe sie gespielt freundlich sagte: „Marleen, das ist Aaron O'Connell."

„Hallo Aaron", schnurrte Marleen und streckte dem Mann auf der anderen Thekenseite die Hand entgegen. Mit einem Lächeln, das zwei Grübchen in seinen Wangen erschienen ließ, nahm er ihre Hand – und für einen Sekundenbruchteil glaubte Marleen, so etwas wie blankes Entsetzen in seinen Augen zu lesen. Doch so schnell der Moment gekommen war, war er auch schon wieder vorbei.

Aarons grüne Augen sahen sie freundlich an, als er sagte: „Marleen, nett dich kennenzulernen." Plötzlich erschien er ihr nicht mehr so attraktiv. Innerlich runzelte sie die Stirn.

Sara, die von allem nichts mitbekommen hatte, sagte: „Wir wollen heute Abend noch etwas trinken gehen. Aaron ist für einige Zeit geschäftlich in der Gegend und kennt daher niemanden." Der anrüchige Tonfall ihrer Schwester bewies, dass das nicht lange so bleiben würde.

„Na, dann wünsche ich euch viel Spaß", sagte Marleen und verabschiedete sich. Statt den Weg durchs Haus zu nehmen, ging sie durch den Hinterausgang des Cafés, der in Richtung der Klippen lag. Augenblicklich wurde sie von einem warmen, salzigen Wind umspielt, der wie ein zärtlicher Liebhaber über ihre Haut strich. Sie ging ein Stück, bevor sie sich nah am Klippenrand ins Gras sinken ließ.

Die Sonne war kurz davor, unterzugehen und tauchte den Himmel in ein flammendes Orange. Im Osten ballten sich große Gewitterwolken zusammen und immer, wenn der Wind aus dieser Richtung kam, fühlte Marleen deutlich die Feuchtigkeit in der Luft. Doch noch musste sie sich keine Gedanken machen, die Wolken waren noch weit weg.

Seufzend schloss Marleen die Augen und ließ sich auf die Ellenbogen zurücksinken. Es dauerte nicht lange, da hörte sie Schritte hinter sich.

„Überlegst du zu springen?“, fragte eine tiefe Stimme über ihr. Marleen ließ den Kopf in den Nacken fallen und sah in Lírs lächelndes Gesicht hinauf.

„Habe ich denn einen Grund dazu?“

„Ich hoffe doch nicht“, erwiderte er, ehe er sich neben sie ins Gras setzte.

Marleen fühlte deutlich seine Körperwärme und schnurrte innerlich. Dennoch widerstand sie dem Drang, sich an ihn zu lehnen.

Stattdessen neigte sie den Kopf zur Seite und sagte: „Aber vielleicht schubse ich dich die Klippe hinunter.“

„Mich?“, fragte er überrascht.

Marleen nickte. „Dich. Schließlich kann es immer noch sein, dass du versuchst, mir mein unsterbliches Leben auszusaugen.“

Lachend schüttelte Lír den Kopf. Er ergriff ihre Hand, verflocht seine Finger mit ihren und zog sie an seine Lippen. Seine braunen Augen schienen im letzten Tageslicht zu glühen, als er sie intensiv ansah. Marleen dachte schon, er würde sie küssen, als er unvermittelt die Stirn runzelte.

„Hast du eben unsterbliches Leben gesagt?“

Nonchalant zuckte Marleen mit den Schultern, bevor sie beiläufig sagte: „Ja.“

„Das heißt, du bist wirklich unsterblich?“ Interessiert musterte Lír sie, als sähe er sie zum ersten Mal.

Marleens Magen zog sich unvermittelt zu einem harten, kalten Klumpen zusammen.

„Klingt das verlockend für dich?“, fragte sie möglichst gelassen, bemüht darum, dass er ihre plötzliche Verletzlichkeit nicht bemerkte. Der Gedanke, dass Lír ihr nun doch ihre Lebenskraft rauben wollte, um selbst ihre Beinahe-Unsterblichkeit zu erlangen, bereitete ihr Übelkeit.

Als hätte sie ihn ins Gesicht geschlagen, zuckte er zusammen und starrte sie aus großen Augen an.

„Nein, verflucht!", entfuhr es ihm. Er schien wirklich geschockt darüber zu sein, dass sie so etwas von ihm dachte – was Marleen maßlos erleichterte. Lír wollte gerade seine Hand von ihrer lösen und aufstehen, doch Marleen drückte ihn zurück ins Gras und setzte sich kurzerhand auf seinen Schoß.

„Schau nicht so beleidigt", forderte sie, bevor sie ihn sanft auf den Mund küsste.

Lír sah sie weiter schmollend an, legte aber seine Hände auf ihre Hüften. „Ich habe lediglich nachgefragt, weil einem nun mal nicht jeden Tag jemand über den Weg läuft, der ewig lebt. Ob Inkubus oder normaler Mensch, da fragt doch jeder genau nach."

„Da hast du recht", erwiderte Marleen und küsste ihn abermals. Dieses Mal erwiderte er ihren Kuss.

„Es ist aber keine echte Unsterblichkeit", sagte sie etwas außer Atem, als sie sich von Lír löste. „Die Frauen unserer Familie können wirklich sehr, sehr alt werden, ohne dabei äußerlich zu altern." Marleen grinste, als sie hinzufügte: „Sofia ist nicht meine Tante, sondern meine Großmutter, und Thea ist meine Urgroßmutter."

Überrascht zog Lír die Augenbrauen hoch. „Sie haben sich wirklich gut gehalten."

„Da hast du Recht. In den nächsten paar Jahrhunderten wird das auch so bleiben."

„Aber dann seid ihr doch unsterblich", hakte er nach, woraufhin Marleen den Kopf schüttelte.

„Nein. Es ist eher eine besondere Langlebigkeit. Wir können durchaus sterben. Wenn ich von einem Bus überrollt werde, bin ich genauso tot wie jeder andere Mensch auch."

Schweigen legte sich über sie und Marleen sah Lír an, dass er über ihre Worte nachdachte. Als er sie schließlich ganz genau von oben bis unten musterte, bekam sie eine prickelnde Gänsehaut.

Seine nächsten Worte brachten sie zum Lachen, als er fragte: „Wie alt bist du?"

„Fünfundzwanzig, ich schwöre", antwortete sie grinsend. „Du brauchst keine Angst zu haben, dass du mit einer alten Schachtel ins Bett gehüpft bist." Lír grinste sie breit an, während er aufreizend über ihren Hintern strich.

„Gut zu wissen", murmelte er an ihrem Mund, bevor er sie küsste.

Unsterblich!, hallte es durch Lírs Verstand. Die Frau auf seinem Schoß hatte die Möglichkeit, ewig zu leben. Gleich darauf meldete sich ein erschreckender Gedanke in seinem Kopf zu Wort. Abrupt löste er sich von Marleens verführerischen Mund und sah ihr in die blauen Augen.

Mittlerweile war es dunkler geworden und er konnte kaum noch erkennen, wo Marleens Pupillen endeten und ihre tiefblaue Iris begann. Dicke Gewitterwolken überzogen den ganzen Himmel und es würde nicht mehr lange dauern, bis es anfing zu regnen. Der Wind hatte bereits aufgefrischt und die Feuchtigkeit in der Luft kroch in den Stoff seiner Kleidung.

„Marleen", sagte er eindringlich. „Kann es sein, dass meine Vorfahren von eurer Familie wussten? Was ihr seid?" Traurigkeit spiegelte sich auf ihrem Gesicht wider und er ahnte, dass sie bereits denselben Einfall gehabt hatte.

„Nein, ich denke nicht. Sonst wäre ein Vermerk in den Tagebüchern gewesen. Außerdem wäre dann sicher eine Cromwell gestorben, statt der beiden normalen Frauen."

Plötzlich nicht mehr in der Lage, still zu sitzen, hob Lír Marleen sanft von seinem Schoß und stand mit ihr auf.

„Bist du sicher? Vielleicht wussten sie, dass es in New Port eine Familie von Übernatürlichen gibt, konnten aber nur nicht feststellen welche das war?“ Leises Donnergrollen unterstrich seine Worte. Marleen runzelte die Stirn, den Blick fest auf ihn geheftet.

„Ich würde gern ‚Nein‘ sagen, aber das wäre dumm.“ Sie seufzte, bevor sie hinzufügte: „Es ist möglich. Auch die Cromwells wussten immer, dass es andere wie sie gab, nur rechneten sie sicher nicht damit, irgendwann einmal auf diese zu treffen. Wir beide sind das beste Beispiel dafür.“

Lír nickte. „Gab es denn einmal Gerüchte über deine Familie?“

„Immer“, brummte Marleen missmutig. „Vor knapp dreihundert Jahren gab es mal einen kleinen… Skandal. Eine meiner Vorfahrinnen zeigte unbeabsichtigt ihr wahres Gesicht am Hafen. Aber schon damals war man sich sicher, dass die Hafenarbeiter betrunken gewesen waren.“

„Dennoch wäre es möglich“, sagte Lír, woraufhin Marleen nickte. Eine heftige Böe fegte über sie hinweg, den Geruch von Regen mit sich tragend.

Mit einem Seufzen sagte Marleen: „Mir ist es ein Rätsel, wie meine Vorfahrinnen die Hexenverfolgungen überleben konnten. Noch heute hören wir manchmal noch ein gezischtes ‚Hexe‘ hinter unserem Rücken. Es fällt schließlich auf, wenn in einer Familie ausschließlich Frauen vorkommen.“

„Wirklich?“, fragte Lír interessiert. Jetzt, da sie es sagte, fiel es ihm auch auf. Keine der anderen Cromwells hatte je einen Mann als Vorfahren genannt, während sie in den Tagebüchern nachgeforscht hatten.

Lír war sich sicher, dass auch keines der Bücher einen männlichen Autor hatte.

Als hätte Marleen seine Gedanken gehört, sagte sie etwas zerknirscht: „Unsere Blutlinie bringt nur Frauen hervor und die Männer… nun… die gehen entweder oder werden verspeist."

Lír lief ein kalter Schauer über den Rücken. Dennoch griff er behutsam nach Marleens Händen, denn ihr schien das Thema noch näher zu gehen als ihm.

Um ihr zu zeigen, dass nicht nur sie ein Monster war, sagte er mit einem schiefen Lächeln: „Im Gegenzug gibt es bei den O'Callahans nur Männer und die Frauen verschwinden. Auf die ein oder andere Art." Tatsächlich hellte sich Marleens bekümmertes Gesicht auf - wurde aber sofort zu einer entsetzten Maske, als es anfing zu regnen. Als hätte man einen Schalter umgelegt, prasselten große Tropfen vom Himmel.

Lír wollte schon scherzen, dass ihr Date jetzt wohl ins Wasser gefallen war, als Marleen ein gequältes Zischen ausstieß.

„Schnell, ins Haus!", schrie sie, während sie ihn bereits mit überraschend viel Kraft an der Hand packte, auf die Beine zerrte und hinter sich her zog. Der Regen fiel immer dichter und durchnässte ihre Kleidung. Sie waren nur noch knappe fünf Meter von der Hintertür entfernt, als Marleen einen schmerzerfüllten Schrei ausstieß und in sich zusammensackte.

Lírs Herz, das ihm ohnehin heftig schlug, verdoppelte sein Tempo noch als er sah, wie sich Marleen offensichtlich unter großen Qualen auf dem Boden wand. Besorgt beugte er sich zu ihr hinunter - und erstarrte mitten in der Bewegung, als sie sich hektisch die Shorts von den Beinen streifte.

„Was zum Teufel ist hier los?", fragte er irritiert.

Mit zusammengebissenen Zähnen sagte Marleen: „Trag mich ins Haus, schnell!"

Lír hätte weitere Fragen gestellt, wäre sein Blick nicht in diesem Moment auf Marleens nackte Beine gefallen. Eben war die Haut noch blass und makellos und einen Wimpernschlag später zerfaserte sie plötzlich und zurückblieb nur noch rohes, blutiges Fleisch. Lír stieß einige derbe Flüche aus, bevor er seine Arme behutsam unter Marleens Körper schob. Es schien ihr nichts auszumachen, dass er das wunde Fleisch ihrer Beine berührte.

Mit großen Schritten ging er zur Hintertür, stieß sie auf und bahnte sich seinen Weg durch die hinteren Räume des Cafés zum Haupthaus. Auf halbem Weg kam ihm Nadja entgegen, die Augen weit aufgerissen. Sie schenkte Lír kaum Aufmerksamkeit, sondern musterte nur Marleens geschundenen Körper. Irritiert runzelte Lír die Stirn, als er bemerkte, dass Marleens Beine zu einem undefinierbaren Ganzen verschmolzen waren.

Nadjas Stimme ließ ihn zusammenzucken.

„Wir müssen sie in den Keller bringen“, sagte sie, wobei sie ihn mit kaltem Blick ansah. Es war ganz offensichtlich, dass es sie erheblich störte, dass er diese Szene miterlebte. Doch statt sich um ihr Misstrauen zu kümmern, nickte Lír nur. Gemeinsam gingen sie durch das Untergeschoss, durch eine unscheinbare Tür und stiegen etliche Treppen hinunter.

Auf der letzten Stufe angekommen, öffnete Nadja eine mit einem Kombinationsschloss gesicherte Tür, welche sich mit einem leisen Zischen öffnete. Aus dem dahinterliegenden Raum drang bläuliches Licht ins Treppenhaus, der Geruch von Salzwasser schlug ihnen entgegen.

„Bring sie ins Wasser“, forderte Nadja.

Lír trat durch die Tür und entdeckte tatsächlich ein großes Schwimmbecken. Angelegt wie eine natürliche Lagune, erschien der Raum wie aus einer anderen Welt. Marleen regte sich unruhig in seinen Armen und als er zu ihr hinunterblickte, schnappte er erschrocken nach Luft.

Marleen war nicht mehr länger ein Mensch. Stattdessen trug Lír den Körper einer Sirene, deren blauer Fischschwanz im diffusen Licht schillerte wie ein Edelstein. An ihrer Hüfte hatten sich fächerförmige Seitenflossen gebildet und ihre Haut schimmerte wie Perlmutt. Auch ihr Gesicht hatte sich verändert, die Ohren waren länger geworden und in ihren Augen war kein Weiß mehr zu erkennen. Auch glaubte Lír, zwischen ihren leicht geöffneten Lippen scharfe Eckzähne hervor blitzen zu sehen.

Es kostete ihn große Überwindung, sie nicht weiter anzustarren und stattdessen zu dem Wasserbecken zu tragen. Vorsichtig setzte er sie an einer seichten Stelle ab und sobald Marleens Körper das Wasser berührte, seufzte sie selig. Ihr Mund verzog sich zu einem Lächeln und dieses Mal war er sich sicher, Reißzähne gesehen zu haben. Dankbar sah sie ihn an, bevor sie ihr T-Shirt und den BH auszog. Bevor er noch etwas zu ihr sagen konnte, stieß Marleen sich vom Beckenrand ab und verschwand in den Tiefen des Beckens.

Nadja hinter ihm seufzte und sagte: „Danke, dass du ihr geholfen hast." Lír drehte sich um und begegnete Nadjas zerknirschten Blick. Sie hatte den Mund zu einem schiefen Lächeln verzogen. „Plötzliche Sommergewitter sind die Pest. Sobald eine bestimmte Menge Wasser unsere Haut berührt, setzt die Metamorphose ein. Unaufhaltsam." Sie rieb sich über die Arme, als hätte sie eine Gänsehaut.

„Es schmerzt, nicht wahr?", fragte Lír. Nadja nickte, während sie aufs Wasser blickte. Unter der Oberfläche sah man immer wieder einen dunklen Schatten vorbei gleiten.

„Es ist Ekstase und Folter zugleich. Die Zeit, die es dauert, ist grauenvoll. Aber danach..." Ein verträumter Ausdruck lag auf ihrem Gesicht, während sie ihn lächelnd ansah. „Die ersten Meter, die wir uns durchs Wasser bewegen, sind äußerst lustvoll."

„Nadja sagt immer, wenn der Schmerz nachlässt, ist es besser als ein Orgasmus“, sagte Marleen hinter ihm. Lír durchlief ein Schauer, als ihre erotische Stimme seine Haut wie warmer Pelz streichelte. Sie sah ihn mit ihren seltsamen Augen an, die Lippen zu einem Lächeln verzogen. Obwohl ihr Aussehen seltsam grotesk war, konnte Lír noch immer die Frau in ihr erkennen, die er Tag für Tag besser kennenlernte. Auf ihre eigene Art und Weise war sie genauso schön wie als menschliche Frau.

Er wollte gerade etwas auf ihre Worte erwidern, als Nadja hinter ihm sagte: „Marleen, sag besser nichts mehr. Du bringst Lír sonst noch um den Verstand.“ Ihre Stimme klang tadelnd.

Mit fragendem Gesichtsausdruck wandte er sich zu Marleens ältester Schwester. „Warum?“

„Weil sie ihre Sirenenstimme nicht mehr kontrollieren kann, wenn sie die Form gewechselt hat. Und sag mir jetzt nicht, dass du bei ihren Worten nicht gern über sie hergefallen wärst.“

Grinsend zuckte Lír mit den Schultern, woraufhin Nadja leise vor sich hin lachte. Marleen brummte missmutig, sagte aber nichts.

„Wenn du willst, kannst du gern mit hoch kommen“, sagte Nadja. „Zwischen den einzelnen Wandlungen muss einige Zeit verstreichen.“ Unschlüssig drehte sich Lír zu Marleen um. Ihre blauen Augen funkelten, während sie ihn anlächelte. Statt etwas zu ihm zu sagen, nickte sie lediglich Richtung Ausgang.

Etwas widerwillig richtete sich Lír auf. Er wäre gern noch länger geblieben und hätte mit Marleen über das Geschehene gesprochen. Aber die äußerst erregende Wirkung, die ihre Stimme auf ihn hatte, würde ihn wie von Nadja prophezeit wahnsinnig machen. Also verabschiedete er sich von ihr, bevor er mit ihrer Schwester die unterirdische Grotte verließ.

Kapitel 9

Kritisch analysierte Thea den Wein, der über ihre Zunge rollte. Für ihren Geschmack war er zu blumig, aber sie sagte nichts. Sie wollte nicht riskieren, mit Sofia einen Streit vom Zaun zu brechen - oder welche ihrer Nachfahrinnen auch immer diese Flasche Rotwein gekauft hatte. Außerdem gab es Interessanteres, als das dürftige Bukett des Weins in ihrem Glas.

Lír saß neben ihr in einem Sessel und wirkte viel entspannter als bei seinem letzten Besuch. Thea war überrascht gewesen, als er zusammen mit Nadja aus dem Keller gekommen war. Sie war mit den anderen Frauen gerade noch rechtzeitig nach Hause gekommen, bevor der Himmel seine Schleusen geöffnet hatte. Anscheinend hatte Marleen nicht so viel Glück gehabt. Oder doch, denn statt irgendeines jungen Mannes war Lír bei ihr gewesen und hatte sie ins Haus getragen.

Mit einem breiten Grinsen kam Sofia ins Wohnzimmer zurück. Besorgt hatte sie Sara angerufen, die laut Nadja mit einer neuen Männerbekanntschaft ausgegangen war.

„Sara geht es gut“, verkündete sie, während sie sich zwischen Anna und Luna in einen Sessel sinken ließ. „Sie hat es gerade noch rechtzeitig in ein Restaurant geschafft. Allerdings glaubt sie, dass ihr Begleiter sie jetzt für übergeschnappt hält.“

„Hat sie einen Freund?“, fragte Anna interessiert.

Nadja antwortete: „Naja, wie man‘s nimmt. Sie hat ihn heute im Café kennengelernt. Er heißt Aaron.“

Neugierig beugte sich Luna vor. „Sieht er gut aus?“

„Lecker“, kommentierte Nadja und grinste vor sich hin. Lächelnd warf Thea einen Blick auf Lír, der nicht mehr ganz so entspannt dasaß.

Beruhigend legte sie ihm eine Hand auf den Arm und sagte leise: „Keine Sorge. Du bildest in der Reihe der Café-Bekanntschaften eine Ausnahme. Außerdem ist Marleen noch nie so auf Männerjagd gewesen wie ihre Schwestern.“

Überrascht zog Lír eine blonde Augenbraue hoch und fragte: „Meinst du, mein Stolz ist verletzt?“

„Mein Junge“, sagte Thea amüsiert und tätschelte seine Wange, „ich bin alt genug, um ganz genau zu wissen, wie Männer ticken. Keinem von euch gefällt die Vorstellung, einer von vielen zu sein.“ Ihr Grinsen wurde breiter und sie fügte hinzu: „Wobei es eurer Meinung nach den Frauen egal sein sollte, wenn sie nur ein kleiner Zeitvertreib sind.“

„Erspar ihm deine Weisheiten“, mischte sich Anna ein. „Sonst verschreckst du ihn noch.“

„Keine Sorge, nach den letzten Tagen kann mich fast nichts mehr überraschen“, sagte Lír lächelnd.

Thea lachte kurz auf. „Sag das lieber nicht. Die Cromwells sind ein ziemlich verrückter Haufen und du hast bisher nur einen Bruchteil gesehen.“

Als Lír sie abschätzend und etwas unsicher ansah, lehnte sich Thea zufrieden in ihrem Sessel zurück. Sie liebte ihre Familie, so durchgeknallt sie auch war.

Mühsam hievte sich Marleen aus dem Wasser. Sie schlug kräftig mit der Schwanzflosse und nutzte den Schub, um bis zur Hüfte auf dem Trockenen zu landen. Einige Augenblicke blieb sie schwer atmend auf dem Bauch liegen. Wie ein Mantel bedeckten ihre nassen Haare ihren Rücken.

Mit einem Seufzen drehte sie sich um, hockte sich hin und schob sich mithilfe ihrer Hände und des Schwanzes in Richtung Liegen. Es war mühsam und entwürdigend, aber anders leider nicht möglich. Sie musste sich abtrocknen, bevor sie sich zurück in einen normalen Menschen verwandeln konnte. Also robbte sie hilflos über den Boden, bevor sie sich auf eine Liege zog.

Erschöpft schloss sie die Augen. Es war etwa eine Stunde vergangen, seit der Platzregen sie überrascht hatte. Sie lächelte schief bei der Erinnerung an Lírs verdattertes Gesicht, als sie eilig ihre Shorts abgestreift hatte. Marleen war das in dem Moment herzlich egal gewesen. Sie hatte sich ein einziges Mal mit Hosen verwandelt und es war verdammt schmerzhaft gewesen, denn der Stoff war mit ihrem Fischschwanz verwachsen. Bei der Erinnerung drehte sich Marleens Magen um.

Mit einem Seufzen setzte sie sich auf und griff nach einem der großen Handtücher, die hier immer bereitlagen. Zuerst wrang sie ihre Haare aus und wickelte sie fest ein. Mit dem zweiten Handtuch rieb sie ihren Oberkörper trocken und mit noch einem trocknete sie ihren Schwanz. Letztendlich kletterte sie auf eine andere Liege, um nicht doch noch im Nassen zu liegen.

„So", schnaufte sie und lehnte sich zurück. Jetzt hieß es Warten.

Marleen fand es lästig, wenn nicht sogar grausam, dass Wasser sie zur Wandlung zwang. Sobald sie nass wurde, konnte sie es nicht willentlich beeinflussen. Wie alle Cromwells wurde sie in den meisten Fällen dazu gezwungen – zu viel Wasser und sie wurde zur Sirene. Wenn sie nur die Haare wusch, schaffte sie es, noch ein Mensch zu bleiben.

Immerhin können wir wenigstens in unserem eigenen Haus duschen, ging es ihr durch den Kopf. Irgendwann hatten die Cromwells herausgefunden, dass destilliertes Wasser sie nicht zur Metamorphose nötigte – egal wie viel davon ihre Haut berührte. Seither besaßen sie eine sehr teure

Anlage in einem Raum des ausladenden Kellerbereichs, die das Leitungswasser von jeglichen Mineralien befreite. So konnten sie duschen oder baden, ohne sich jedes Mal in eine Sirene verwandeln zu müssen.

Marleen wurde aus ihren Gedanken gerissen, als ein widerwärtiges Zwicken ihren Körper erfasste. Zischend atmete sie aus, als das Gefühl sich zu einem heftigen Brennen ausweitete. Unter halb geschlossenen Lidern beobachtete sie, wie sich ihre Flossen Stück für Stück in ihren Körper zurückzogen, gefolgt von den Schuppen und den Knorpelsträngen. Der schrecklichste Teil war allerdings, als sich der massige Schwanz spaltete und wieder zu zwei Beinen wurde. Um nicht zu schreien, presste Marleen fest die Kiefer aufeinander.

Haut flutete über die neuen, blutigen Extremitäten, während ihre Eckzähne kürzer wurden und ihre Hände wieder ihre normale Form annahmen. Als es vorbei war, lag Marleen nackt und mit rasselndem Atem auf der Liege, die Augen geschlossen. Erst als auch das letzte Taubheitsgefühl verschwunden und ihr Kopf wieder klar war, stand sie auf und verließ die unterirdische Grotte.

Im Erdgeschoss hörte sie ihre Familie schwatzen und der tiefen Stimme nach zu urteilen, die immer wieder erklang, war Lír bei ihnen. Unwillkürlich lächelte Marleen. Irgendwie rührte es sie, dass er auf sie gewartet hatte. Sie würde ihm später dafür danken, sehr gründlich. Aber vorher musste sie sich etwas anziehen. Mit schnellen Schritten ging sie in ihr Zimmer, zog Unterwäsche an, darüber ein figurbetontes Baumwollkleid und flocht ihr feuchtes Haar, bevor sie hinunter ins Wohnzimmer ging.

„Sieh einer an, unsere kleine Nixe ist aus ihrer Pfütze gekrochen", stichelte Nadja. Grinsend zeigte Marleen ihr den Finger, bevor sie sich auf die Armlehne von Lírs Sessel setzte. Sie legte ihm eine Hand auf die Schulter und schnurrte innerlich.

Mit einem Lächeln sah sie in seine bernsteinfarbenen Augen und sagte: „Ich hoffe, die verrückten Hexen haben dich nicht zu sehr geärgert."

Lír erwiderte ihr Lächeln. „Nein, ganz im Gegenteil. Sie wollten gerade die Fotoalben herausholen und mir Kinderbilder von dir zeigen."

„Willst du sie sehen?", fragte Anna mit süßlicher Stimme. Marleen warf ihr einen warnenden Blick zu, ebenso den anderen Frauen ihrer verschrobenen Verwandtschaft. Irritiert runzelte sie die Stirn, als sie Sara nirgends entdeckte.

Auf ihre Frage hin antwortete Nadja: „Sie ist mit diesem Aaron losgezogen."

„Da ihr alle noch so entspannt hier sitzt nehme ich an, dass sie nicht nass geworden ist."

„Sie hat es noch ins Trockene geschafft, bevor der Regen einsetzte", erklärte Anna.

„Vielleicht kommt sie bald heim, schließlich hat es mittlerweile aufgehört zu schütten", sagte Luna. Als Marleen sie mit skeptisch hochgezogener Augenbraue ansah, grinste sie breit und fügte anzüglich hinzu: „Oder auch nicht."

Warme Finger legten sich um Marleens Hand und sie sah zu Lír hinunter.

„Sag mir bitte, dass so nicht ein normaler Familienabend bei euch aussieht."

Marleen lachte leise vor sich hin, bevor sie sich zu ihm hinunter beugte. Dicht an seinem Ohr raunte sie: „Nein. Normalerweise laden wir die Jungs der örtlichen Feuerwehr ein und veranstalten eine Orgie." Weil sie nicht widerstehen konnte, biss sie ihn vorsichtig ins Ohr.

Ein Schauer lief durch seinen Körper, gefolgt von einem tiefen Lachen. Lír drehte den Kopf und sah ihr in die Augen.

„Geht es dir gut?“, fragte er, ganz ohne neckischen Unterton.

Mit ernstem Gesicht nickte Marleen. „Danke nochmal, dass du mir geholfen hast. Normalerweise habe ich das Wetter besser im Blick. Aber heute…“ Sie zuckte mit den Schultern und wurde sich bewusst, was sie da eben preisgegeben hatte.

Weil Lír nicht auf den Kopf gefallen war, hatte er ihre Anspielung verstanden. Ein spitzbübisches Grinsen ließ seine Augen funkeln.

„Habe ich dich etwa abgelenkt?“ Seine Stimme klang selbstgefällig und äußerst amüsiert.

„Bilde dir bloß nichts drauf ein“, brummte Marleen. „Da du nun weißt, wie ich wirklich aussehe, will ich später auch dein wahres Gesicht sehen.“

„Das ist nur fair“, erwiderte Lír. Er hauchte ihr einen Kuss auf die Lippen, ehe sie sich wieder aufrichtete. Ihre Familie war viel zu sehr in ihre eigenen Gespräche vertieft gewesen, um ihre kleine Unterhaltung zu bemerken.

Später war ungefähr kurz vor Mitternacht, als Marleen mit Lír allein in ihrem Zimmer war. Niemand hatte etwas dazu zu sagen gehabt, dass Lír ihr gefolgt war, statt zurück in die Stadt zu gehen.

Keiner von ihnen sagte ein Wort, als Lír die Lampe neben dem Bett anknipste und sich zu ihr umdrehte. Erst fiel Marleen nichts an ihm auf, doch nach einem Wimpernschlag veränderten sich seine Augen: Ihre Farbe wechselte von dem warmen Honigbraun zu einem metallischen, schimmernden Gold, das seine Iris von innen leuchten ließ. Gleichzeitig zogen sich die Pupillen in die Länge wie bei einer Katze.

Lír atmete bebend ein, als sich zwei Hörner aus seinem wirren blonden Haar schoben. Marleen hätte vielleicht gelacht und ihn damit aufgezogen, dass er aussah wie ein kleiner Teufel, wenn sein unnatürlicher Blick sie nicht so gefesselt hätte. Wie Quecksilber bewegte sich das Goldbraun seiner Augen und faszinierte sie.

Vorsichtig hob Marleen eine Hand und strich durch sein Haar. Ihre Finger zuckten kurz zurück, als sie gegen eines der Hörner stießen. Es fühlte sich rau und fremd an – und doch wie er. Sie lächelte und merkte erst jetzt, wie angespannt Lír gewesen war.

„Hast du etwa gedacht, ich renne schreiend aus dem Zimmer?“, fragte sie ihn in neckischem Ton.

Er lächelte schief und zeigte dabei ein Paar spitzer Eckzähne. Langsam schloss er die Lücke zwischen ihren Körpern.

„Vielleicht“, räumte er ein. Seine tiefe Stimme ließ ihre Brustwarzen hart werden. „Ich muss allerdings zugeben, dass deine Wandlung vorhin um einiges grusliger war.“

„Und unangenehmer“, fügte Marleen lächelnd hinzu. Wieder strich sie durch sein Haar. Irgendwie erschien er ihr auch größer, bedrohlicher. „Hast du dich schon einmal so in der Öffentlichkeit gezeigt?“

Unbehagen sprach aus seinem Blick, als er nickte.

„Vor ein paar Jahren hatte ich einen Motorradunfall, bei dem ich mir die Schulter auskugelte. Wenn Inkubi verletzt werden, verwandeln wir uns für ein paar Minuten unfreiwillig. Gott sei Dank hatte ich einen Helm auf, der die Hörner verdeckte und die Sanitäter trafen erst kurz nach meiner Rückwandlung ein.“

Lír lehnte seine Stirn an ihre und Marleen konnte beobachten, wie er wieder ganz Mensch wurde. Einige Herzschläge später war nichts mehr davon zu sehen, dass in Lír O’Callahans Adern übernatürliches Blut floss.

„Wir können es so gut verstecken", murmelte Marleen, mehr zu sich selbst.

Dennoch antwortete Lír: „Ja. Andernfalls hätten die normalen Menschen uns längst in Labore gesperrt." Er grinste und fügte hinzu: „Dich hätten sie wohl eher nach Seaworld gebracht."

Marleen lachte, während sie die Arme um seinen Nacken legte. „Und mich nach den Öffnungszeiten gezwungen, eine Sex-Hotline zu betreiben."

Lírs Augen verdunkelten sich und er strich aufreizend mit den Händen über ihren Rücken hinunter zu ihrem Po.

„Und du hast eine so schöne Stimme", raunte er an ihrem Mund.

Marleen überkam eine Gänsehaut. Sie nutzte ebendiese Stimme, als sie schnurrte: „Findest du?"

Augenblicklich verschleierte Verlangen seinen Blick. Marleen fühlte den harten Beweis an ihrem Bauch.

„Oh ja", flüsterte er. Zielsicher schob er sie Richtung Bett. „Du könntest aus dem Telefonbuch vorlesen und trotzdem würde ich schon nach der ersten Seite hemmungslos über dich herfallen."

Ein tiefes, kehliges Lachen stieg in Marleen auf, als sie sich rückwärts auf die Matratze fallen ließ.

Obwohl sie dieses interessante Vorspiel genoss, sagte sie in normalem Tonfall: „Das liegt nur am Sirenenzauber." Es kostete sie Mühe, ihre Worte neutral auszusprechen, wenn sie so erregt war wie jetzt. Dennoch musste sie die Frage stellen, die sie gerade quälte.

„Kann es sein, dass du nur deswegen mit mir schläfst? Denn bisher habe ich jedes Mal mit Verführung in der Stimme gesprochen, wenn wir zusammen im Bett waren."

„Törichte Frau", brummte Lír, während er sie ganz auf das Bett schob und sich über sie beugte. „Bis auf das eine Mal, als du mir befohlen hast mich auszuziehen – was mich überhaupt nicht gestört hat – hast du mir keinerlei Befehle im Bett erteilt." Als sie den Mund für Widerworte öffnen wollte, legte er ihr einen Finger auf die Lippen und sagte: „Die Geschichte mit dem Messer war etwas ganz anderes."

Er beugte sich tiefer über sie und biss sanft in ihren Hals. Zischend atmete Marleen aus und schlag ihre Beine um seine Hüften.

Mit neckischem Tonfall sagte Lír: „Aber wer weiß – vielleicht hättest du pausenlos geredet, hätte ich dir nicht das Versprechen abgenommen, während des Sex' nichts zu sagen."

„Du schlauer Hund", erwiderte Marleen grinsend und schmiegte sich an ihn. Als sie sich auszogen, küssten, berührten und schließlich miteinander schliefen, hielt Marleen ganz bewusst den Mund und sagte keinen Ton. Nun ja nicht ganz, aber Stöhnen zählte schließlich nicht als Reden.

„Iss Junge", sagte Sofia und stellte einen vollbeladenen Teller Rührei vor Lír auf den Tisch. „An dir ist ja kaum was dran."

Ihr Blick fiel auf Marleen, die abwehrend die Hände hob und sagte: „Das ist nicht meine Schuld." Sie blickte zu Lír hinüber, der sie mit zusammengezogenen Augenbrauen musterte.

Marleen hatte ihn dazu überreden können, zum Frühstück zu bleiben. Sie hatte mit Engelszungen auf Thea eingeredet, die sich schließlich geschlagen gegeben und ihre Schicht im Café übernommen hatte. Darum hatte sie Zeit, hier mit Sofia, Luna und Lír zu frühstücken. Bis auf Sara, die tatsächlich spätnachts noch heimgekommen war und noch schlief, waren die anderen Cromwell-Frauen ebenfalls im Café.

Lír räusperte sich vernehmlich und fragte: „Ist das eigentlich so eine Art geheimer Witz in eurer Familie mit dem

Auffressen?“ Blinzelnd ließ Marleen ihre Kaffeetasse sinken und warf Sofia einen Blick zu. Diese zuckte nur mit den Schultern.

Es war Luna, die sagte: „Hin und wieder kommt es vor, dass die Frauen unserer Familie die Männer in ihrem Bett fressen.“

Irritiert blinzelte Lír. „Im übertragenen Sinne?“

Sofia setzte sich ihm gegenüber, sah ihn fest an und schüttelte den Kopf. „Nein Lír, das ist wörtlich gemeint.“

Marleen beobachtete ihn und bemerkte, wie er leicht grün um die Nase wurde. Langsam ließ er sein Besteck sinken und lehnte sich auf seinem Stuhl zurück, während er weiterhin entgeistert ihre Großmutter anstarrte.

„Auffressen? Wie Kannibalen?“

„Genaugenommen bedeutet Kannibalismus, dass man Artgenossen verspeist“, erklärte Luna, die grünen Augen fest auf Lír gerichtet. „Da wir allerdings keine Menschen sind, sondern Sirenen, sind wir genaugenommen keine Kannibalen.“ Marleen wusste nicht, ob sie lachen oder Mitleid haben sollte.

Als Lír sich mit großen Augen zu ihr umdrehte, sagte sie gelassen: „Tu nicht so, Seelensauger.“

Luna grinste verschlagen und biss von ihrem Brötchen ab.

Sofia fügte in einem Tonfall hinzu, als würde sie über verschüttete Milch reden: „Es hilft dir vielleicht nicht, aber wenn wir schon mal bei der Wahrheit sind: Ganz fressen wir die Männer nie. Aber manche kommen nicht wieder auf die Beine, wenn ihnen ein paar Pfund Fleisch fehlen.“

Zu Marleens Überraschung begann Lír leise vor sich hin zu lachen.

„Oh Mann“, seufzte er und ließ den Kopf in den Nacken fallen, während er immer noch gluckste. Marleen sah ihn wachsam an, als würde er jeden Moment überschnappen.

Doch stattdessen drehte Lír seinen Kopf, sah sie mit vergnügt funkelnden Augen an und sagte: „War ja klar, dass ich kein gewöhnliches Mädchen kennenlernen konnte."

Sofia und Luna brachen in lautes Gelächter aus, während Marleen heiße Röte in die Wangen stieg. Lírs Worte bedeuteten ihr unglaublich viel. Er war sehr wohl über die dunkle Seite ihrer Familie schockiert, doch er verdammte sie nicht dafür. In Marleens Körper breitete sich eine angenehme, heimelige Wärme aus. Am liebsten hätte sie sich auf Lírs Schoß gesetzt und sich dort wie eine zufriedene Katze zusammengerollt.

„Was ist denn so witzig?", fragte Sara. Verschlafen und mit zerzausten Haaren kam sie in die Küche geschlichen.

Marleen nutzte die Gelegenheit, um von sich abzulenken, und stichelte: „Na, bist du auch mal aus dem Bett gefallen?" Mit einem breiten Grinsen kam Sara an den Tisch, nachdem sie sich einen Kaffee eingeschenkt hatte.

„Wie man's nimmt", sagte sie zweideutig. Sie setzte sich neben Sofia und räkelte sich genüsslich.

„Armes Mädchen", sagte Sofia gespielt mitfühlend, „hast wohl zu wenig Schlaf bekommen."

„Das war's wert", antwortete Sara. Hilfesuchend sah Lír zu Marleen.

Diese erbarmte sich und sagte: „Süße, heb dir deine Bettgeschichten für später auf. Ich glaube, das sind für Lír zu viele Informationen."

Treuherzig blickte ihre Schwester den blonden Mann an und warf ihm schließlich eine Kusshand zu. Marleen verdrehte die Augen und sagte nichts dazu. Bei Sara, dieser kleinen rothaarigen Hexe, kam jede Hilfe viel zu spät.

„Was sagt der Wetterbericht?", fragte Lír, während er sich hinter Marleen stellte und die Arme um ihre Taille schlang.

Er war kurz in seiner Wohnung gewesen, um sich umzuziehen, und war nun zurück, um Marleen zu einem kleinen Ausflug zu entführen.

An der Wand vor ihnen hing ein großer Flachbildschirm, der Satellitenbilder und Wetterprognosen in einer Dauerschleife abspielte. Die dunkelhaarige Schönheit vor ihm schnaubte missmutig, ehe sie sagte: „Heute regnet es nicht. Du musst also keine Angst haben, dich mit mir im Freien zu bewegen."

Leise lachte Lír vor sich hin, bevor er eine Reihe von Küssen ihren Hals hinunter zu ihrer Schulter setzte. Ihre Haut war weich wie Samt und machte süchtig.

Hitze wallte in ihm auf, die von ihrem leisen Seufzen genährt wurde. Obwohl Lír gern in diese Richtung weitergemacht hätte, in die diese Situation führte, löste er sich von Marleen und nahm sie stattdessen an der Hand.

„Komm, wir sollten deinen freien Tag nutzen." Marleen lachte vielsagend, ihre dunkelblauen Augen sahen ihn aufreizend an.

„Du tust gerade so, als wäre es nicht lohnenswert, mit mir den Tag im Bett zu verbringen." Lír erwiderte ihr Grinsen und sagte gar nichts dazu. Sie weiß sehr wohl, dass das nicht stimmt, dachte er.

Obwohl ihn die Vorstellung ungemein reizte, verließ er mit ihr zusammen das Haus und sie spazierten schweigend Richtung New Port. Die Sonne stand bereits hoch am Himmel, doch der frische Wind vom Meer machte die Hitze erträglich. Auf ihrem Weg zur Bibliothek, in der Lír Marleen etwas Interessantes zeigen wollte, begegneten sie einigen Leuten, die sie teilweise unverhohlen musterten.

Kurz vor ihrem Ziel trat ihnen eine kleine, kurvige Frau entgegen.

„Hallo Marleen", sagte sie mit süffisanter Stimme. Ihre rehbraunen Augen musterten Marleen kalt, bevor sie Lír von oben bis unten betrachtete. Auf der Hüfte der Frau saß ein kleines Mädchen, das mit verschmierten Händen an den dunkelbraunen Strähnen der Frau zog.

Lír musste sich zwingen, nicht irritiert die Stirn zu runzeln – die Szene war wirklich grotesk. Was wollte diese Frau von ihnen? Noch verwirrter war er, als Marleen sich näher an ihn lehnte, als wolle sie sich jeden Moment über ihn hermachen.

„Hallo Rahel. Wie geht es dir?"

Die Frau kniff leicht die Augen zusammen, ehe sie schleppend antwortete: „Bestens, danke."

Bevor sie noch etwas sagen konnte, gurrte Marleen übertrieben freundlich: „Und wer ist der süße Fratz?"

„Heather", brummte Rahel und verlagerte das Kleinkind auf ihre andere Hüfte. „Meine Tochter."

„Wo ist denn Joshua?", fragte Marleen liebenswürdig.

Verwirrt zog Lír die Brauen zusammen. Es war deutlich erkennbar, dass diese Frau Marleen auf den Tod nicht leiden konnte und dennoch behandelte Marleen sie, als wäre sie ihre allerbeste Freundin.

„Mein Mann ist auf Geschäftsreise", antwortete Rahel. Wieder wurde Lír gemustert, bevor die Frau an Marleen gerichtet sagte: „Wie ich sehe bist du noch immer ganz die Alte. Kaum eine Woche und schon hast du dir den Neuankömmling unter den Nagel gerissen."

Lír riss entsetzt die Augen auf. Nicht nur wegen der deutlichen Worte, die diese Frau fand, sondern auch weil sie so tat, als wäre er gehörlos oder gar nicht da.

Wut stieg in ihm auf und er wollte Rahel gerade zurechtweisen, als Marleen honigsüß sagte: „Gut beobachtet Rahel."

„Du warst schon immer eine Hure", zischte sie.

Um ein Haar wäre Lír vor Schock das Kinn herunter gesackt. Hatte sie wirklich gerade Hure gesagt?

Offensichtlich schon, denn Marleen konterte liebenswürdig: „Schon möglich, aber die Frage ist doch: Eine billige oder eine teure?“ Bevor Lír reagieren konnte, hakte sich Marleen bei ihm unter. „So, jetzt müssen wir aber weiter. Ich wollte schon immer mal eine Nummer in der Bibliothek schieben.“

Es kostete Marleen ziemlich viel Kraft, Lír um Rahel herum weiter Richtung Bibliothek zu ziehen. Die ersten Meter schleifte sie ihn regelrecht hinter sich her, bis er selbst anfing zu gehen. Obwohl sie innerlich kochte und ihr Blut lautstark in ihren Ohren rauschte, bemerkte sie doch, wie perplex Lír neben ihr war.

Sie atmete tief ein, zählte bis zehn und atmete aus, bevor sie sagte: „Tut mir leid, dass du das miterleben musstest.“ Lír räusperte sich leise und sie fühlte seinen Blick auf ihrem Gesicht.

„Ich bin mir gar nicht so sicher, was genau das gerade war.“

„Das war Rahel Simmons“, antwortete Marleen. Sie musste sich zusammenreißen, um nicht wie ein tollwütiger Hund zu knurren.

„Und was hat sie für ein Problem?“

„Ich bin ihr Problem, schon seit unserer Kindheit.“ Marleen seufzte vor sich hin. „Rahel kommt aus einer sehr christlichen Familie, die mit meiner schon immer irgendwie auf Kriegsfuß gestanden hat.“ Sie waren an der Bibliothek angekommen, blieben aber vor dem Gebäude im Schatten einiger Bäume stehen. Lír musterte Marleen aufmerksam.

Marleen zuckte mit den Schultern und erzählte: „Wir waren zusammen in der Schule. In den ersten paar Jahren hat sie mich mit Missachtung gestraft, aber das war okay. Ich meine, ich war noch nie ein besonders weinerlicher Typ und kann gut damit leben, dass einige mich nicht leiden können." Sie lächelte schief. „Als wir dann langsam in das Alter kamen, um uns für Jungs zu interessieren, wurde aus ihrer Missachtung offener Hass."

„Was genau ist passiert?" Lír hatte ihre Hände in seine genommen und stand dicht vor ihr. Sein Atem strich sanft über ihr Gesicht. Marleen sah hoch in seine braunen Augen, die sie interessiert musterten.

„Gut möglich, dass ich, ohne es zu wissen, mit ihrem Schwarm ins Bett gestiegen bin."

Lír grinste sie an. „Du meinst, du wusstest nichts davon, dass du mit ihm geschlafen hast?"

Marleen lachte kurz auf, ehe sie den Kopf schüttelte. „Du weißt genau, wie ich das meine. Woher um alles in der Welt hätte ich wissen sollen, dass sie in Sam Brown verknallt ist?" Sie seufzte bei der Erinnerung und sprach weiter: „Fortan war ich in Rahels Augen eine Hure. Naja, und weil sie ein Schandmaul hat, hat sie mit ihrer Ansicht nicht hinterm Berg gehalten und es in der ganzen Stadt herumerzählt."

Lír verzog abschätzig die Mundwinkel. „Dafür, dass sie sich für anscheinend so korrekt hält, benutzt sie ganz schön heftige Ausdrücke im Beisein ihres Kindes."

„Ja, die übliche Doppelmoral eben." Unbehaglich wich sie Lírs Blick aus, als sie leise hinzufügte: „Natürlich war es nicht sonderlich förderlich für meinen Ruf, das Sam nach unserer gemeinsamen Nacht ein Stück Schulter gefehlt hat."

Lír beugte soweit den Kopf, dass er ihr wieder in die Augen sehen konnte.

„War er wenigstens gut?"

Empört löste sich Marleen von ihm und schlug ihm vor die Brust. „Du bist ein Arschloch", schnaufte sie, musste aber hart gegen ein Grinsen ankämpfen. „Das war überhaupt nicht witzig."

Lír zuckte lediglich mit den Schultern. Mit einem versöhnlichen Lächeln griff er nach ihr und zog sie in seine Arme.

„An ihren Ehemann lässt sie mich keine fünf Meter heran", sagte Marleen und fügte mit einem bitteren Schnauben hinzu: „Diesen ekligen Fettsack mit den Schweinsaugen würde ich nicht mal mit der Kneifzange anfassen wollen."

Leise lachte Lír vor sich hin. Es war ganz offensichtlich, dass er sich prächtig amüsierte. Aber Marleen war ihm nicht böse. Schließlich war die ganze Sache ziemlich lächerlich.

„Seither lässt Rahel auch keine Gelegenheit ungenutzt, mir unter die Nase zu reiben, wie sittenlos ich doch bin." Seufzend fügte sie hinzu: „Das eben war ein hervorragendes Beispiel."

„Dabei bist du ganz unschuldig", sagte Lír mit bemüht ernster Stimme. „Schließlich habe *ich* mich dir aufgedrängt."

„Ganz genau", murmelte sie und schmiegte ihr Gesicht an seinen Hals.

Einige Zeit standen sie einfach nur so da und schwiegen, bis Marleen sagte: „Sofia war es, die mir geraten hat, ich soll Rahel mit meiner Freundlichkeit ersticken." Da brach Lír wieder in Gelächter aus und sah mit funkelnden Augen auf sie hinunter.

„Ich mag deine Großmutter", sagte er und brachte sie damit ebenfalls zum Lachen.

Schritte näherten sich ihnen und Marleen drehte sich gerade um, als Aaron vor ihnen stehen blieb.

„Hallo Marleen. Schön, dich wiederzusehen", sagte er freundlich. Sein Blick blieb einen Moment an Lír haften, ehe er sagte: „Und Sie müssen Marleens Freund sein?" Lächelnd streckte Aaron die Hand aus und stellte sich vor.

„Lír O'Callahan", murmelte Lír und ergriff die angebotene Hand.

Marleen glaubte, den flüchtigen Eindruck von Schock auf Lírs Gesicht gesehen zu haben. Doch einen Wimpernschlag später sah er wieder vollkommen normal aus. Auch Aaron schien davon nichts bemerkt zu haben. Dennoch war sich Marleen sicher, es sich nicht nur eingebildet zu haben.

Entschuldigend sah Aaron zwischen ihnen hin und her.

„Leider muss ich gleich weiter. Aber vielleicht können wir uns später ein wenig unterhalten, wenn ich Sara zum Abendessen abhole."

„Sicher", antwortete Marleen. Sie verabschiedeten sich und Aaron ging davon.

Marleen sah zu Lír hoch und fragte: „Was ist? Du hast gerade so seltsam geschaut, als er dir die Hand gegeben hat."

„Lass uns rein gehen", murmelte Lír und noch bevor Marleen etwas sagen konnte, schob er sie Richtung Bibliothek. Er schubste sie geradezu durch die Eingangstür und Marleen sah ihn wütend an.

Doch bevor sie ihn wegen seines rüden Verhaltens anblaffen konnte, sah er sie eindringlich an und sagte mit gepresster Stimme: „Ich glaube, dieser Aaron ist kein Mensch."

Sichtlich durcheinander blinzelte Marleen ihn an.

„Wie, kein Mensch?" Marleen rieb sich über die nackten Arme, die Klimaanlage des Gebäudes ratterte wie im Gefrierschrank. Lír fuhr sich durch die Haare.

„Na, nicht ganz menschlich eben." Lír mühte sich ein Lächeln ab, als sie am Empfang vorbeigingen. Der Bibliothekar dahinter musterte sie kritisch unter zusammengezogenen Augenbrauen.

Erst als sie im Aufzug standen und Lír einen Knopf für die oberen Etagen drückte, fragte Marleen: „So wie wir beide?"

Er trat näher an sie heran, blickte ihr aber nicht in die Augen. Stattdessen zuckte er unschlüssig mit den Schultern.

„Keine Ahnung. Es war ein seltsames Gefühl, als er mir die Hand gegeben hat."

Skeptisch runzelte Marleen die Stirn und sagte: „Aber das bedeutet doch noch lange nichts. Nur weil wir beide uns zufällig getroffen haben, muss das ja nicht heißen, dass plötzlich jeder ein Übernatürlicher ist."

„So habe ich das ja auch nicht gemeint", brummte Lír. Es war ihm deutlich anzusehen, dass es ihn frustrierte, ihr nicht genau sagen zu können, was er meinte. Der Aufzug hielt und sie stiegen aus. Zielsicher ging Lír voran, hinein in die engen Schluchten aus Bücherregalen. Als sie an einer kleinen Sitzecke vorbeikamen, griff Marleen nach seinem Arm und sie blieben stehen.

„Lír", sagte sie eindringlich und blickte in seine braunen Augen. „Ist schon okay. Falls es dich beruhigt, ich war auch nicht sonderlich begeistert als ich Aaron kennengelernt habe. Sein Händedruck fühlte sich irgendwie… falsch an."

„Gott sei Dank", sagte er erleichtert. „Ich dachte schon, ich bin übergeschnappt."

„Sara scheint das aber anders zu sehen", merkte Marleen an. „Und sie ist genauso kein Mensch wie wir beide." Nachdenklich legte Lír die Stirn in Falten. Schließlich seufzte er leidgeprüft, sah sie mit schief geneigtem Kopf und einem kleinen Lächeln an.

„Wir können ihn schlecht fragen, oder?"

Marleen grinste. „Nun, es zählt sicher nicht zum üblichen Familienverhör, wenn wir fragen ‚Und, welcher übernatürlichen Spezies gehören Sie an?'."

Lír lachte leise und hauchte ihr einen Kuss auf die Stirn. Seine Stimme war sanft und tief, als er sagte: „Es ist schön, mit dir über solche Verrücktheiten reden zu können." Wärme breitete sich in Marleen aus. Mit geschlossenen Augen lehnte sie sich an seine Brust.

Sie verzog ihren Mund zu einem Schmunzeln und meinte: „Ja, das finde ich auch." Sie fühlte Lírs Lachen mehr, als dass sie es hörte, während er die Arme um sie legte.

„Stimmt es eigentlich was du Rahel über die Nummer in der Bibliothek erzählt hast?"

Lachend löste sich Marleen von ihm und strich sich das Haar aus dem Gesicht. „Möglich. Aber du wolltest mir etwas zeigen und ich bin es leid, neugierig zu sein."

Auffordernd sah sie ihn an. Lír seufzte leidgeprüft, bevor er sie wieder weiter in das Labyrinth der Regale führte. In der vorletzten Reihe bogen sie ab und hielten kurz darauf an. Zielsicher griff er nach einem großen, in Leder gebundenem Buch.

„Das habe ich am ersten Tag hier in New Port entdeckt." Er reichte es Marleen und fügte mit einem Schnauben hinzu: „Nachdem ich es leid war, mich durch die ziemlich unspektakuläre Stadtgeschichte zu wühlen."

Marleen schubste ihn mit der Schulter. „Sag nichts Falsches über New Port. Hier gilt glaube ich noch das Gesetz, dass man jemanden ohne viel Federlesens auf dem eigenen Grundstück erschießen darf."

Lír lachte leise vor sich hin, doch das bemerkte Marleen fast nicht. Sie war viel zu fasziniert von den kunstvollen Drucken, die den Ledereinband des Buchs zierten. Sanft schob Lír sie zu einer Sitzgruppe und drückte sie auf einen der Sessel. Im hellen Sonnenlicht, das durch die Fenster hereinfiel, wurden noch mehr Details des Einbands sichtbar.

„Wow", murmelte sie. Vorsichtig strich sie mit der Fingerspitze über das Leder.

„Ja, das dachte ich auch als erstes", sagte Lír neben ihr. „Aber nicht nur das Äußere des Buchs ist faszinierend, auch der Inhalt ist etwas ganz… Spezielles." Marleen sah ihn kurz aus dem Augenwinkel an, bevor sie wieder auf das Buch in ihrem Schoß hinunterblickte.

Auf dem durch die Jahre dunkler gewordenen Leder waren unzählige Fabelwesen eingeschnitzt worden. Es war eine Szene wie aus einem Märchenbuch, nur detailreicher. Man konnte sich verlieren in den vielen verschiedenen Figuren und den floralen Verzierungen. Marleen war sich sicher, selbst nach Stunden noch neue Details erkennen zu können. Neugierig schlug sie das Buch auf.

„Fabelwesen dieser Welt", las sie laut vor und sah Lír an. „So ähnliche Bücher haben wir auch bei uns daheim. Ich sehe sie als Nachschlagewerk der entfernteren Verwandtschaft. Sie sind allerdings ziemlich ungenau. Von diesen Siegeln der Inkubi stand da nämlich nichts drin." Lírs Wangen färbten sich rosa und man sah ihm an, dass er sich unwohl fühlte.

Um ihn wieder auf andere Gedanken zu bringen, fragte sie scherzhaft: „Ist das Buch hier genauer? Stehen da all die kleinen Geheimnisse der Monster drin?"

Er hob eine Augenbraue und sagte: „Ja, und das meine ich jetzt wörtlich. Schlag doch mal unter ‚Sirenen' nach und sag mir, wie viel davon der Wahrheit entspricht."

Marleen tat wie ihr geheißen, suchte im Register nach dem passenden Eintrag und blätterte durch das Buch. Auf ihrer Suche nach dem richtigen Kapitel sah sie flüchtig neben jeder Menge Text sehr detaillierte Zeichnungen. Schließlich fand sie die richtige Seite – und schnappte überrascht nach Luft. Unter der Überschrift war ein Bild gezeichnet, das den Cromwell-Frauen in ihrer natürlichen Gestalt erschreckend ähnlich sah.

„Dachte ich's mir doch", murmelte Lír neben ihr. Marleen hatte gar nicht bemerkt, dass er sich auf die Lehne ihres Sessels gesetzt hatte. Sein warmer Geruch nach Mann und Seife sickerte in jede ihrer Poren und beruhigte ihren stolpernden Herzschlag.

Marleen atmete einmal tief durch, bevor sie sich dem Text neben der Abbildung widmete. Aber schon nach ein paar Absätzen war klar, dass diese Beschreibung ihrer Art erschreckend umfangreich und exakt war. Mit einem seltsamen Gefühl im Magen sah sie zu Lír hoch.

„Irgendwie ist das gruslig", gab sie zu. „Es stimmt alles bis ins letzte Detail. Sogar das Phänomen mit dem destillierten Wasser ist aufgeführt."

Lír nickte, seine bernsteinfarbenen Augen blickten sie ernst an. „Als ich es entdeckt habe, fand ich es auch ziemlich gruslig. Natürlich konnte ich nur die Informationen über die Inkubi nachprüfen, aber wenn du mir dasselbe für die Sirenen bestätigst, kann man davon ausgehen, dass alles andere auch der Wahrheit entspricht."

Interessiert blätterte Marleen bis zum letzten Blatt durch – und stutzte.

„Es ist kein Autor genannt", sagte sie. Schon die ersten Seiten hatten keinen Namen enthalten und auf dem letzten Blatt waren nicht einmal ein Verlag oder irgendeine andere Adresse angegeben. Selbst auf dem Buchrücken war nur der Titel vermerkt.

Das ist sehr seltsam, dachte Marleen.

Lír machte ein unzufriedenes Geräusch und sagte: „Der Bibliothekar konnte mir auch nicht sagen, von wem dieses Buch geschrieben wurde und das Internet liefert nur unsinniges Zeug, wenn ich den Titel eingebe."

Marleen nickte, bevor sie ihre Aufmerksamkeit wieder dem Buch widmete. Bei genauerem Lesen bemerkte sie, dass es lange nicht so viele Einträge hatte, wie sie gedacht hätte.

„Was meinst du woran das liegt?", fragte sie Lír. Dieser runzelte die Stirn, nahm ihr das Buch aus der Hand und blätterte selbst noch einmal darin.

„Jetzt wo du es sagst, fällt es mir auch auf." Marleen lehnte sich zu ihm und spähte auf die Seite, die er gerade aufgeschlagen hatte.

„Vielleicht liegt es ja daran, dass es wirklich nur eine bestimmte Anzahl an Übernatürlichen gibt", dachte sie laut nach. „Und die verschiedenen Länder haben jeweils ihren eigenen Namen für die jeweilige Spezies gefunden."

Sie blätterte zurück zu der Seite, die die Sirenen beschrieb. „Meine Familie ist ein gutes Beispiel. Wir bezeichnen uns zwar als Sirenen, aber es gibt noch etliche weitere Namen für uns. Zum Beispiel Nixe, Undine, Meerjungfrau, Melusine oder – mein absoluter Favorit - Fischweib."

„Da könntest du recht haben", sagte Lír. „Aber wir können dieses Buch auch nicht für bare Münze nehmen."

„Nein." Marleen lehnte ihren Kopf an seine Hüfte, während sie weiter auf das Buch sah. Beide schwiegen für einige Minuten, die Stille in der Bibliothek war spürbar wie das Gewicht einer schweren Decke.

Marleens Gedanken trieben ziellos dahin, bis sie schließlich sagte: „Irgendwer sollte sich auf die Suche nach den anderen Anderen machen."

Lír klappte das Buch zu und sie fühlte deutlich seinen Blick auf sich.

„Ja", sagte er schlicht. Dann beugte er sich zu ihr hinunter und Marleen glaubte, wieder das unnatürliche Goldschimmern in seinen braunen Augen zu sehen.

Seine Stimme war rau, als er fragte: „Was hast du in den nächsten Jahren vor?"

Erschrocken riss Marleen die Augen auf. Hektisch schlug ihr Herz in ihrer Brust und eine unerklärliche Hitze breitete sich in ihr aus. Im ersten Moment wollte sie grinsen wie eine Schwachsinnige.

Aber auf der anderen Seite konnte Marleen nicht ganz glauben, dass sie seine Worte richtig verstanden hatte.

„Lír“, brachte sie schließlich schwach heraus.

Kapitel 10

Es war ein spontaner, vollkommen verrückter Einfall gewesen, den Lír fast schon wieder bereute. Er hatte sich nichts dabei gedacht und nun saß er hier. Marleen sah ihn mit großen, dunkelblauen Augen an und ihre Haut schien blasser als sonst zu sein. Alles, was sie zu seinem Vorschlag gesagt hatte, war sein Name. Wie ein Hauchen war er über ihre Lippen gekommen.

Lír hatte zuvor gar nicht bemerkt, wie sehr er sich ein Ja von ihr wünschte. Ganz offensichtlich war Marleen von der Idee weniger erbaut, mit ihm auf diese übernatürliche Schatzsuche zu gehen.

Um die unangenehme Situation zu beenden, zwang er sich zu einem Grinsen und sagte: „Marleen, schau nicht so erschrocken. Auch wenn es sicher interessant wäre, habe ich dazu momentan keine Zeit."

Es schmerzte zu sehen, wie erleichtert sie aufatmete. Lächelnd stieß sie ihn mit der Schulter an. „Du hast wirklich verrückte Ideen. Aus dir würde sicher ein guter Indiana Jones werden."

„Aber ohne den albernen Hut", sagte er und verzog das Gesicht. Marleen lachte vor sich hin, bevor sie nach dem Buch griff. Beinah liebevoll strich sie über den kunstvollen Einband.

„Es widerstrebt mir, diesen kleinen Schatz zurück ins Regal zu stellen", sagte sie.

Lír erhob sich und half Marleen aus dem tiefen Sessel. „Das würde ich dir nicht empfehlen. Der Bibliothekar sieht so aus, als hätte er eine Schrotflinte unter seinem Schreibtisch."

Vergnügt lachte Marleen hinter ihm, während sie das Buch zurück ins Regal stellten.

Einige Stunden später saß Lír wieder einmal im fröhlichen, lachenden und scherzenden Kreis der Cromwell-Familie. Thea war vor einer Stunde abgereist, zurück zu ihrem Weingut. Zum Abschied hatte sie ihn fest umarmt und gescherzt, dass ihre Urenkelin schon allein mit ihm fertig werden würde. Bei der Erinnerung musste er grinsen.

Es war verrückt, wie aufgehoben er sich bei den Frauen fühlte. Seine eigene Familie war nie besonders zahlreich gewesen, was wohl daran liegen konnte, dass Kinder für gewöhnlich bei den Müttern blieben. Jedoch war es für die O'Callahans entscheidend, dass ihre Söhne bei ihnen aufwuchsen.

Sie konnten ihr wahres Gesicht als Inkubus zwar erst nach der Pubertät zeigen, jedoch wäre es fatal, wenn irgendwo ein junger Mann herumlaufen würde, der nichtsahnend Seelen stahl, weil er nicht wusste, was er war. Es war schon schlimm genug, dass sich ihre Familie einmal entzweit hatte.

Ein leises Pfeifen riss Lír aus seinen Gedanken. Sara kam die Treppe hinunter, gekleidet in ein knappes Kleid aus grüner, schimmernder Seide. Ihr Haar fiel in einer rubinroten Kaskade über ihre rechte Schulter.

Anna sagte grinsend: „Oh lala, das Küken fährt scharfe Geschütze auf."

„Sollten wir dein Date nicht lieber warnen?", fragte Luna und kicherte vor sich hin, als Sara ihr einen giftigen Blick zuwarf.

„Ihr seid doch nur neidisch", kommentierte sie die Sticheleien ihrer Familie. Saras dunkelgrauer Blick fiel auf Lír und Marleen, ehe sie sagte: „Naja, ihr zwei wohl nicht."

Lír erwiderte ihr Grinsen, während er demonstrativ einen Arm um Marleen legte. Mit einem leisen Seufzen schmiegte sie sich an ihn und brachte sein Blut zum Kochen. Es war gleichzeitig berauschend und beängstigend, wie heftig er auf sie reagierte.

„Hast du etwa wieder meine Highheels ausgeliehen?“, fragte Marleen. Mit wiegenden Hüften und einem verschlagenen Lächeln auf dem Gesicht, kam Sara zu ihnen. Als wäre sie ein Model, drehte sie sich vor ihnen und warf sich in Pose.

„Ich werde auf sie aufpassen, versprochen.“

„Nur, dass sie mir nicht wie dein letztes Paar Pumps irgendwo im Gestrüpp verloren gehen“, brummte Marleen.

Lír lachte leise vor sich hin. „Will ich die Geschichte dazu hören?“

„Lieber nicht“, erwiderte Sara und zwinkerte ihm zu. Um Marleen einen Kuss auf die Wange zu geben, stützte sich Sara auf seinem Knie ab. Sobald ihre Hand sein mit Jeansstoff umhülltes Bein berührte, atmete Lír zischend ein, bevor er heftig fluchte.

Erschrocken zuckte Sara zurück und Marleen sah ihn verwundert an.

„Was ist denn los Lír?“, hörte er Sofia fragen, doch die Worte klangen seltsam gedämpft. In seinem Kopf dröhnte es und er fühlte, wie der Inkubus in ihm witternd die Nase kräuselte. Um sicherzugehen, packte er Sara am Handgelenk und sah ihr in die Augen.

„Mit wem hast du in den letzten Tagen geschlafen?“, fragte er eindringlich.

Verwirrt runzelte Sara die Stirn. „Auch wenn es prüde klingt, nur mit einem.“

Lírs Magen zog sich schmerzhaft zusammen und er versuchte, seine nächste Frage ruhig auszusprechen. „War es dieser Aaron?“

Sara zog die Augenbrauen zusammen.

Marleen neben ihm fragte: „Lír, was ist denn los? Wieso benimmst du dich so seltsam?“

Ohne Sara loszulassen, und noch immer dieses ekelhafte, kribbelnde Gefühl in sich, sah er ihr weiter in die Augen, während er Marleen antwortete: „Sara wurde mit einem Siegel belegt.“

Für einen Augenblick standen Marleens Gedanken still, bevor sie sich wie wild in ihrem Kopf drehten. Sofia und Anna waren aufgesprungen, während ihre anderen beiden Schwestern Sara äußerst besorgt musterten. Keiner sagte ein Wort und doch dröhnten Marleens Ohren.

Sie befeuchtete ihre plötzlich trockenen Lippen, ehe sie fragte: „Heißt das, dass dieser Aaron auch ein Inkubus ist?“

„Ist das denn möglich?“, warf Luna dazwischen und Anna fragte: „Gibt es denn noch andere Inkubus-Familien?“

Sara, die bisher gar nichts gesagt hatte, stand noch immer vor ihnen und wurde zusehends blasser. Marleen löste sich von Lír und drückte ihre Schwester auf den nächsten Sessel. Beruhigend legte sie ihr eine Hand auf die Schulter, während sie sich auf die Lehne setzte.

Anschließend heftete sich ihr Blick auf Lír. Sie wusste beim besten Willen nicht, was sie im Moment empfinden sollte. Einerseits wollte sie aufgrund ihrer unerschütterlichen Liebe und Loyalität ihrer Familie gegenüber, Lír packen und solange schütteln, bis er die Antworten rausrückte. Sie würde ihn auch ohne zu zögern foltern, um die Informationen zu bekommen, um ihre Schwester zu schützen.

Aber genau da liegt das Problem, dachte Marleen beunruhigt. Sie könnte ihm nichts antun. Ohne dass sie es gemerkt hatte, hatte sich ihre Loyalität verschoben. Marleen war sich nicht sicher, ob sie sich ihrer Familie nicht in den Weg stellen würde, wenn sie sich im Zweifelsfall auf Lír stürzten.

Still, fast zu still, saß Lír nach wie vor auf dem Sofa. Als wüsste er genau, wie brenzlig die Situation gerade für ihn war. Doch er sah niemand anderen an als Marleen. Seine bernsteinfarbenen Augen bohrten sich in ihre und Marleen war nicht in der Lage, den Blickkontakt zu lösen.

„Es ist gut möglich, dass Aaron ein Inkubus ist", sagte er schließlich. Als würde er mit sich selbst ringen, atmete er tief durch. „Der Grund für meine Ahnenforschung ist nicht nur reine Neugier. Vor zweihundertfünfzig Jahren hat sich meine Familie nicht nur aus den Augen verloren, sie hat sich bewusst geteilt."

Aus dem Augenwinkel sah Marleen, wie ihre Großmutter langsam nickte. „Nach den Ereignissen hier in New Port, habe ich recht?"

„Ja", bestätigte Lír. „Craig ist mein direkter Vorfahre, während Aidens Zweig der Familie sich von uns löste. Über diese O'Callahans wissen wir so gut wie nichts."

„Dass sich deine Familie damals gespalten hat, hast du uns bereits erzählt", warf Sofia ein. „Aber was hast du uns verschwiegen? Warum sucht du jetzt nach ihnen?"

„Lír sagte mir, dass es wegen der Menschen ist und weil sie immer mehr Geheimnisse aufdecken", warf Marleen ein. Immer noch hielt sie Lírs Blick fest, aber sie konnte in seinen Augen nichts lesen. Ein hässliches Gefühl des Verrats machte sich in ihr breit.

„Das ist auch wahr", antwortete Lír. „Sollte Aidens Zweig der Familie, wenn es ihn denn noch gibt, entdeckt werden, ist es nur eine Frage der Zeit, bis auch die anderen O'Callahans auffliegen." Unvermittelt sah Lír zur Seite und sagte leiser: „Für die Morde in New Port war Aiden verantwortlich. Der Grund für die Spaltung meiner Familie war, dass

Aiden unsere Macht nutzen wollte, um sein Leben zu verlängern, während Craig strikt dagegen war."

Luna atmete geräuschvoll ein, bevor sie fragte: „Willst du sagen, dass da draußen schon seit über zweihundert Jahren Inkubi herumlaufen, die den Frauen die Lebenskraft entziehen?"

„Das wäre nur der schlimmste Fall", erwiderte Lír. „Ihre Einstellung kann sich schließlich auch geändert haben."

Von einer der Frauen kam ein ungläubiges Schnauben, dem Marleen nur zustimmen konnte – so leid es ihr auch tat.

Schweigen legte sich über das Wohnzimmer, ehe Sofia sich leise räusperte. „Kinder, das hat doch so keinen Wert." Sie ging zu Sara und tätschelte ihre Wange. „Du bleibst schön hier, wo wir auf dich aufpassen können."

Sichtlich verunsichert zupfte Sara am Saum ihres Kleides. „Und was sagen wir Aaron?"

„Ich schlage vor, wir ziehen ihm einen Baseballschläger über den Kopf und sehen, ob ihm Hörner sprießen", antwortete Anna.

„Ich geh einen suchen", murmelte Marleen und verließ fluchtartig das Zimmer. Sie fühlte sich elend, eine Mischung aus Verrat und Schock, die ihr den Magen umdrehte. Sie konnte, wollte nicht glauben, dass sie sich derart in Lír getäuscht hatte. So bereitwillig hatte sie ihm von den dunklen, schmutzigen Geheimnissen ihrer Familie erzählt. Alles in der festen Überzeugung, einem ebenso ehrlichen Mann gegenüber zu stehen.

„Wie dumm", zischte Marleen, während sie die Treppen hinauf erst ins Obergeschoss und anschließend ins Dachgeschoss hinaufstieg. Es war ihr voller Ernst gewesen, nach einem Schläger zu suchen – es war weitaus besser, als sich wie ein verwundetes Tier in eine dunkle Ecke zurückzuziehen.

Sie hatte gerade die quietschende Tür zum Dachboden geöffnet, als sie hinter sich schwere Schritte hörte. Auch ohne nachzusehen wusste Marleen, wer ihr da gefolgt war. Dennoch drehte sie sich nicht um, als Lír sehr dicht hinter ihr stehen blieb. Marleen fröstelte leicht, als sein warmer Atem ihren Nacken streifte.

„Marleen", murmelte er, die Stimme tief und sehr rau. Zaghaft berührte er ihre Hand. „Es tut mir leid, dass ich es dir nicht gesagt habe. Aber ich…" Hörbar frustriert atmete er aus und presste schließlich hervor: „Ich hatte Angst, dass es dich abschrecken würde, dass du schlecht von mir denken würdest. Weiß Gott bin ich nicht stolz darauf, was meine Verwandtschaft so alles treibt."

Hin und her gerissen, ob sie ihn anschreien oder seine Entschuldigung annehmen sollte, blieb sie einfach bewegungslos stehen. Lír seufzte hinter ihr leise, bevor er ihre Hand losließ. Einige Augenblicke herrschte Stille zwischen ihnen. Vorsichtig ließ sich Marleen gegen Lír sinken, fühlte seinen tiefen Atemzug an ihrem Rücken. Plötzlich nervös befeuchtete Marleen ihre trockenen Lippen.

„Es wäre gelogen, wenn ich dir sage, dass es mich nicht gestört hat", sagte sie schließlich.

Behutsam legte Lír seine Arme von hinten um ihre Taille. „Das habe ich dir angesehen. Ich hatte kurz Angst, dass du mir den Kopf runterreißt."

Marleen lächelte schief, bevor sie ernst fragte: „Hast du wirklich geglaubt, ich würde mich von so etwas abschrecken lassen? Zur Hölle, du hast nicht einmal Reißaus genommen, als du von unserem kleinen Ernährungsproblem erfahren hast."

Lír hauchte einen Kuss auf ihre Schulter und der harte Knoten in ihrem Magen löste sich langsam auf. „Ich weiß. Nur, je länger ich es verschwieg, desto schwieriger erschien es mir die Sache anzusprechen." Geräuschvoll atmete er aus und Marleen fühlte den Luftzug an ihrem Hals. „Niemals hätte ich für möglich gehalten, dass ich ausgerechnet hier auf einen anderen Inkubus, vielleicht sogar einen meiner Verwandten treffe."

„Verdammtes Schicksal, nicht wahr?", fragte Marleen, bemüht einen unbefangenen Ton anzuschlagen. Lír hinter ihr brummte nur missmutig vor sich hin, bevor er sie fester an sich zog.

„Marleen, sei mir nicht mehr böse", murmelte er an ihrem Ohr. „Außerdem sollten wir uns lieber darauf konzentrieren, dass von deiner Schwester nicht nur eine ausgesaugte Hülle übrig bleibt." Bei seinen Worten lief es Marleen kalt den Rücken hinunter.

„Wer sagt eigentlich, dass dieser Inkubus nicht auch so ist wie du?", fragte sie. „Ich meine, er muss ja nicht zwangsläufig hinter Saras Leben her sein."

„Die Möglichkeit besteht natürlich", räumte Lír ein. Seine Stimme klang seltsam traurig, als er fortfuhr: „Aber ich würde mich an eurer Stelle nicht darauf verlassen. Willst du es denn riskieren?"

„Nein", erwiderte Marleen entschieden. Eiskalte Mordlust stieg in ihr auf. Sie würde Himmel und Hölle in Bewegung setzen, um ihre Familie zu beschützen.

„Weißt du denn ganz sicher, wie sich so ein Siegel anfühlt? Kannst du dich nicht getäuscht haben?" Marleen wusste, wie naiv ihre Frage war, aber dennoch klammerte sie sich an diese letzte Hoffnung. Doch wie erwartet schüttelte Lír den Kopf.

„Tut mir leid. Es ist ein ziemlich merkwürdiges und unverwechselbares Gefühl, wenn ich ein fremdes Siegel erspüre. Das kann nichts anderes gewesen sein."

Bevor Marleen darauf antworten konnte, hörte sie von unten die Türklingel. Alarmiert drehte sie sich in Lírs Armen um. Sie wussten beide, wer da unten vor der Tür stand.

Schlitternd kamen Marleen und Lír im Erdgeschoss an. Fiebrig überlegte Lír, was sie nun tun konnten. Auf keinen Fall würde er Sara heute aus diesem Haus lassen. Ein Blick ins Wohnzimmer verriet ihm, dass die jüngste der Cromwells keine Anstalten machte, sich aus ihrem Sessel zu erheben.

Lír wollte gerade einen Vorschlag unterbreiten, als Sofia mit fester Stimme das Wort ergriff. „Kinder, nur keine Panik. Ich habe eine Idee." Ihre grünen Augen sahen Lír fest an. „Lír, du musst uns für heute Abend leider verlassen. Und es ist wirklich zu schade, dass Sara vergessen hat ihrem Date zu sagen, dass wir heute unseren Familienabend haben."

Anna neben ihr verdrehte theatralisch die Augen, wohingegen Lír erleichtert lächelte - Sofia war wirklich ein Schlitzohr.

„Ja, wirklich schade", sagte er. „Aber sicher kann mich Saras Verabredung mit zurück in die Stadt nehmen."

„Ganz genau", sagte Sofia lächelnd. Es klingelte ein zweites Mal, doch bevor Lír zur Tür gehen konnte, hielt Marleen ihn am Ärmel seines T-Shirts zurück.

„Wir gehen und holen schon mal die Spiele", sagte Nadja und scheuchte die neugierigen Frauen zurück ins Wohnzimmer.

Sanft strich Lír Marleen über die Wange, als könnte sie jeden Moment zerbrechen. „Was ist?"

Mit einem Seufzen legte sie die Hände auf seine Brust und schloss kurz die Augen. Als sie sie wieder öffnete, war ihr dunkelblauer Blick eindringlich.

„Ich weiß genau, dass du jetzt versuchen wirst herauszufinden, wer dieser Aaron wirklich ist." Lír sagte nichts darauf, Marleen hatte genau ins Schwarze getroffen.

Mit einem schiefen Lächeln verlangte sie: „Pass auf dich auf."

Wärme breitete sich in Lír aus und er hätte sie am liebsten geküsst. Erst jetzt löste sich die eiskalte Klaue, die seit der Enthüllung seines hässlichen Familiengeheimnisses seine Kehle zugeschnürt hatte. Marleen hatte ihm sicher noch nicht völlig verziehen, aber es machte ihn glücklich zu hören, dass sie sich um ihn sorgte. Äußerst glücklich sogar.

Um sie aufzuheitern, grinste er frech und sagte: „Hey, keine Angst. Ich werde sicher nicht mit ihm ins Bett steigen und seinen Namen sagen."

Marleen lachte leise vor sich hin, bevor sie ihm einen kleinen Schubs Richtung Tür gab. „Verschwinde endlich."

Wie auf ein geheimes Stichwort hin, kam Sofia wieder aus dem Wohnzimmer und baute sich bedrohlich vor der Tür auf. Eine echte Meisterleistung, wenn man bedachte, dass sie eine zierliche Frau von nicht einmal einem Meter siebzig war.

Lír sah Marleen noch im Wohnzimmer verschwinden, bevor ihre Großmutter die Tür aufriss und ihn mit erstaunlicher Kraft hinausschob. Wie eine echte Hollywoodschauspielerin mimte sie Überraschung, als sie Aaron auf der Schwelle sah.

„Oh, wen haben wir denn da?", fragte sie.

„Aaron O'Connell, M'am. Ich bin hier um Sara abzuholen." Lír schüttelte sich innerlich bei dem übertrieben charmanten Lächeln, das Aaron Sofia schenkte.

„Oje", murmelte Sofia bedauernd. „Da muss ich Sie leider enttäuschen, junger Mann. Sara hat offensichtlich vergessen Ihnen zu sagen, dass heute unser Familienabend ist. Wir sind da ziemlich eigen und halten strickt an dieser kleinen Tradition fest."

Sichtlich verwirrt blinzelte Aaron. Bevor der andere Mann etwas sagen konnte, fuhr Sofia fort: „Darum muss nun auch

Lír nach Hause gehen." Sie bedachte ihn mit einem strengen Blick, ehe sie sich wieder Aaron zuwandte.

„Rufen Sie Sara doch morgen an. Auf Wiedersehen!" Mit einem kleinen Rums fiel die Haustür ins Schloss.

„Und jetzt?", fragte Sara unsicher. Sie sah noch immer erschreckend blass aus, die Augen viel zu groß in ihrem zierlichen Gesicht. Anna kniete vor ihr auf den Boden und ergriff ihre Hände - sie waren eiskalt. Behutsam rieb Anna sie zwischen ihren Fingern.

„Jetzt warten wir, bis wir den Wagen dieses Seelensaugers wegfahren hören und dann machen wir uns über Lunas Cocktailutensilien her."

„Hey", empörte sich Luna. „Warum können wir uns nicht an Sofias Weinkeller vergreifen?"

Sofia lachte sarkastisch auf. „Schätzchen, Sara braucht glaube ich das härtere Zeug und Wein stürzt man keinesfalls hinunter, nur um schnell genug betrunken zu werden."

Mit einem unwilligen Knurren ging Luna aus dem Zimmer.

Anna grinste und sah wieder zu Sara. „Mach dir keine Sorgen, mein Liebling. Wir passen auf dich auf."

Unsicher kaute Sara auf ihrer Unterlippe. „Ich hoffe nur, dass ihr bei Marleen genauso ein Theater gemacht habt."

Lachend legte ihre ältere Schwester die Arme von hinten um sie. Statt etwas zu sagen, küsste Marleen sie lediglich auf die Wange. Es schien zu helfen, denn Sara umklammerte Annas Finger nicht mehr ganz so fest. Langsam stand Anna auf und zog Sara mit sich, bevor sie sie Richtung Treppe schob.

„Komm Schatz, zieh dir was anderes an und dann betrinken wir uns."

„Müssen wir dann wirklich Monopoli spielen?"

„Wenn du willst“, erwiderte Anna und lachte leise vor sich hin.

Sara verzog das Gesicht. „Nein, lieber nicht. Ich glaube, ich sollte mich aufs Trinken konzentrieren.“

„Das ist mein Mädchen“, sagte Anna stolz.

Kapitel 11

Der Motor des Wagens sprang geräuschvoll an und kaum einen Augenblick später befanden sie sich auf der Straße. Aaron lachte leise über Lírs Erzählung, wie er regelrecht aus dem Wohnzimmer geworfen worden war.

„Sie sind schon ein bisschen verrückt, oder?“, fragte Aaron. Im diffusen Licht der Armaturen wirkten seine grünen Augen pechschwarz.

Lír grinste nonchalant und sagte: „Die Cromwells sind ziemlich speziell.“

„Ja, das habe ich auch schon gemerkt. Aber ich denke, so sind Frauen nun einmal, wenn sie im Rudel auftreten.“

Lír lachte, doch am liebsten hätte er ein tiefes Knurren ausgestoßen. Das ist doch lächerlich, dachte er und sah hinaus auf die Straße. Sie saßen hier, scheinbar ganz entspannt und plauderten, aber Lír hätte seinen rechten Arm dafür verwettet, dass Aaron genau dasselbe dachte wie er: Ich sitze neben einem anderen Inkubus.

Es war absurd.

Fieberhaft dachte Lír nach, wie er etwas über Aarons wahre Natur herausfinden konnte, ohne ihn direkt zu fragen. Ein Prickeln lief seine Wirbelsäule hinunter, als ihm eine Idee kam. Er könnte ihn verletzen und sehen, ob seine Augen sich dabei verändern. Lír hatte zwar keinen Baseballschläger, aber es ging auch anders. Der Schmerz musste nur groß genug sein. Das an sich wäre kein Problem. Lír konnte diesen Mann ohnehin nicht leiden, ob sie nun eventuell miteinander verwandt waren oder nicht. Aaron O’Connell war ihm vom ersten Augenblick an zuwider gewesen.

Mit einem etwas perfiden Lächeln sagte Lír: „Lass mich bitte da vorn an der Bushaltestelle raus. Meine Wohnung ist gleich in der Gasse dahinter."

Aaron murmelte seine Zustimmung und ließ den Wagen anhalten. Eilig holte Lír seine Hausschlüssel aus der Tasche und ließ sie möglichst beiläufig zwischen Sitz und Mittelkonsole fallen, als er sich daran machte sich abzuschnallen.

„Oh, verdammt", knurrte er und beugte sich hinunter.

Kurz darauf flammte das Deckenlicht an und Aaron fragte: „Siehst du sie?"

Dann passierte das, worauf er gehofft hatte: Der dunkelhaarige Mann beugte sich ebenfalls hinunter, um nach dem Schlüsseln zu spähen, direkt über Lírs Hinterkopf. In diesem Augenblick packte Lír die Schlüssel und hob ruckartig den Kopf wieder hoch. Wie erwartet erwischte er dabei Aarons Gesicht, welcher ein schmerzvolles Stöhnen ausstieß.

„Du meine Güte, tut mir leid!", versicherte Lír und versuchte, dabei möglichst geknickt zu klingen. Aaron hatte die Augen geschlossen und hielt sich die Nase. Um ihn dazu zu bringen, ihn anzusehen, sagte Lír: „Lass mal sehen, ob du blutest."

Die Sekunden zogen sich endlos dahin, bis der andere Mann die Hand sinken ließ und ihn blinzelnd ansah: Mit moosgrünen Augen, die Pupillen klein wie Stecknadelköpfe. Lír brauchte einige Sekunden, um zu bemerken, dass Aarons Augen absolut menschlich waren, obwohl ihm ein kleines Rinnsal Blut über die Oberlippe rann. Lír murmelte noch einige Entschuldigungen, bevor er ausstieg und in der dunklen Gasse verschwand. Erst, als er vor der Haustür seines Mietshauses stand, gestattete er sich, laut zu fluchen.

Er schimpfte immer noch vor sich hin, als er seine Wohnung betrat und zum Telefonhörer griff.

„Cromwell?", meldete sich Marleens melodische Stimme.

„Marleen, ich bin's."

„Lír", sagte sie und klang besorgt. „Was ist passiert?" Lír fuhr sich durch sein Haar und wanderte unruhig umher. Er fluchte nochmals, bevor er von Aaron erzählte und was er beobachtet hatte.

„Du meinst, er ist kein Inkubus?", fragte sie genauso verwirrt, wie er sich fühlte.

„Genau. Seine Augen waren die eines Menschen, obwohl er geblutet hat. Wäre er ein Inkubus, hätte er sich zwangsläufig verwandeln müssen." Frustriert seufzte er und fügte hinzu: „Aber ich habe bei Sara das Siegel erfühlt. Seid ihr euch sicher, dass sie mit sonst niemandem im Bett war?"

Lír hatte Sara schon zuvor berührt und hätte es sicher gemerkt, wenn sie früher schon ein Siegel getragen hätte. Es hatte sich also definitiv in den letzten Tagen etwas bei ihr verändert.

Marleen seufzte am anderen Ende der Leitung, bevor sie die Frage an die Frauen im Hintergrund stellte. Gelächter wurde laut und obwohl Lír die Worte nicht genau verstehen konnte, wusste er doch, dass diese durchgeknallten Frauen wieder kleine Hänseleien untereinander austauschten. Augenblicklich wurde er ruhiger und setzte sich auf einen der Barhocker am Küchentresen.

Lír grinste, als Marleens Lachen an sein Ohr drang.

„Also, Sara ist sich sehr sicher, nur mit Aaron geschlafen zu haben, seid du hier in New Port bist." Marleen stieß ein tiefes Brummen aus, bevor sie sagte: „Außer, du hast in der Zwischenzeit selbst mit ihr geschlafen, kann es kein geringerer als Mr O'Connell gewesen sein, der ihr ein Siegel verpasst hat."

Lír lachte leise vor sich hin. „Keine Sorge, meine kleine Sirene. Mit einer Cromwell bin ich rundum glücklich."

„Ja ja“, murmelte Marleen, bevor sie sagte: „Ärger dich nicht, Lír. Wir werden das Rätsel schon lösen. In der Zwischenzeit bekommt Sara Hausarrest.“

Im Hintergrund wurde empörtes Gemurmel laut, ehe es von Gelächter überdeckt wurde. Marleen verabschiedete sich von ihm, dann legte sie auf.

Einige Augenblicke saß Lír unschlüssig da, bevor er die Telefonnummer seines Großvaters wählte. Mit einem unguten Gefühl erklärte Lír ihm die Situation. Bis auf ein paar knappe Fragen unterbrach ihn Sullivan nicht. Als Lír fertig war, herrschte einige Atemzüge Schweigen zwischen ihnen. Schließlich hörte er seinen Großvater tief seufzen.

„Junge, das ist ein ziemlich großer Scheißhaufen, in den du da getreten bist.“

Lír lachte leise. „Ja, das denke ich auch. Aber was meinst du? Was für ein seltsames Spiel wird hier gespielt?“

„Das wüsste ich auch gern“, brummte Sullivan. „Ich vertraue deinem Gespür, was das Siegel bei der Schwester angeht. Dennoch passt es überhaupt nicht ins Bild, dass dieser O'Connell zwar geblutet, sich aber nicht verwandelt hat.“ Unvermittelt musste Lír an das seltsame Buch in der Bibliothek denken und ihm kam eine Idee.

„Wäre es denn möglich, dass er einer anderen übernatürlichen Art angehört?“

„Ich weiß, auf was du hinauswillst. Natürlich gibt es noch andere Nichtmenschliche außer uns Inkubi, aber diese Siegel sind definitiv eine Eigenart von uns.“

Unwillig brummte Lír vor sich hin. Nicht nur, dass er die Antwort seines Großvaters bereits vorausgeahnt hatte, er fühlte sich auch wie ein Lügner, weil er ihm nichts von den Cromwells erzählte. Auf der anderen Seite wäre es Verrat an Marleen und ihrer Familie, wenn er ihr Geheimnis weitererzählen würde.

Ich werde sie fragen müssen, dachte er.

„Lír, bist du noch dran?“ Sullivans Stimme riss ihn aus seinen Grübeleien.

Erschöpft strich er sich mit einer Hand über sein Gesicht. „Ja, ich bin noch hier. Was soll ich jetzt machen?“

„Am besten versucht du, so viele Hintergrundinformationen wie möglich über diesen Aaron zu sammeln. Wer weiß, vielleicht erhalten wir einen Hinweis.“

„Etwas anderes bleibt mir wohl nicht übrig“, seufzte Lír und machte sich Notizen.

Wieder kam ihm ein unerwarteter Gedanke. Es war etwas, das Marleen ihn vor einigen Tagen gefragt hatte, nachdem er ihr von den Siegeln erzählt hatte.

„Großvater, darf ich dir eine verrückte Frage stellen?“

Tiefes Lachen drang durch die Leitung. „Mein Junge, das sind die besten Fragen. Was willst du wissen?“

Lír überlegte einige Augenblicke, ehe er sagte: „Es geht um die Siegel. Was meinst du würde passieren, wenn das zweite Siegel mit einer nichtmenschlichen Frau geschlossen werden würde?“

„Hm, schwierig“, murmelte Sullivan. „Ich denke, dass es nicht so funktionieren würde wie bei einer Menschenfrau.“ Er machte eine kleine Pause, ehe er mit lauerndem Unterton fragte: „Lír, willst du mir damit etwas sagen?“

„Nein. Es war nur so eine Überlegung.“ Lír wusste, dass er viel zu barsch geklungen hatte. Aber sein Großvater hatte ein dickes Fell. Sie verabschiedeten sich, nachdem er Sullivan versprochen hatte, sich bald wieder zu melden.

Erschöpft, aber dennoch zu unruhig, um schlafen zu gehen, holte Lír seinen Laptop und begann mit der Recherche. Diesen trockenen, langwierigen Teil seiner Arbeit hasste er – weswegen er nur zu gern auf Patriks Unterstützung zurückgriff. Aber dieses Mal konnte er diese Aufgabe nicht abschieben. Zum einen, weil es bereits viel zu spät war, um seinen Freund anzurufen, und er keine Lust hatte, auf die Ergebnisse zu warten.

Und zum anderen wusste Patrik, obwohl er sein allerbester Freund war, nichts von Lírs wahrem Wesen. Und dieses Wissen war wichtig, um auf die entsprechenden Details in Aaron O'Connells Leben zu achten. Lír lächelte freudlos vor sich hin. Er hatte sich bereits so sehr daran gewöhnt, vor Marleen nichts geheim halten zu müssen, dass es ihm sicher schwerfallen würde, irgendwann einmal darauf zu verzichten.

Denn seit Marleen so schockiert auf seinen Vorschlag reagiert hatte, mit ihm zusammen die anderen Spezies zu suchen, wusste Lír genau, dass er sie nach seiner Zeit hier in New Port nicht wiedersehen würde.

Bei dem Gedanken wurde ihm ganz elend.

Zerzaust, verschlafen, nur halb angezogen und unglaublich sexy lehnte Lír am Kühlschrank und beobachtete Marleen dabei, wie sie zwischen Küche und Esstisch hin- und herging.

„Eigentlich sollte ich die Polizei rufen, weil du bei mir eingebrochen bist", murmelte er mit tiefer, vom Schlaf noch rauer Stimme. Marleen lief eine Gänsehaut den Rücken hinunter.

„Wenn man einen Schlüssel hat, ist das kein Einbruch", erklärte sie gut gelaunt.

„Meinen Ersatzschlüssel hast du auch gestohlen." Er schüttelte den Kopf, bevor er sich mit einer Hand die blonden Strähnen aus dem Gesicht strich. „Du hast ganz schön viel kriminelles Potential."

Marleen lachte leise vor sich hin, während sie den Frühstückstisch zu Ende deckte. „Es ist nicht meine Schuld, wenn man so unkreativ ist und den Ersatzschlüssel unter die Fußmatte legt."

Sie beugte sich über den Tisch, um die Gläser mit Orangensaft abzustellen, und zuckte überrascht zusammen, als sich zwei starke Hände um ihre Hüften legten. Innerlich schnurrte sie, als sie sich langsam aufrichtete und gegen Lírs festen Körper sinken ließ. Seine Körpertemperatur schien viel höher zu sein als ihre und Marleen durchlief ein heißes Zittern.

Um kurz nach neun Uhr war sie mit einer großen Tüte voller Leckereien bei ihm erst vor der Tür und – dank des Ersatzschlüssels – in der Wohnung gestanden. Marleen biss sich auf die Unterlippe, damit ihr nicht ein tiefes Stöhnen entwich. Die Erinnerung, wie verlockend Lír in seinem Bett ausgesehen hatte und nun seine Hände auf ihrem Körper, raubten ihr den Atem. Deutlich fühlte sie Lírs harte Erektion an ihrem Hintern. Er ist gefährlich für mich, dachte sie – halb entzückt und halb verzweifelt.

Als er kleine, sanfte Küsse auf ihre Schulter hinauf zu ihrem Hals setzte, schnappte Marleen nach Luft und murmelte: „Erst frühstücken, dann Sex."

Sie fühlte sein Lachen an ihrem Rücken. „Ist dir eigentlich schon einmal aufgefallen, dass alle unsere sexuellen Begegnungen immer von Abmachungen begleitet werden?"

„Das wollte ich dich auch schon einmal fragen."

Marleen seufzte innerlich, bevor sie sich von Lír löste und an den Tisch setzte. Sie hatte Mühe, nicht auf die Ausbuchtung in seiner weiten Jogginghose zu starren. Da er kein T-Shirt trug, gab es aber genügend andere Stellen, die sie ausgiebig betrachten konnte. Gern hätte sie ihre Hände über seine straffe Brust gleiten lassen, aber das musste warten. Stattdessen konzentrierte sie sich auf den gedeckten Tisch.

„Sei froh, dass du gestern gegangen bist. Sara und Luna haben sich derart betrunken, dass sie im Wohnzimmer geschlafen haben. Sofia hat ihnen sogar Eimer hingestellt, damit sie im Notfall nicht den Teppich versauen." Leise vor sich hin lachend holte sie sich ein Croissant aus der Tüte. „Aber wenigstens sah Sara nicht mehr so blass aus. Diese Sache hat sie mehr erschreckt, als sie zugeben wollte."

Dunkle Schatten huschten durch Lírs braune Augen, bevor er sie niederschlug und sich seinem eigenen Frühstück widmete.

„Nachdem wir gestern Abend telefoniert hatten, habe ich meinen Großvater angerufen." Halbherzig bestrich Lír ein Brötchen. „Leider wusste er auch keinen Rat. Sicher ist nur, dass ausschließlich Inkubi diese Art Siegel setzen, Aaron aber keinerlei Anzeichen gezeigt hat, einer zu sein."

Frustriert ließ Lír das Messer sinken und sah Marleen an. „Auf den Rat meines Großvaters hin habe ich die halbe Nacht mit Recherchen über Aaron O'Connell zugebracht und weißt du, was ich gefunden habe?"

Noch bevor Marleen antworten oder den Kopf schütteln konnte, knurrte Lír: „Nichts! Nichts habe ich gefunden, außer einem stinklangweiligen Lebenslauf, wie ihn jeder dahergelaufene Kerl auf der Welt haben könnte."

Aufgebracht fluchte er vor sich hin. Marleen ließ ihn schimpfen, denn ganz offensichtlich brauchte er das im Moment. Sie litt mit ihm, denn Lír schien die Sache sehr nahe zu gehen. Er zitterte vor Anspannung, die verschlafene Gelassenheit und seine neckische Art von eben waren verflogen.

„Ach Lír", murmelte Marleen. Sie legte ihr Croissant auf den Teller, ging um den Tisch herum und setzte sich auf seinen Schoß. „Keine in meiner Familie macht dir Vorwürfe. Und bestreite jetzt nicht, dass du sie dir nicht selbst machst. Nur, weil du hier bist, heißt das noch lange nicht, dass deswegen auch andere Inkubi hierhergekommen sind."

Marleen legte ihre Stirn an seine und sah ihm in die Augen.

Tief atmete Lír ein, bevor er seine Arme um ihre Taille legte. Dieses Mal lag in seiner Berührung nichts Sexuelles. Sie beide schwiegen, bis Lír kurz die Augen schloss und ein leises Danke murmelte. Marleen lächelte, holte ein weiteres Blätterteiggebäck aus der Tüte und fing an, Lír damit zu füttern. Das Lächeln weitete sich zu einem schelmischen Grinsen aus, als Lír genüsslich an ihren Fingern saugte.

Das restliche Frühstück verbrachte sie auf seinem Schoß und ließ sich im Gegenzug von ihm mit Honigbrötchen füttern. Lír entspannte sich und Marleen war froh, ihn nicht mehr so niedergeschlagen zu sehen. Nicht, dass Marleen die Situation nicht ernstnahm. Aber ihrer Meinung nach hatte es wenig Sinn, in Panik oder Trübsal zu verfallen. Es blockierte die Gedanken und ließ einen wichtige Details übersehen.

„Du musst mir nachher zeigen, was du über Aaron herausgefunden hast“, sagte Marleen nach einem Schluck Kaffee.

Lír zog die Mundwinkel nach unten und brummte: „Es ist gerade zu erschreckend, wie gewöhnlich sein Leben bisher verlaufen ist.“

„Ich will es trotzdem sehen“, beharrte sie. Aber weil jetzt noch nicht nachher war, entschloss sich Marleen, ein wenig mit Lír zu spielen. Ein laszives Lächeln auf den Lippen, beugte sie sich zu ihm vor und flüsterte nah an seinem Ohr: „Hast du noch Hunger?“

Weil sie keinen Zweifel an ihren Absichten aufkommen lassen wollte, sprach sie mit der Stimme der Sirene. Lír lachte leise vor sich hin, während er mit den Händen über ihren Rücken strich.

„Eigentlich sollte ich dir jedes Mal den Hintern versohlen, wenn du versuchst, mich mit deiner Sexstimme zu verhexen."

„Oh ja", schnurrte sie. Heiße Erregung stieg in Marleen auf. Sie sah Lír unter halb gesenkten Lidern an, bevor sie ihn küsste. Er erwiderte ihren Kuss leidenschaftlich, während er mit den Händen unter ihr T-Shirt fuhr. Lír schmeckte nach Kaffee und Marmelade, eine himmlische Mischung. Das, und seine Hände auf ihrer Haut zu spüren, entriss Marleen ein tiefes Stöhnen. Lírs Finger hinterließen eine Spur aus Feuer auf ihrer Haut.

Begierig strich sie ihrerseits über seine nackte Brust. Ohne den Kuss zu unterbrechen, setzte sie sich rittlings auf ihn. An ihrem Schritt spürte sie deutlich seine harte Erektion. Als sie sich aufreizend daran rieb, war es an ihm, zu stöhnen.

„Runter mit den Klamotten", forderte er an ihren feuchten Lippen. Nur zu gern erfüllte Marleen ihm diesen Wunsch.

Als sie die Arme über den Kopf hob, um ihr Shirt auszuziehen, zog Lír sie näher zu sich und bedeckte ihre Brüste mit Küssen. Ehe Marleen wusste, wie ihr geschah, hatte er ihren BH geöffnet und zog eine Brustwarze tief in seinen Mund. Ein Keuchen entfuhr Marleen und sie musste sich auf die Lippe beißen, um nichts zu sagen. Sie traute sich selbst nicht mehr über den Weg, ob sie ihr Versprechen halten konnte.

Achtlos warf sie ihr Oberteil fort. Nur noch in ihrem kurzen Rock saß sie auf Lírs Schoß. Wie im Fieber sah sie auf seinen blonden Schopf hinab, während er sich mit verschwenderischer Sorgfalt ihren Brüsten widmete. Ihre helle Haut war gerötet von seinen Bartstoppeln und feucht von seinen Küssen. Immer mehr Hitze sammelte sich in Marleens Unterleib.

Weil sie nicht einen Moment länger warten wollte, ohne seinen Schwanz in sich zu fühlen, griff sie zwischen ihre Körper und schob seine Jogginghose soweit hinunter, so dass sein Schaft in ihre Hand glitt. Augenblicklich gab Lír ein tiefes Knurren von sich, bevor er seine Hände auf ihren Hintern legte und sie noch näher zu sich heranzog. Seine braunen Augen bohrten sich regelrecht in ihre.

Mit einer Hand stützte sich Marleen an seiner Schulter ab, während sie mit der anderen ihren Slip beiseiteschob. Anschließend stellte sie sich auf die Zehenspitzen und ließ sich langsam auf ihn niedersinken. Lír atmete zitternd ein und seine Augen verdunkelten sich vor Verlangen. Marleens Atem ging stoßweise und sie keuchte auf, als Lír ihre Hüften packte und sich mit einer kräftigen Bewegung ganz in sie versenkte.

„Oh Gott", entfuhr es Marleen heiser. Sie legte ihre zweite Hand auf Lírs Schulter, bevor sie langsam anfing, ihn zu reiten. Noch immer sahen sie sich unverwandt in die Augen, keiner dazu in der Lage, den Blickkontakt abzubrechen. Es war so viel intimer als all die Male zuvor, die sie miteinander geschlafen hatten.

Schließlich war es Marleen, die mit einem tiefen Stöhnen die Augen schloss, als Lír ihr mit seinen Händen auf den Hüften ein höheres Tempo aufzwang. Ihr Unterleib begann sich langsam zu verengen, der Orgasmus nicht mehr weit. Halb von Sinnen ließ sie ihren Kopf auf Lírs Schulter sinken. Mit der Zunge leckte sie über die salzige Haut an seinem Nacken.

Lecker, dachte sie benebelt. Noch einmal kostete sie. Mittlerweile ging ihr Atem abgehackt und unregelmäßig. Immer wieder leckte sie über Lírs Schulter und schloss schließlich die Zähne über seinem heißen Fleisch. Sie wollte gerade zubeißen, als sie erschrocken zurückzuckte.

„Nein", entwich es ihr und sie wollte sich von ihm lösen, doch ihr Körper fiel ihr in den Rücken. Ekstatisch zogen sich die Muskeln ihres Schoßes zusammen, als der Orgasmus sie erfasste. Ihr Protest, ihre Warnrufe, gingen in einem rauen, erstickten Schrei unter, während ihr Höhepunkt sie durchströmte. Nur wenige Stöße später und sie fühlte, wie Lír sich noch weiter in ihre verhärtete und auch er stöhnend kam.

Marleen erschien es wie Minuten, in denen sie schweratmend und mit Schweiß bedeckt dasaßen. Immer wieder glitten ihre Augen zu seiner Schulter. Die Haut war gerötet und man sah deutliche Zahnabdrücke. Ein leiser Hauch von Furcht umwehte sie.

Beinah hätte sie Lír gebissen, hätte ihn vielleicht umgebracht.

Lír hörte Marleen frustriert stöhnen, nachdem sie seinen Laptop zugeklappt hatte.

„Der Kerl ist wirklich langweilig", brummte sie missmutig. „Du hattest recht. Dieser Lebenslauf trifft auf einen Großteil der Bevölkerung zu. Ich hatte zwar nicht erwartet, dass irgendwo steht, eines seiner Hobbys wäre es, Frauen die Lebenskraft zu entziehen, aber das hier ist wirklich äußerst bescheiden." Unzufrieden starrte sie auf den Laptop.

Schweigen senkte sich über sie. Es war kurz nach Mittag und selbst von draußen war kaum ein Geräusch auszumachen. Lediglich das Ticken der Wanduhr belegte, dass die Zeit nicht einfach stillstand. Schläfrig streckte Lír sich und beobachtete Marleen, wie sie gedankenversunken auf ihrer Unterlippe kaute. Sie hatte sich sein T-Shirt geklaut, es reichte ihr bis zur Mitte der Oberschenkel und hätte sie eigentlich aussehen lassen müssen wie ein Kind – aber das Gegenteil war der Fall, sie sah verflucht sexy aus.

„Hör auf, meine Brüste anzustarren, wenn du nicht in diese Richtung weitermachen willst." Ihre nüchternen

Worte holten ihn aus seinen Gedanken. Lír grinste sie an und strich mit seinem Zeigefinger über ihren nackten Oberschenkel.

Als sie nun seinen Namen hauchte, klang ihre Stimme nicht mehr so gelassen.

Eine Alarmglocke schrillte in Lírs Kopf – es war gefährlich, dass sie ihn beim Namen genannt hatte. Zu leicht könnte es passieren, dass sie ihn irgendwann einmal während des Sex' ebenfalls aussprach. Ihm war nicht entgangen, wie geistesabwesend sie ihn nach ihrem Liebesspiel am Morgen angesehen hatte.

So, als hätte sie um ein Haar einen schwerwiegenden Fehler begangen. Wie zum Beispiel, seinen Namen auszusprechen. Kalte Angst erfasste ihn, wenn er daran dachte, was dann geschehen würde. So verhasst ihm der Gedanke auch war, es wäre das Beste für Marleen, wenn er bald abreiste.

Ohne sie.

Warme Hände strichen über seine Schultern und er blickte auf. Marleens dunkelblaue Augen sahen ihn eindringlich an. „Lír, geht es dir gut? Du schaust so bekümmert."

Weil er sich nicht davon abhalten konnte, legte er die Arme um Marleens Taille und zog sie zu sich auf die Matratze hinunter. Bevor er etwas ziemlich Dämliches von sich geben konnte – wie zum Beispiel, dass ihm kalter Schweiß ausbrach, wenn er daran dachte, New Port bald verlassen zu müssen – küsste er Marleen.

Sie war einen Moment überrascht, bevor sie leise seufzte und seinen Kuss erwiderte. Im letzten funktionierenden Teil seines Verstandes dachte Lír, dass er Marleen und sich nicht ewig hier festhalten konnte. Irgendwann mussten sie die Wohnung verlassen und herausfinden, wer und vor allem was Aaron O'Connell wirklich war.

Und dann, dann musste Lír gehen.

Marleen war aufgewühlt.

Es war nicht nur ein Gefühl von Verwirrung, sondern eine hässliche Mischung aus Unsicherheit, Nervosität, Chaos und eine seltsame Niedergeschlagenheit. Hinzu kam noch eine schöne Portion Frust, weil sie bei der Lösung von Saras Problem keinen Schritt weitergekommen war. Obwohl alle Fakten dafürsprachen, dass Mr O'Connell ein ziemlich ungefährlicher Mensch war, fühlte Marleen die Bedrohung ihrer Schwester wie eine kalte Hand im Nacken.

Geistesabwesend rieb sie sich über die Arme, während sie auf die schmale Straße zu ihrem Haus einbog. Es war später Nachmittag, als sie sich schließlich von Lír verabschiedet hatte. Obwohl sie nicht den Finger darauflegen konnte, war etwas an Lír anders gewesen. Er hatte seltsam verschlossen gewirkt, als wäre er mit den Gedanken viel weiter weg als sonst. An einem Ort, an dem ihn niemand erreichen konnte.

Ob er bemerkt hatte, was sie beinah getan hatte? Hatte er sich vor ihr gefürchtet?

„Das ist doch lächerlich", murmelte Marleen vor sich hin. Dennoch konnte sie nicht verhindern daran zu denken, dass Lír bald nicht mehr hier sein würde. Er hatte nie einen Hehl daraus gemacht, dass New Port nur eine Zwischenstation für ihn war. Er hatte ein anderes Leben und Marleen musste mit einem sarkastischen Schnauben zugeben, dass sie von diesem Leben nicht den blassesten Schimmer hatte.

Eine gehässige Stimme in ihrem Kopf flüsterte, dass es sie bisher auch nicht interessiert hatte, was ihre Bettgespielen sonst für ein Leben führten. Energisch schüttelte Marleen den Kopf. Es war besser so. Erst heute Morgen hatte sich gezeigt, dass sie eine tickende Zeitbombe war.

Statt auf das Haus zuzugehen, bog sie nach links ab und steuerte auf die Klippen zu. Hinter hohen Sträuchern führte eine schmale, ausgetretene Treppe hinunter zu dem kleinen

Sandstrand. Auf der untersten Stufe blieb sie stehen und atmete tief durch.

Der Salzgeruch der See prickelte in ihren Lungen, während sie die Augen über die funkelnden Wellen gleiten ließ. Die Sonne schien immer noch heiß vom Himmel, die Steinklippen und der Sand waren herrlich warm. Peinlich darauf bedacht, dass die Wellen nicht an ihren Füßen leckten, eilte Marleen über den Strand hin zu einer Gruppe scharfkantiger Felsen.

Durch jahrelange Übung geschult, kletterte Marleen behände über die spitzen Steine, hinein in eine verborgene Lagune. Wie eine Opernbühne geformt, umspannten die Felsen einen kurzen Strandstreifen wie zwei schützende Hände. Nur vom Meer aus konnte man hineinblicken und nur von der versteckten Treppe aus gelangte man zu diesem geheimen Platz. Auf der anderen Seite der Höhle befand sich kein Strand, nur nackter, scharfkantiger Fels.

Marleens Haut spannte bereits unangenehm auf ihren Knochen, ihr Hals schmerzte vom beginnenden Wachstum der Kiemen. Mit kontrollierten Bewegungen streifte sie ihre Kleidung ab, legte sie zu seinem ordentlichen Stapel zusammen und verstaute sie auf einem kleinen Felsvorsprung, in sicherer Entfernung zum Wasser. Als Letztes löste sie ihren Zopf. Wie warme Seide strich ihr Haar über ihren nackten Rücken und bescherte ihr eine Gänsehaut.

Sie atmete ein-, zweimal tief durch, bevor sie mit kurzem Anlauf direkt in das kristallklare Wasser der Lagune sprang. Überall wurde sie von Meerwasser umgeben, das sofort die Wandlung einleitete. Marleen wehrte sich nicht dagegen, hieß die Schmerzen mit offenen Armen willkommen. Es waren Momente, in denen sie ganz bei sich war und an nichts anderes denken konnte. Herrlich, auch wenn es Schmerzen bedeutete.

Sobald sich ihr Körper gewandelt hatte, atmete Marleen tief durch die Kiemen und öffnete die Augen. Sie war auf den tiefen Grund der kleinen Bucht hinunter gesunken. Tang und Felsen umgaben sie, es war schummrig und doch konnte sie ausgezeichnet sehen. Dank der perlmuttartigen Struktur ihrer Haut verspürte sie keinerlei Kälte. Es war der perfekte Ort, um ungestört nachdenken zu können.

Marleen schnaubte missbilligend bei den Gedanken daran, wie niedlich und gleichzeitig dämlich Meerjungfrauen in der Literatur beschrieben wurden. Kein einziges Meerestier, sei es nun ein Fisch oder eine Krabbe, würde sich je freiwillig in ihre Nähe wagen. Schließlich hatte sie ein scharfes Gebiss, das sie auch einzusetzen wusste. Selbst größere Fische, Robben und Wale begegneten ihrer Familie mit einer gesunden Portion Skepsis.

Seufzend schloss Marleen die Augen. Ich habe wichtigere Probleme als irgendwelches Meeresgetier, dachte sie bitter. Gedankenverloren griff sie nach ihrem langen Haar und begann, es zu flechten, damit es sich nicht im Seetang verhedderte. Sara würde sie sicher wieder wochenlang damit aufziehen, wenn sie mit Tang in den Haaren nach Hause kam.

„Ach Sara", murmelte Marleen leise. Was sollte sie nur tun?

Doch tief in ihrem Herzen wusste Marleen bereits, was sie tun musste. Ihre Familie war bedroht und das konnte Marleen nicht zulassen. Sie würde diesen Mann umbringen und seine Leiche so entsorgen, dass man ihn nie wiederfand. Vielleicht würde sie ihn auf dem Meeresgrund verscharren oder schlicht auffressen.

Unvermittelt regneten kleine Steine von oben auf sie herab und Marleen runzelte die Stirn. Gemächlich trudelten die kleinen Kiesel von der Wasseroberfläche zu ihr hinunter. Einige landeten auf ihrem Fischschwanz. Nach einer kurzen Pause kam ein weiterer Steinregen. Marleen seufzte leise – sie wusste, was das zu bedeuten hatte. Irgendeine Cromwell stand da oben und wollte sie hoch locken. Es war ihr vereinbartes Zeichen aufzutauchen, wenn die andere sich nicht auch verwandeln wollte.

Träge löste sie sich vom Grund und strebte der hellen Wasseroberfläche entgegen. Ohne ein Geräusch zu verursachen, tauchte sie auf und sah dem Störenfried in die Augen, die dieselbe Farbe hatten wie ihre. Anna saß auf einem Stein fernab der Wassergrenze. Marleen grinste beim Anblick der knallgelben Gummistiefel, die ihre Mutter trug.

„Schick", kommentierte sie. Anna zuckte lediglich mit den Schultern.

Marleen zog sich weiter an den steil abfallenden Strand der Lagune, bis sie aufrecht im Wasser sitzen konnte, ohne ständig von einer Welle überspült zu werden.

„Woher weißt du, dass ich hier bin?"

Anna lächelte. „Ich habe gesehen, wie du zur Klippe gestapft bist. Ich habe auf dich gewartet, weil ich mit dir reden will."

„Ist etwas mit Sara?", fragte Marleen alarmiert.

Ihre Mutter schüttelte schnell den Kopf und sagte: „Nein, keine Sorge. Wir wechseln uns mit ihrer Bewachung ab."

Marleen lächelte schief. „Sie hasst es, oder?"

„Natürlich. Aber du kennst doch Sara – in Wahrheit fühlt sie sich wohler, wenn jemand bei ihr ist. Ich hätte nicht gedacht, dass ich sie einmal so blass erleben würde." Bei den letzten Worten waren Annas Augen traurig geworden. Marleen konnte ihre Mutter sehr gut verstehen. Sara war sonst der unerschütterliche Sonnenschein in ihrer Familie.

Marleen neigte den Kopf zur Seite und fragte: „Warum bist du dann hier? Willst du mir eine Standpauke halten, weil ich mich heute Morgen aus dem Haus geschlichen habe?"

Anna lachte kehlig, schüttelte aber den Kopf. Ihr dunkelblondes Haar schimmerte wie Gold in der späten Nachmittagssonne.

„Ich wollte mich ein bisschen mit dir über deinen Freund unterhalten."

„Er ist nicht mein Freund", sagte Marleen betont kühl. Anna machte eine wegwerfende Handbewegung, als zählte Marleens Einwand nichts.

„Mein Schatz, ich sehe dir doch ganz genau an, dass Lír nicht nur irgendeine Bettgeschichte ist. Aber wenn er nicht dein Freund ist, willst du mir dann nicht verraten, als was du ihn siehst?"

Für einen kurzen, verrückten Augenblick dachte Marleen, dass es sehr seltsam war, mit einer Frau ein Mutter-Tochter-Gespräch zu führen, die nur knappe zehn Jahre älter als sie aussah. Dabei wusste Marleen doch ganz genau, dass Anna trotz ihres jugendlichen Aussehens Ende vierzig war.

Bei Annas Frage zogen sich Marleens Eingeweide zusammen und sie senkte den Blick. Sie hatte keine Ahnung, was sie sagen sollte. Nicht, weil sie Anna gegenüber nicht ehrlich sein wollte. Also gab sie zu: „Ich weiß es nicht."

„Sicher?", hakte Anna nach. Marleen hob langsam den Blick, obwohl sie wusste, dass ihre Mutter den verlorenen Ausdruck in ihren Augen bemerken würde.

„Ja, sicher."

Zu Marleens Verwunderung verzog Anna missmutig das Gesicht. „Marleen, mein Schatz, das kaufe ich dir nicht ab."

„Wieso nicht?", fragte Marleen irritiert.

„Weil jeder sehen kann, dass du diesen jungen Mann am liebsten Tag und Nacht in dein Zimmer einsperren würdest." Anna lächelte vielsagend.

Das einzige, was Marleen dazu einfiel, war: „Er ist kein Mann, sondern ein Inkubus."

„Macht das denn einen so großen Unterschied?“, fragte Anna betont sanft.

Ärger regte sich in Marleen, aber sie ließ es sich nicht anmerken. „Ich denke schon, dass es einen Unterschied macht, ob ich beim Sex nicht zufällig meine Lebensenergie verlieren könnte.“

Ihre Mutter nickte bedächtig, als würde sie das Argument abwägen. Fassungslos sah Marleen ihr dabei zu. War sie noch ganz dicht?

„Nun, aber wenn man bedenkt, dass du ihm ohne weiteres die Kehle durchbeißen könntest, ist es doch nicht mehr so schlimm, oder?“

Marleen fühlte sich bei den Worten, als hätte man ihr ins Gesicht geschlagen. Etwas zerriss in ihr.

„Nicht so schlimm?!“, fragte sie schrill. Ihre Sirenenstimme hallte verzerrt und hässlich von den Steinwänden der Grotte wider. „Das ist doch nicht dein Ernst?! Ein Inkubus und eine Sirene - da wäre es für beide beteiligten sicherer, blind über ein Mienenfeld zu laufen!“ Sie atmete zitternd ein und fügte gepresst hinzu: „Erst heute Morgen war ich kurz davor, seine Schulter aufzufressen. Es wäre gefährlich und unverantwortlich, wenn wir uns weiter sehen würden. Das würde nicht gut gehen.“

Annas Augen verengten sich, bevor sie sanft lächelte. „Trotzdem liebst du ihn.“

Für einen Augenblick stand in Marleen alles still. Ihr Herz und ihr Atem stockten, sie blinzelte nicht und bemerkte nicht die sanften Wellen, die an ihrem Bauch leckten. Für diese unheimliche, kurze Zeitspanne dachte sie gar nichts. Schließlich atmete sie zitternd, fast verzweifelt ein und presste sich im selben Moment eine Hand auf den Mund. Würde sie jetzt sprechen, konnte sie für nichts garantieren.

Besorgt sah Anna sie an. „Marleen, Schätzchen?“

Marleen schüttelte nur schwach den Kopf. Sie war so dumm gewesen, so unendlich dumm und naiv. Anna rutschte von ihrem Felsen, die Augen noch immer fest auf sie gerichtet. Als könnte sie jeden Moment verschwinden.

Gott weiß, dachte Marleen bitter, dass ich das gern würde.

„Ich habe recht, nicht wahr?“, fragte Anna schließlich sanft. Es war diese Sanftheit, die Marleen den Rest gab. Heiße Tränen stiegen ihr in die Augen.

„Ja, verdammt nochmal!“, platzte es aus ihr heraus. „Aber ich habe es mir weiß Gott nicht ausgesucht, mich in Lír zu verlieben.“ Ihr Atem ging mittlerweile schwer und ihre Stimme hatte trotz ihrer Form den verführerischen Klang verloren. Jetzt sprachen nur Kälte und Verzweiflung aus ihren Worten.

Fahrig strich Marleen sich durch die noch halb geflochtenen Haare. Ihre Augen huschten hilfesuchend durch die Grotte, bevor sie zu ihrer Mutter zurückkehrten.

„Er ist mein Gegenstück, meine Ergänzung. Ich kann den Gedanken nicht ertragen, dass er fortgeht. Aber ich könnte es auch nicht ertragen, wenn er bleibt.“

„Warum nicht?“, fragte Anna vorsichtig.

Marleen entfuhr ein unkontrolliertes Schluchzen. „Ich fürchte mich nicht davor, von ihm getötet zu werden. So verrückt das auch sein mag, ich habe viel mehr Angst davor, stattdessen Lír tödlich zu verletzten. Oder schlimmer noch, ihn zu überleben.“ Ihre Stimme war nur noch ein leises Wispern, als sie hinzufügte: „Nie in meinem Leben habe ich mir etwas so verzweifelt gewünscht und mich gleichzeitig so sehr davor gefürchtet.“

Marleen wandte den Blick ab und beide schwiegen. Sie fühlte sich nackt und bloß, weil sie dieses Geheimnis, welches sie schon seit Tagen in sich trug, nun laut ausgesprochen hatte. Sie wusste sehr wohl, dass sie in ihrer Familie nicht die erste war, die liebte. Aber es war selten bei den

Cromwells, denn ihre einzige wirklich Liebe galt immer ihrer Familie, ihrer eigenen Art.

Lír ist auch kein Mensch, dachte Marleen matt. Es wäre eine einfache und sehr feige Ausrede gewesen, ihre Gefühle nur damit zu begründen. Aber noch im selben Moment, als ihr der Gedanke gekommen war, hatte sie ihn bereits verworfen.

Es war *Lír*, nach dem sie sich verzehrte. Ob er nun ein Mensch, Inkubus oder ein verdammter Kobold war, spielte überhaupt keine Rolle.

Kapitel 12

Traurig sah Anna ihre Tochter an.

Sie war so wunderschön, außen wie auch innen. Anna hatte vom ersten Tag an gewusst, schon als sie Marleen als kleines, verschmiertes Baby nach der Geburt auf die Brust gelegt bekommen hatte, dass sie etwas ganz Besonderes war. Als sie älter geworden war, hatte Anna in ihr nur umso mehr ihre sanfte, friedvolle Seele entdecken dürfen.

Sie konnte sich immer noch lebhaft an die Nacht erinnern, als die sechszehnjährige Marleen mit blutverschmiertem Gesicht und vollkommen verstört zu ihr ins Zimmer gerannt war. Sie hatte sich die ganze Nacht nicht mehr beruhigen lassen.

Anna hatte nur keinen Herzinfarkt bekommen, weil Marleen noch so geistesgegenwärtig gewesen war, Sam Brown mit der Sirenenstimme zu befehlen, ihren herzhaften Biss in seine Schulter für immer zu vergessen. Die Ärzte und Medien waren damals davon ausgegangen, dass der junge Mann von einem Hund angefallen worden war. Es hatte über eine Woche gedauert, bis Marleen wieder das Haus verlassen hatte.

Und jetzt saß ihre Tochter da, die blauen Augen übervoll mit Tränen und sichtlich verzweifelt.

„Schätzchen, geh eine Runde schwimmen“, sagte Anna sanft. „Ich weiß, dadurch wird es nicht besser, aber du darfst nicht den Kopf verlieren. Ich hole dir in der Zwischenzeit Handtücher. Ja?“ Bittend sah sie ihre Tochter an, die langsam nickte.

„Danke, Mom.“

Anna lächelte vor sich hin. Seit ihre Töchter erwachsen waren, nannten sie sie nur selten Mutter oder Mom. Ebenso wie sie Sofia nicht oft mit Grandma ansprachen. Es war eine der vielen Familientraditionen. Es würde ungewollte Aufmerksamkeit erregen, wenn eine Frau in den Zwanzigern eine andere mit „Mom“ ansprach, die nur knappe zehn Jahre älter aussah.

Umso mehr zeigte Marleen damit, wie durcheinander sie war.

„Geh schon, mein Liebling“, ermutigte Anna sie. Mit einem weiteren Nicken glitt Marleen zurück in tieferes Gewässer. Nur als dunkler Schatten unter der Oberfläche konnte Anna ihren Weg hinaus aus der Lagune ins offene Meer beobachten. Anna wusste, dass Marleen vorsichtig sein würde, dass niemand sie sah, auch wenn sie im Moment neben sich stand.

Mit einem leidgeprüften Seufzen machte Anna sich auf dem Landweg hinaus aus der Grotte.

Entgeistert sah Luna ihre jüngere Schwester an, die ihr mit hektischen Bewegungen zu verstehen gab, dass sie nicht da war.

„Ähm… tut mir leid Lír, Marleen ist momentan nicht da. Soll ich ihr etwas ausrichten?“ Sichtlich erleichtert ließ Marleen die Hände sinken.

„Sag ihr, dass ich heute Abend diesen Aaron überwachen werde“, sagte Lír nach einer kurzen Pause. Luna beendete das Gespräch und sah Marleen mit zusammengezogenen Brauen an.

„Was zum Teufel sollte das?“ Hilflos zuckte Marleen mit den Schultern, bevor sie sich wieder an den Tisch setzte. Die anderen Frauen der Familie musterten sie kritisch.

„Mir war nicht danach, mit ihm zu reden“, sagte Marleen schließlich. Seelenruhig widmete sie sich ihrem Abendessen, aber Luna nahm ihr diese Gelassenheit nicht ab. Sie warf einen fragenden Blick zu ihrer Mutter, doch diese schüttelte nur den Kopf.

Lass sie, formte Anna lautlos mit den Lippen. Luna strich ihr blondes Haar nach hinten und setzte sich ebenfalls wieder.

„Er sagte, dass er Saras Verrückten beschatten will."

„Okay", murmelte Marleen. Sara neben ihr wurde kurz blass, bevor sie ebenfalls auf ihren Teller hinunter starrte.

Da war etwas faul, dachte Luna. Seit Lír bei ihnen aufgetaucht war, umschwirrte Marleen ihn wie eine Biene den Honig. Dieses plötzliche Desinteresse passte nicht ins Bild. Obwohl allen anzumerken war, dass sie Marleen gern mit Fragen gelöchert hätten, redeten sie weiter über Belanglosigkeiten.

Sara neben ihr war aus ihrer Starre erwacht und schwatzte besonders viel. Luna lächelte vor sich hin – Sara plapperte nur so viel, wenn sie nervös war. Liebevoll strich sie ihr über die Wange und bekam ein dankbares Lächeln zurück.

Marleen wusste, dass sie sich kindisch verhalten hatte. Darum geschah es ihr vielleicht ganz recht, dass sie glockenwach in ihrem Bett lag und kein Auge zubekam, obwohl es schon weit nach Mitternacht war. Sie machte sich Sorgen um Lír, ob vielleicht bei seiner kleinen Beschattungstour etwas schiefgelaufen war.

Wahrscheinlich erschreckte sie sich deswegen zu Tode, als etwas Hartes gegen ihre Fensterscheibe flog. In Windeseile war sie aus dem Bett gesprungen, zum Fenster geeilt und hatte es geöffnet. Unten stand Lír, einen Arm halb erhoben, um einen weiteren Stein zu werfen.

„Was machst du denn da?", fragte Marleen im Flüsterton. Sie konnte nicht verhindern, dass sie ihn anlächelte und sich ihr Herzschlag verdoppelte. Sie saß wirklich bis zum Hals in der Scheiße. Lír erwiderte ihr Lächeln und schob lässig die Hände in die Hosentaschen. Selbst im diffusen Sternenlicht konnte Marleen sehen, wie sich das weiße T-Shirt straff über seinem Oberkörper spannte.

„Ich wollte dir einen nächtlichen Besuch abstatten", sagte er. Sein Grinsen wurde breiter, als Marleen ihn entgeistert ansah. Bevor sie etwas erwidern konnte, fragte Lír: „Willst du nicht zu mir runterkommen? Sonst verrenke ich mir noch den Hals."

Oh ja!, schnurrte Marleen innerlich.

„Von mir aus." Absichtlich ließ sie ihre Stimme gleichgültig klingen.

Hätte Lír allerdings gesehen, mit welchem Tempo sie zurück ins Zimmer rannte, ihr Nachthemd gegen ein halblanges Sommerkleid austauschte und sogar noch Zeit fand, um sich kurz die Zähne zu putzen, wäre es mit ihrer gespielten Gleichgültigkeit dahin gewesen.

Auf leisen Sohlen schlich Marleen ins Erdgeschoss, schloss die Haustür auf und huschte hinaus auf die Veranda. Lír erwartete sie bereits, lässig an einen der Pfosten neben der Treppe gelehnt. Goldene Augen glänzten ihr entgegen und Marleen überlief eine Gänsehaut.

„Das ist ja unheimlich. Du siehst aus wie eine Katze." Er lachte leise und kam auf sie zu. Sein im wahrsten Sinne des Wortes glühender Blick huschte über ihren Körper.

„Damit ich dich besser sehen kann", murmelte er mit einem verwegenen Lächeln.

„Du willst mir jetzt aber nicht erzählen, dass du dich als meine Großmutter verkleiden willst, nur um mich dann aufzufressen?"

Lachend zog Lír sie in seine Arme. „Nein, versprochen. Ich glaube eher, dass Sofia *mich* auffressen könnte."

„Da hast du recht", flüsterte Marleen an seinem Hals. Ihr Körper lehnte sich wie von selbst näher zu ihm, während sich ihr Blut in warmen Honig verwandelte. Lírs sauberer, maskuliner Geruch benebelte ihre Sinne. Aber Marleen wusste, dass das hier nur gestohlene Momente waren. Sie musste Lír fragen, was er heute Abend herausgefunden hatte.

„Wie lief deine kleine Verfolgung?", fragte sie.

Kaum merklich versteifte er sich in ihren Armen, bevor er tief einatmete und antwortete: „Nichts Verdächtiges. Ich habe Aaron den ganzen Nachmittag und Abend über verfolgt. Leider kann man nicht gerade behaupten, dass ein Besuch der Bibliothek oder ein Abendessen beim Italiener eine Straftat sind."

Marleen brummte missmutig. Sie hatte zwar nicht geglaubt, dass Lír ihn bei einem okkulten Hexensabbat antreffen würde, aber ein bisschen hatte sie darauf gehofft. Vor allem, weil er noch in der Nacht hier aufgetaucht war. Sie legte den Kopf in den Nacken und sah in seine goldenen Katzenaugen.

„Bist du nur gekommen, um mir das zu sagen?"

Lír lachte leise und sehr unanständig. „Naja, vielleicht bin ich auch aufgrund der Hoffnung hier, unzüchtige Dinge mit dir anstellen zu können."

Verlangen überschwemmte Marleen wie eine große Welle. Es war geradezu gespenstisch, wie intensiv sie auf ihn reagierte. Während sie ihn mit einem einladenden Lächeln an der Hand nahm und vom Haus wegführte, fragte sie sich, ob sie sich jemals wieder derart auf einen Mann einlassen könnte. Tief in ihrem Herzen wusste sie bereits, dass die Antwort Nein lautete.

Schluss jetzt, mahnte Marleen sich. Sie würde die Zeit mit Lír genießen, die sie noch hatte.

Sanft schob Lír sie in die Richtung der kleinen Felsengruppe, wo sie sich bereits geliebt hatten. Kaum waren sie angekommen, zog Lír sie an sich und küsste sie. Neue Erregung breitete sich in ihrem Unterleib aus. Benebelt von Lírs

Geschmack, zog sie ihm das Shirt aus der Hose und strich über seinen flachen Bauch. Ihr Lohn war ein tiefes Brummen aus seiner Kehle. Wenn es nötig wäre, würde sie die ganze Zeit auf einen Stock beißen, nur um ihre Zähne nicht in ihm zu versenken.

Als Marleen sich seiner Jeans widmete, stöhne Lír leise auf.

„Dir kann es auch nicht schnell genug gehen, oder?" Seine Stimme klang gepresst und Marleen fühlte, wie er die Bauchmuskeln anspannte, während sie die Knöpfe seiner Hose öffnete.

Sie lachte leise vor sich hin und schnurrte: „Es kommt drauf an. Jetzt will ich dich so schnell wie möglich nackt haben aber später, beim guten Teil, darfst du dir alle Zeit der Welt lassen."

Als sie seinen harten Schwanz umfasste, fluchte Lír und zerrte sich das T-Shirt über den Kopf. Aber noch bevor sie sich weiter seiner Männlichkeit widmen konnte, löste Lír ihre Hände von sich.

Mit heiserer Stimme sagte er: „Dieses Mal kommst du mir nicht so leicht davon." Mit geschickten Händen streifte er ihr das Kleid vom Körper und stöhnte leise auf, als er sah, dass sie darunter nichts trug. Sein glühender Blick glitt über ihren nackten Leib. Das, und der kühle Wind, ließen ihre Brustwarzen hart werden.

„Du kleines Luder", murmelte er, bevor er sich hinab beugte und ihre Brüste küsste. Marleen seufzte wohlig und ließ ihre Finger durch sein kühles Haar gleiten. Halb benebelt dachte sie, dass er gar keine Hörner hatte, obwohl seine Augen sich verwandelt hatten.

Doch dieser rationale Gedanke wurde sofort ausgelöscht, als Lír vor ihr auf die Knie ging und sanft an ihrer Hüfte knabberte.

„Damit ich dich besser fressen kann“, zitierte er amüsiert und zog sie hinunter ins weiche Gras. Marleens Lachen war leise, verwandelte sich aber in ein Stöhnen, als ihr Rücken den kühlen Untergrund berührte, während Lírs heiße Haut sie versengte.

Er streifte seine Jeans ab, bevor er sich wieder über sie beugte. Sein muskulöser Körper hob sich dunkel vom Sternenhimmel ab, die goldenen Augen glommen in seinem Gesicht. Küssend, knabbernd und leckend bahnte er sich seinen Weg an ihrem Körper hinunter, verbrachte verschwenderisch viel Zeit bei ihren Brüsten und ihrem Nabel, bevor er zielstrebig ihre Beine spreizte.

Es war das köstlichste Déjà-vu, das sie jemals erlebt hatte. Lírs warmer Atem auf ihrer Scham brachte sie beinah um den Verstand und als er schließlich den Mund um sie schloss, stieß sie ein langes Stöhnen aus. Den Kopf in den Nacken gelegt, die Hände ins Gras gekrallt und den Blick starr auf die Sterne über ihr gerichtet, gab sie sich ganz seinen Liebkosungen hin.

Rau und gleichzeitig zärtlich strich Lírs Zunge immer wieder über ihren Lustknoten. Er saugte daran, während er erst einen, dann den zweiten Finger in sie schob. Marleen schrie auf, als der Orgasmus sie völlig unvorbereitet traf.

„Genau so“, murmelte Lír und leckte sie immer weiter, verlängerte ihren Höhepunkt. Auch als sie aufhörte zu zucken, ließ er nicht von ihr ab und als sie ein zweites Mal kam, wimmerte sie leise. Aber auch danach machte Lír keine Anstalten, aufzuhören und Marleen griff nach seinen Schultern, um ihn zu sich hoch zu ziehen.

„Du willst mich wohl zur Invalidin machen“, sagte sie lachend. Seine einzige Antwort war ein unverschämtes Grinsen. Glutvoll küsste sie ihn, schmeckte Lír und sich selbst auf seiner Zunge. Deutlich fühlte sie seine heiße Erektion an ihrer Hüfte.

Entschlossen, nun ihn um den letzten Rest Verstand zu bringen, schob sie ihn von sich und drückte ihn hinunter ins Gras. Innerlich schnurrte sie bei seinem Anblick und wurde sogar noch feuchter. Marleen leckte sich über die Lippen und schwang ein Bein über seine Hüften.

Gefangen im feuchten Dreieck ihrer Schenkel, lag sein Schaft an ihrem heißen Fleisch. Um ihn zu ärgern, glitt Marleen vor und zurück, ohne ihn in sich aufzunehmen. Lír knurrte tief in der Kehle, packte ihre Hüften und pfählte sie auf seinen Körper. Beide stöhnten gleichzeitig auf. Nicht in der Lage, länger still zu halten, begann Marleen, sich zu bewegen.

Es dauerte nicht lange, ehe sie sich schneller vor und zurück wiegte. Die Augen geschlossen, legte sie den Kopf in den Nacken und genoss ihre Vereinigung in vollen Zügen. Lírs Hände umfassten ihre Hüften, während er sie unter halbgesenkten Lidern beobachtete. Marleens Hände auf seinem straffen Bauch zogen sich zu Fäusten zusammen, als sich ihr Orgasmus langsam ankündigte.

Ein heiserer Schrei entfuhr ihr, als Wellen aus flüssigem Feuer durch ihren Körper liefen. Pure Ekstase erfüllte sie und sie konnte sich nicht dagegen wehren, als sie mit kehliger Stimme murmelte: „Ich liebe dich."

Sie beugte sich zu Lír hinab, ohne den Rhythmus ihres Beckens zu unterbrechen. Mit beiden Händen fuhr sie in sein Haar und blickte ihm tief in die Augen, bevor sie ihn küsste. Lírs Griff verstärkte sich und seine Augen nahmen wieder dieses warme, goldene Leuchten an. Marleen konnte fühlen, dass er sich in ihr erneut versteifte.

Dicht an ihren Lippen flüsterte er: „Sag es nochmal."

„Ich liebe dich Lír."

Erst als es zu spät war, viel zu spät, wurde Marleen bewusst, was sie getan hatte.

„Nein!“, entfuhr es Lír. Panisch versuchte er, Marleen von sich zu schieben, es vielleicht damit noch zu verhindern, was als Nächstes geschah. Doch es hatte keinen Sinn mehr. Noch bevor er einen Muskel bewegen konnte, kam er zuckend zum Höhepunkt. Gleichzeitig mit dem Orgasmus rauschte die Macht seiner wahren Natur durch seinen Körper, brandete durch jede seiner Zellen und griff unbarmherzig nach der Frau in seinen Armen.

Das zweite Siegel schnappte zu.

Unlösbar.

Keuchend lag Lír da, die Hände immer noch auf Marleens Hüften. Auch sie atmete schwer und suchte mit ihren mitternachtsblauen Augen seinen Blick. Sorge und Verwunderung standen in ihrem Gesicht geschrieben, welches von ihrem schwarzen Haar halb verdeckt war. Nervös leckte sich Lír über die Lippen, wollte fluchen und sich gleichzeitig entschuldigen, doch noch bevor er ein Wort aussprechen konnte, wurde ihm schwarz vor Augen.

Er bemerkte nur noch, wie Marleen mit einem erstickten Seufzen auf ihm zusammenbrach, bevor er in tiefe Finsternis gezogen wurde.

Kapitel 13

Kälte war es, die Lír als erste fühlte, als er wieder erwachte. Obwohl Marleen noch immer auf ihm lag, war ihm entsetzlich kalt. Fahrig strich er sich über sein Gesicht, bevor er die nackte Schönheit auf ihm sanft an den Schultern fasste und sich mit ihr aufsetzte.

„Marleen“, murmelte er. Sie brummte lediglich, ihr Kopf noch immer an seine Schulter gebettet.

„Lass mich, ich will noch nicht aufstehen“, sagte sie träge.

Lír lächelte vor sich hin. *„Komm schon, meine kleine Nixe. Sonst holst du dir noch eine Erkältung.“*

„Ich werde nie krank“, kommentierte sie bockig. Dennoch setzte sie sich auf und sah ihm in die Augen.

Das war der Moment, in dem sich Lírs Magen umdrehte. Mit aller Macht drängten die letzten Ereignisse in sein Gedächtnis zurück.

Bebend atmete er ein und dachte: *„Kannst du mich hören Marleen?“*

„Natürlich kann ich dich hören“, sagte sie, die Brauen über den Augen zusammen gezogen.

Lír wurde seltsam schwindlig, doch er würde eher sterben, als noch einmal in Ohnmacht zu fallen. Vorsichtig strich er Marleen über die nackten Arme.

„Du hast meinen Namen ausgesprochen“, sagte er bedeutungsvoll. Es dauerte einen Moment, ehe sich Marleens Augen weiteten und sie sich eine Hand vor den Mund schlug – als könnte sie diese Geste jetzt noch retten.

„Du hörst meine Gedanken?“, fragte sie laut.

Mit einem flauen Gefühl im Magen nickte Lír, woraufhin Marleen erschrocken von ihm runter sprang. Hektisch, als wäre sie vor ihm auf der Flucht, streifte sie sich ihr Kleid über. Ein Stich fuhr Lír ins Herz. Er konnte es ihr wirklich nicht verübeln, wenn sie so weit wie möglich von ihm fortwollte.

„Lír", setzte sie an und sah zu ihm hinüber. „Es tut mir wirklich leid. Ich wollte nicht deinen Namen sagen. Es ist mir einfach so… herausgerutscht." Hilflos zuckte sie mit den Schultern.

Lír wollte sie gerade fragen, ob sie damit nur den Teil mit seinem Namen meinte, als ein spitzer Schrei die kühle Nachtluft zerriss. Augenblicklich drehten sie die Köpfe in Richtung Haus.

„Das kam von euch", zischte Lír, griff nach seiner Jeans und schlüpfte hinein. Marleen war bereits aufgesprungen. Ohne sich um seine Schuhe oder seine anderen Kleidungsstücke zu scheren, griff Lír nach Marleens Hand und sie rannten zusammen zum Haus zurück.

Keines der Fenster war erleuchtet, nichts deutete darauf hin, dass etwas nicht stimmte. Dennoch gefror Lírs Blut in seinen Adern, als er das Auto in der Auffahrt erkannte.

„Der Wagen gehört Aaron", flüsterte er. Marleens Augen weiteten sich, Furcht war darin zu lesen. Lír zog sie zur Rückseite des Hauses, in Richtung Hintereingang. Sie kauerten sich neben die Treppe und lauschten in die Nacht – doch nichts war zu hören.

Nah an seinem Ohr flüsterte Marleen: „Wir müssen da rein."

In ihrer Stimme schwang eine besorgniserregende Dringlichkeit mit. Lír ahnte, dass sie etwas Unüberlegtes tun würde, weil ihre Familie in Gefahr war. Er konnte deutlich fühlen, wie aufgewühlt sie war. Noch immer schwirrte ihm der Kopf von dem zweiten Siegel, dessen Existenz geradezu unfassbar war.

Sanft legte er ihr eine Hand auf den Arm.

„Ich weiß, wie dringend du deiner Familie helfen willst. Aber wir müssen vorsichtig sein." Zitternd atmete Marleen ein, bevor sie langsam nickte. Anschließend drehte sie sich um und machte sich an den Holzpaneelen an der Treppe zu schaffen. Bevor Lír fragen konnte, sah er, wie Marleen die Verkleidung abnahm und einen Schlüssel herauszog.

„Nettes Versteck", dachte er. Ruckartig drehte Marleen den Kopf zu ihm.

„Danke", hörte er sie flüstern. Bevor sie sich weiter dieser äußerst seltsamen Lage widmen konnten, in der sie steckten, stand Marleen auf, ging zur Hintertür und schloss sie auf. Lír folgte ihr, als sie die Tür ohne das leiseste Geräusch öffnete.

Marleen bedeutete ihm, zu warten, während sie in die Küche des Cafés schlich. Weil sie es nicht wagen konnten, Licht zu machen, ließ Lír die Wandlung seiner Augen zu, die ihm eine gesteigerte Nachtsicht ermöglichte. Es überraschte ihn nicht, als er Marleen mit zwei silbrig-glänzenden Messern zurückkommen sah. Die Klingen waren so lang wie ihr Unterarm und Lír war sich sicher, dass sie scharf wie Rasierklingen waren. Sie reichte ihm eines mit dem Heft voran, während sie nah zu ihm trat.

Eine Hand auf seiner nackten Brust abgestützt, flüsterte sie an seinem Ohr: „Wenn es sein muss, schlachte ich diesen Mistkerl wie ein Schwein."

Lír spürte ihre Entschlossenheit, doch aus ihren Worten sprachen auch Zweifel. Um deren Grund zu erkennen, musste Lír nicht einmal ihre Gedanken lesen. Er berührte sie sanft am Arm.

„Ganz meinerseits", flüsterte er, bevor er sie sanft auf die Wange küsste. Marleen sah ihn an, nickte kurz und ging ihm voraus in Richtung Wohnhaus.

Marleens Herz schlug trügerisch ruhig, obwohl ihr ganzer Körper vor Anspannung zitterte. Ihre Hand umklammerte das Messer fester. Sie hatte nicht gelogen, als sie gesagt hatte, sie würde diesen Bastard abschlachten. Wenn möglich sehr langsam, sehr schmerzhaft. Es war krank, aber sie freute sich darüber, dass Lír in diesem Punkt ihrer Meinung war.

Während sie die Treppe hinaufstiegen, wünschte sich Marleen, sie hätte sich Hosen und ein T-Shirt statt eines Kleides angezogen. Man konnte sich nicht anständig verteidigen, wenn man zu viel Stoff um sich herum hatte. Innerlich verfluchte sich Marleen, weil sie so närrischen Gedanken nachhing. Ihrer Familie konnte im Moment wer weiß was passieren. Die vermeintliche Stille im Haus verhieß nichts Gutes.

Am oberen Treppenabsatz machte sie Halt. Lírs warmer Körper in ihrem Rücken gab ihr die nötige Ruhe, sich auf jedes noch so leise Geräusch zu konzentrieren. Deswegen zuckte sie erschrocken zusammen, als links von ihnen heftiges Rumpeln zu hören war. Lír ging an ihr vorbei und deutete mit einem Kopfnicken auf ein Zimmer am Ende des Gangs. Irritiert runzelte Marleen die Stirn – das war eines der Badezimmer.

„Öffne du leise die Tür und ich sehe hinein", hörte sie Lírs Stimme in ihrem Kopf. Eine Gänsehaut überkam sie. So gern sie sich damit beschäftigt hätte, was sie getan hatte, musste das nun warten. Also nickte Marleen, die linke Hand an der Türklinke, die rechte noch immer fest um den Messergriff geschlossen.

Wie in Zeitlupe öffnete sich die Tür. Kein Licht viel in den Flur, aber der Raum lag auch nicht in völliger Dunkelheit. Im diffusen Leuchten des nächtlichen Sternenhimmels war ein Teil des Badezimmers zu erkennen. Aber noch bevor

Marleen die Tür so weit öffnen konnte, damit sie hindurch gepasst hätte, stieß sie auf einen Widerstand.

Gleichzeitig ertönte ein dumpfes Grunzen. Alarmiert sah sie in Lírs glühende Augen. Er ging in die Hocke und mit vereinter Kraft stemmten sie die Tür weit genug auf, damit Lír hineingelangen konnte. Marleens Atem ging unregelmäßig. Fast hätte sie geschrien, als Lír nach ihrem Handgelenk griff und sie mit ins Bad zog.

„Alles in Ordnung Marleen, schau", sagte er, als sie im Badezimmer stand.

Überall auf dem hellen Fliesenboden und auch direkt vor der Tür lagen riesige Leiber. Der Geruch von Salzwasser lag in der Luft. Eine grauenhafte Ahnung überkam sie und sie hätte vor lauter Panik das Licht angeschaltet, hätte Lír nicht im letzten Moment ihre Hand ergriffen.

Seine Stimme klang eindringlich in ihrem Kopf, als er sagte: *„Nicht das Licht anmachen! Sonst verraten wir uns. Ihnen geht es gut, sie atmen alle."*

Marleen nickte, bevor sie Lírs Hand abstreifte. Vorsichtig bahnte sie sich einen Weg um die nassen Körper herum. Im Badschränkchen fand sie schließlich die Notfalltaschenlampe für Stromausfälle und knipste sie an – der Strahl traf direkt auf Nadjas Gesicht. Sie kniff die violettblauen Augen zusammen und stöhnte leise auf. Das Licht der Taschenlampe wurde nicht nur von ihrer perlmuttartigen Haut reflektiert, sondern auch von einem Streifen Panzerklebeband, der um ihren Mund und ihren Kopf gewickelt war.

Eilig ging Marleen in die Knie und entfernte vorsichtig mit dem Messer den Knebel. Nadja atmete tief ein, als wäre sie kurz vorm Ersticken gewesen. Zum Glück konnten Sirenen an Land wie Menschen atmen und mussten nicht wie Fische ersticken.

„Danke", wisperte Nadja.

Marleen nickte und nach einem kurzen Schwenken der Taschenlampe sah sie, dass alle Frauen der Cromwells in ihrer Sirenengestalt auf dem Boden lagen – bis auf Sara. Sie schienen unversehrt, wenn man die unbequeme Haltung aufgrund ihrer hinter dem Rücken gefesselten Hände beiseiteschob. Es war eine groteske Ansammlung aus grünen, blauen und violetten Fischleibern, blondem und braunem Haar, halbdurchsichtigen Flossen und schimmernder Perlmutthaut.

Marleen warf Sofia einen entschuldigenden Blick zu. Sie war es gewesen, die vor der Tür lag und die sie hatten aus dem Weg schieben müssen. Lír machte sich bereits dran, ihre Fesseln mit dem Messer zu zerschneiden.

Marleen beugte sich tiefer über Nadja und fragte leise: „Wo ist Sara?"

„Bei diesem Mistkerl Aaron vermute ich", flüsterte Nadja. Marleen hörte, wie Lír geräuschvoll einatmete.

„Beherrsch dich", mahnte sie ihn stumm, obwohl sie ganz genau wusste, dass er seine Reaktion auf Nadjas Sirenenstimme nicht kontrollieren konnte. Dennoch musste es ihr nicht gefallen.

Marleen machte sich an Nadjas Handfesseln zu schaffen. „Was ist mit euch passiert?"

Anna neben ihr antwortete, nachdem sie sich selbst das Klebeband mit den Krallen vom Mund gerissen hatte: „Er muss uns alle im Schlaf überrascht haben. Das erste, an das ich mich erinnern kann, war ein eiskalter Schwung Meerwasser. Da lagen wir bereits alle hier im Badezimmer, verschnürt wie die Weihnachtsgänse."

Marleen hätte über die Formulierung ihrer Mutter vielleicht gelacht, wäre die Situation nicht so ernst gewesen. Lír trat neben sie, die Augen seltsam glasig aufgrund der Sirenenstimme.

„Er muss gewusst haben, was ihr seid."

Marleen nickte, mit einem hässlichen Gefühl in der Magengegend. Es war gut möglich, dass Aaron sie gestern beobachtet hatte, als sie im Meer schwimmen gegangen war.

„Ihr müsst Sara finden, bevor es zu spät ist", beschwor Anna sie leise. Ihre dunkelblauen Augen, ohne jegliches Weiß, sahen sie eindringlich an. Marleen nickte. Bevor sie ging, zog sie alle Handtücher aus dem großen Schrank und verteilte sie unter den Frauen. Sie würden sich erst zurückverwandeln können, wenn sie wieder trocken waren. Vorher war es das Beste, wenn sie möglichst still hier liegen blieben.

Marleen nickte ihrer Mutter noch einmal zu, bevor sie zusammen mit Lír hinaus auf den Flur trat.

„Wir sollten in Saras Zimmer gehen. Es liegt gegenüber von meinem." Lír sah sie mit seinen glühenden Augen eindringlich an, bevor er nickte. In halb geduckter Haltung, die langen Messer fest in Händen und bereit, jeden Moment loszuschlagen, schlichen sie den Gang hinunter.

Sie waren kurz vor Saras Zimmertür, als ein gedämpfter Schrei die unheimliche Stille durchdrang. Augenblicklich hechtete Marleen nach vorn und riss die Tür auf. Lír hinter ihr fluchte ungehalten, bevor er sich neben sie stellte. Aber das bemerkte Marleen kaum, denn sie war ganz auf die grausige Szene fixiert, die sich im Zimmer ihrer Schwester abspielte.

Quer über Saras breitem Bett lagen zwei nackte Körper, eng umschlungen auf den zerwühlten Laken. Saras blutrote Locken flossen über die Bettkante, ihre Hände waren mit einem dunkelgrünen Schal an die Bettpfosten gefesselt. Über ihr kniete Aaron und warf achtlos eine Rolle Klebeband beiseite, mit der er Sara ebenfalls den Mund versiegelt hatte. Mit beiden Händen griff er nach ihren zusammengepressten Knien, zwischen die sich der braunhaarige Mann gewaltsam zwängen wollte.

Als Saras Beine schließlich auseinanderklappten und Marleen für einen Sekundenbruchteil Aarons steifes Glied erblickte, riss sie das gewaltsam aus ihrer Starre.

„Du Mistkerl!", keifte sie hasserfüllt. Augenblicklich drehte Aaron sich zu ihr um, in den grünen Augen ein irres Glitzern. Als er seinen Mund zu einem hässlichen Grinsen verzog, umklammerte Marleen ihr Messer fester und ging direkt auf ihn zu.

„Ich bring dich um, du elender Scheißkerl!"

Lírs Herz schlug ihm bis zum Hals. Die Szene, die sich in diesem Zimmer abspielte, war dazu gemacht, sich in seinen Albträumen zu wiederholen. Erst recht, als Marleen auf Aaron zustürmte. Fluchend folgte Lír ihr und sah mit Entsetzen, mit welcher Geschwindigkeit sich Aaron bewegte. Marleen hatte kaum mit ihrem Messer ausgeholt, da stand er auch schon vor ihr und boxte ihr auf den Kehlkopf.

„Hallo Schönheit", säuselte er liebenswürdig, als Marleen benommen zurücktaumelte. Dann richtete sich sein Blick auf Lír. Blanker Hass sprach ihm daraus entgegen. Angewidert zog Aaron seine Oberlippe hoch und zischte: „Und du, du elender Wurm von einem Inkubus. Du bist nicht nur ein Verräter an unserer Art, sondern auch an unserer Familie."

Lír versuchte, ruhig zu atmen. Aus dem Augenwinkel sah er, dass Marleen von Aarons Schlag nicht schwerwiegend verletzt worden war. Lediglich ihr Atem klang schwer und röchelnd. Nur das hielt ihn davon ab, den Bastard vor sich nicht sofort selbst zu attackieren. Erst jetzt verstand er den Sinn hinter Aarons letztem Satz.

„Du bist ein Nachfahre von Aiden O'Callahan, habe ich recht?"

Aaron brach in schallendes, höhnisches Gelächter aus. Allein das und die Tatsache, dass er noch immer nackt und ziemlich erregt vor ihm stand, hätte ihn eigentlich lächerlich erscheinen lassen sollen. Doch dem war nicht so.

Stattdessen überkam Lír eine heftige Gänsehaut und ein säuerlicher Geschmack breitete sich auf seiner Zunge aus. Oh ja, dieser Mann bescherte Albträume.

Marleen neben ihm stieß ein tiefes, animalisches Knurren aus. Erst das brachte Aaron zum Verstummen.

Dennoch waren seine Augen nur auf Lír gerichtet, als er sagte: „Sullivan hat ganz offensichtlich einen Dummkopf als Enkel, wenn du glaubst, dass ich ein Nachfahre von Aiden bin. Ich hatte mir schon Sorgen gemacht, dass die kleine Schnitzeljagd von deinem Großvater und dir gefährlich werden könnte."

Wieder grinste er höhnisch. In letzter Sekunde konnte Lír Marleen davon abhalten, ihn abermals zu attackieren.

Er sah sie zwar nicht an, sagte aber in ihre Gedanken: *„Nicht Marleen! Ich muss wissen, was er zu sagen hat. Sara ist vorerst außer Gefahr. Bitte beruhige dich."*

Die einzige Antwort, die er von ihr erhielt, war ein wildes Durcheinander ihrer aufgewühlten Gefühle. Doch sie blieb, wo sie war.

An Aaron gewandt, der von ihrem kleinen Dialog nichts mitbekommen hatte, sagte Lír: „Für wen gefährlich?"

„Na, für mich natürlich." Aarons Lächeln wurde breiter. „Craig war damals so verdammt edelmütig und dumm. Warum sollte man die Gelegenheit, unsterblich zu sein, ungenutzt lassen? Hätte ich damals gewusst, dass mein Ticket zum ewigen Leben tatsächlich in diesem Kaff hier lebte, wäre ich niemals fortgegangen."

Die Erkenntnis traf Lír wie ein Faustschlag mitten ins Gesicht.

„Dein Name ist nicht Aaron O'Connell, sondern Aiden O'Callahan, habe ich recht?"

Das Gesicht des anderen Mannes verzog sich zu einem gönnerhaften Lächeln. „Ich hatte schon viele Namen: Arthur Cunningham, Alastair McCarthy, heute Aaron O'Connell und vor sehr langer Zeit auch Aiden O'Callahan."

Nur langsam sickerte die Aussage hinter seinen Worten in Lírs Bewusstsein. Mehr zu sich selbst, sagte er: „Du hast die ganzen Jahrzehnte über Seelen gestohlen, um am Leben zu bleiben."

„Natürlich, das ist unsere Natur", antwortete Aaron oder eher Aiden. „Es ist unser gutes Recht, unsere Kräfte zu nutzen. Sieh dir nur diese Schlampen hier an." Mit einem Kopfnicken deutete er auf Sara, die noch immer nackt ans Bett gefesselt war. „Sie können nicht nur ewig leben, sondern mit ihren schönen Stimmen jedem Mann das Gehirn zu Brei verwandeln."

„Was nicht heißt, dass wir es tun", sagte Marleen heißer, aber nicht ohne eine gewissen Mordlust in der Stimme. Ohne Vorwarnung ging sie wieder auf Aiden los und zog ihm das Messer quer über die nackte Brust. Doch der uralte Inkubus war schneller, so dass nur ein dünner roter Streifen auf seiner Haut zu sehen war.

Mit einer schnellen Bewegung schlug er Marleen abermals auf den Kehlkopf und entwand ihr das Messer. Lír versetzte ihm mit dem Griff seiner eigenen Klinge einen harten Schlag auf die Schläfe, bevor Aiden Marleen ernsthaft etwas antun konnte. Benommen taumelte der alte Inkubus zurück. Dieses Mal leitete der Schmerz die Verwandlung ein. Aidens Augen nahmen die Farbe flüssiger, irisierender Smaragde an, während sich aus seinem zerwühlten Haar zwei Hörner schoben.

„Ich fand deinen kleinen Trick im Auto ja wirklich herzallerliebst", knurrte er, bevor er mit gezücktem Messer auf Lír losging.

Keuchend und mit verschwommener Sicht lehnte sich Marleen gegen einen Kleiderschrank. Ihr Hals schmerzte von den Schlägen und sie schmeckte Blut auf der Zunge.

Lír und Aaron rangen miteinander, umkreisten sich wie Kämpfer in einem Ring, bevor sie wieder aufeinander losgingen. Marleen focht einen kurzen, heftigen Kampf mit sich aus, ob sie Lír zu Hilfe eilen sollte. Aber dann hörte sie Saras gedämpftes Murmeln und wandte sich ihrer Schwester zu. Lír musste warten.

Mit schnellen Schritten eilte sie ans Bett.

„Sch sch, ganz ruhig meine Süße“, versuchte sie zu sagen, doch die Worte kamen nur als heiseres Röcheln heraus. Der Mistkerl!, dachte Marleen wütend. Er hatte erfolgreich dafür gesorgt, dass sie nicht richtig sprechen konnte – und somit nicht die Sirenenstimme gegen ihn verwenden konnte.

Sanft strich Marleen ihrer Schwester über das zerzauste Haar. Ungeweinte Tränen glitzerten in Saras grauen Augen. Marleen wandelte ihre Hände und zerteilte mit einer scharfen Kralle das Klebeband über dem Mund ihrer Schwester. Sofort begann Sara leise zu wimmern.

„Marleen, ich bin so froh, dich zu sehen“, schluchzte sie leise.

Hinter Marleen wurden Flüche und Rumpeln laut, doch sie achtete nicht darauf. Stattdessen machte sie sich an Saras gefesselten Händen zu schaffen. Rau flüsterte sie: „Keine Sorge, gleich bist du frei.“

Die Knoten hatten sich durch Saras eigene Befreiungsversuche so festgezogen, dass Marleen auch den Stoff mit ihren Krallen zerschneiden musste. Wie eine Ertrinkende klammerte sich Sara an Marleen und sie fühlte heiße Tränen an ihrer Schulter. Behutsam legte Marleen ihr die nun wieder menschlichen Hände auf den Rücken.

„Alles wird gut, keine Sorge." Doch schon in der nächsten Sekunde wurden ihre Worte Lügen gestraft.

Ein unheilvolles Krachen ertönte hinter ihnen, gefolgt von gedämpften Schmerzenslauten. Mit wild klopfendem Herzen drehte sich Marleen um und sah, wie Aiden O'Callahan über dem zusammengesunkenen Lír stand, der an der Zimmertür auf dem Boden lag. Wie in Zeitlupe tropfte Blut von Aidens Messer. Marleen entrang sich ein leises Winseln, als sie die klaffende Wunde auf Lírs Bauch sah, die die Waffe verursacht hatte.

„Du hättest mir nicht in die Quere kommen sollen, elender Narr." Wie in grausamer Zeitlupe beugte sich Aiden hinunter und packte Lír am Hals. Marleen wusste, dass er Lír die Kehle durchschneiden würde, wenn sie jetzt nichts unternahm.

Weil sie nicht auf die Macht ihrer Stimme zurückgreifen konnte, griff sie nach einem niedrigen Stuhl, schwang ihn entschlossen über den Kopf und ließ ihn mit voller Kraft auf Aidens bloßen Rücken hinunter sausen.

Die Wucht des Aufpralls ließ das Holz des Stuhls bersten, während Aiden mit einem erstickten Gurgeln alle Kraft aus den Gliedern wich und er ohnmächtig zu Boden sank. Anschließend geschahen mehrere Dinge gleichzeitig: Sara eilte hektisch plappernd an ihre Seite, während die anderen Frauen der Cromwell-Familie ins Zimmer gestürmt kamen, alle durcheinanderredend und nackt wie Gott sie geschaffen hatte.

Nur in Marleen war alles unnatürlich still. Kraftlos ließ sie die Überreste des Stuhls fallen und eilte an Lírs Seite. Dieser lag noch immer zusammengekauert auf dem Boden, unter ihm bereits eine besorgniserregend große Blutlache auf dem Teppich. Seine Hände hoben sich bleich von der hässlichen Wunde ab. Er war vollständig in seiner natürlichen Gestalt, die gedrehten Hörner in seinen Haaren wirkten rau im Licht des Zimmers.

Mit zitternden Händen berührte Marleen seine Schulter – sie war eiskalt.

„Oh nein, bitte bitte nein", wimmerte sie heiser. „Sag etwas Lír, bitte."

Halb öffnete er die sanft glühenden Augen und sah sie mit glasigem Blick an.

„Wo steckt der Drecksack?", fragte er schwach.

„Marleen hat ihn bewusstlos geschlagen", sagte Sofia an ihrer Seite. Sanft schob sie Lírs Hand von seiner Bauchwunde. „Lass mich mal sehen, mein Junge."

Wäre die Situation nicht so ernst gewesen, Marleen hätte wahrscheinlich laut gelacht. Bis auf Lír und sie waren alle anderen sechs Personen im Raum splitternackt. Ihre achtzigjährige Großmutter, ebenfalls im Evakostüm, betatschte ihren Freund und keiner der Anwesenden schien das seltsam zu finden. Tatsächlich war Marleen kurz davor, in hysterisches Gelächter auszubrechen. Der Schock und das Adrenalin weichten ihren Verstand auf.

Annas warme Hand auf ihrer Schulter hielt sie davon ab, vollends durchzudrehen.

„Komm Marleen, wir bringen Lír zusammen mit Sofia in dein Zimmer und verarzten ihn", sagte Anna sanft.

„Was machen wir mit dem Bastard?", fragte Marleen mit einem Blick auf Aiden, der noch immer bewusstlos dalag.

Annas Stimme war kalt und schneidend, als sie antwortete: „Obwohl ich ihn liebend gern auf der Stelle filetieren würde, bringen deine Schwestern ihn in einen der sicheren Räume im Keller."

Marleen nickte. In dem weitläufigen Keller des Hauses gab es Kammern, die mit einem Panikraum vergleichbar waren. Nichts kam rein oder raus, wenn man nicht den entsprechenden Code kannte. Obwohl Marleen diesen Dreckskerl am liebsten sofort das Licht ausgeblasen hätte, sah sie ein, dass das nicht besonders klug wäre.

Befriedigend, aber nicht klug.

Wortlos drückte Marleen ihrer Großmutter neben dem Arztkoffer eines von ihrer Sommerkleidern in die Hand. Auch Anna hatte sich bereits etwas angezogen, während Marleen und Sofia den torkelnden Lír in Marleens Zimmer gebracht hatte. Schwer atmend lag er auf ihrem Bett, die Haut annähernd so blass wie die Laken.

Sie hatten seine Jeans gegen eine Boxershort eingetauscht, in denen Marleen manchmal schlief. Nicht perfekt, aber immer noch besser als der raue und schmutzige Stoff der Jeans.

Sofia zog sich schnell an, bevor sie den Koffer öffnete. Nachdem sie Marleen eine Lutschpastille gegen die Heiserkeit gegeben hatte, streifte sie sich Einweghandschuhe über. Mochte sie auch nie öffentlich praktiziert haben, hatte sie doch ein abgeschlossenes Medizinstudium vorzuweisen. In jeder Generation ihrer Familie gab es eine ausgebildete Ärztin. Schließlich konnten sie es niemals zulassen, dass ihr Blut oder andere Gewebeproben in irgendwelche Labors geschickt wurden.

Bereitwillig assistierte Marleen ihrer Großmutter, als diese begann, Lírs Wunde zu säubern. Sobald das Desinfektionsmittel das rohe Fleisch berührte, zog Lír scharf die Luft ein und biss sich auf die Unterlippe. Auch Marleens Atmen setzte einen Augenblick aus, als sie den Nachhall seiner Schmerzen in ihrem Kopf spürte. Mitfühlend strich sie ihm über die schweißnasse Stirn.

In Gedanken flüsterte sie ihm beruhigende Worte zu. *„Keine Sorge Lír, wir kümmern uns um dich."*

Als Sofia eine Spritze aufzog, keuchte Lír fast panisch: „Kein Betäubungsmittel! Darauf reagieren Inkubi verheerend."

„Aber ich muss die Wunde nähen", sagte Sofia.

„Schon okay, das halt ich aus", versicherte Lír. Seine goldenen Augen glommen fiebrig.

Sofia sah kurz zu Marleen, bevor sie die Spritze weglegte. „Was ist mit Antibiotika?"

„Das ist kein Problem. Nur keine Schmerz- oder Betäubungsmittel."

„Okay. Du musst stillhalten, während ich nähe. Es sind nur acht Stiche, aber die müssen sitzen." Lír nickte. Marleen drehte sich der Magen um, doch sie blieb an seiner Seite.

„Hier, nimm meine Hand." Sie verflocht ihre Finger mit seinen, als Sofia sich mit Nadel und Faden bewaffnet ans Werk machte.

Wieder spürte Marleen etwas von Lírs Schmerzen. Sein ganzer Körper verkrampfte sich, die Muskeln spannten sich an und traten deutlich unter der Haut hervor. Der Griff seiner Hand war schmerzhaft, doch Marleen sagte keinen Ton. Lír bewegte sich nicht vom Fleck, so dass Sofia schon nach wenigen Minuten das Nähzeug wieder beiseitelegen konnte.

„Ich gebe dir jetzt noch das Antibiotikum und du bekommst einen Verband." Sie zog eine neue Spritze auf. Sofias Stimme forderte absoluten Gehorsam, als sie sagte: „Sobald die Wunde sich heiß wird oder du dich fiebrig fühlst, musst du es sagen."

„Ja", erwiderte Lír. Ein letztes Mal verstärkte sich sein Griff um Marleens Hand, als Sofia das Antibiotikum verabreichte.

Gemeinsam legten sie ihm einen festen Verband an und zwangen ihn, ein Glas Wasser gegen den Flüssigkeitsverlust zu trinken, ehe Sofia ihre Sachen zusammenpackte. Bevor sie das Zimmer verließ, umarmte sie Marleen ganz fest.

„Ihr beide müsst nun schlafen. Wir kümmern uns um Sara und morgen früh entscheiden wir, was mit dem Teufel in unserem Keller geschehen soll."

Marleen nickte und küsste ihre Großmutter auf die Wange, anschließend verließ Sofia das Zimmer. Erschöpft schälte sich Marleen aus ihrem schmuddeligen Kleid, zog einen Slip und ein T-Shirt an, bevor sie zu Lír ins Bett kroch. Peinlich darauf bedacht, seine Wunde nicht zu berühren, breitete sie die Decke über sie beide aus und schmiegte sich an ihn.

Wäre sie ein zartbesaiteter Charakter gewesen, wäre sie jetzt in Tränen ausgebrochen.

Kapitel 14

Es war dieser herrliche, sorglose Schwebezustand zwischen Schlaf und wachem Bewusstsein, in dem Lír dahin trieb. Ein warmer Kokon, in dem alles in Ordnung war und es keine Sorgen gab. Warmes Sonnenlicht fiel auf ihn und streichelte seine Haut.

Seufzend drehte Lír sich um - und wurde augenblicklich von der harten, schmerzhaften Realität eingeholt. Reflexartig legte er eine Hand auf den Bauch, in der Hoffnung, die Schmerzen damit aufzuhalten. Langsam rollte er sich zurück auf den Rücken. Das heiße Brennen ließ zwar nach, blieb aber im Hintergrund weiter bestehen.

Mit den Schmerzen kamen auch die Erinnerungen an die vergangene Nacht zurück. Die im Badezimmer eingesperrten Cromwell-Frauen, Sara gefesselt auf ihrem Bett und schließlich der Kampf mit Aaron, der eigentlich sein totgeglaubter Urururonkel war. Lírs Herz hämmerte gegen seinen Brustkorb, als er sich umsah. Er lag in Marleens Bett, die dunkelhaarige Sirene neben sich.

Obwohl sie noch schlief und er sie eigentlich nicht wecken wollte, musste er sie berühren. Die Angst um sie hätte ihn in der vergangenen Nacht um ein Haar verrückt gemacht. Auch jetzt noch war die Erinnerung viel zu lebendig, wie Aiden sie geschlagen hatte.

Behutsam strich er mit den Knöcheln einer Hand über die weiche, blasse Haut ihrer Wange. Sie seufzte leise und schmiegte sich in die Berührung.

„Lír“, hörte er ihre verschlafene Stimme in seinem Kopf. Hart schluckte er gegen den Kloß in seinem Hals an. Das zweite Siegel war zwischen ihnen geschlossen worden – und Lír hatte keine Ahnung, was nun geschehen würde.

Wie ein leises Summen im Hintergrund hörte er Marleens Gedanken, nahm vage ihre Gefühle war. Vorsichtig strich er ihr eine dunkle Haarsträhne aus dem Gesicht. Was würde Sullivan wohl dazu sagen, was er getan hatte? Wahrscheinlich würde er ihn für vollkommen übergeschnappt erklären, weil er das zweite Siegel ausgerechnet mit einer Sirene geschlossen hatte.

Sie hat gesagt, dass sie mich liebt, dachte er bei sich. Namenlose Unruhe erfasste ihn. War es ihr nur so herausgerutscht, ein leidenschaftliches Missgeschick während ihrer Vereinigung? Er musste wieder daran denken, wie er Marleen vor kurzem noch gefragt hatte, ob sie mit ihm zusammen die anderen übernatürlichen Spezies suchen wollte. Unglücklich verzog Lír das Gesicht, als er sich an ihre abweisende, ja fast panische Reaktion erinnerte.

Nein, ihre gehauchte Liebeserklärung war sicher nicht vollkommen ernstgemeint gewesen. Umso fataler, da sie jetzt durch die Magie des Inkubus' in ihm miteinander verbunden waren. Lír wünschte, er wüsste mehr über die genauen Auswirkungen des zweiten Siegels. Seine Familie hatte es tunlichst vermieden, so etwas auszuprobieren.

Marleen öffnete langsam die Augen, was Lír aus seiner düsteren Grübelei riss. Ihre dunklen Augen sahen ihn verschlafen an, ein laszives Lächeln verzog ihren hinreißenden Mund.

„Guten Morgen“, murmelte sie, die Stimme rau vom Schlaf. Obwohl Lír wusste, dass sie im Moment nicht ihre Sirenenstimme einsetzte, jagten ihre Worte ihm einen wohliger Schauer über den Rücken. Weil er nicht widerstehen konnte, hauchte er ihr einen Kuss auf die Lippen.

„Guten Morgen.“

Vorsichtig glitt Marleens Hand über seine nackte Brust zu dem Verband. Ernsthaftigkeit sprach aus ihrem Blick, als sie fragte: „Hast du große Schmerzen?“

„Mir ging es schon einmal besser", murmelte er. Ihre warme, feingliedrige Hand auf seiner Haut ließ sein Blut schneller fließen.

„Ich kann immer noch nicht glauben, was gestern Nacht geschehen ist." Trauer und Sorge umwölkten ihre Augen, ließen sie fast schwarz wirken.

„Das wichtigste ist, dass deiner Schwester nichts passiert ist", sagte Lír mit ernster Stimme. Er hätte sich niemals verziehen, wenn diese Bestie, die zu seiner Familie gehörte, den Cromwells ernsthaft etwas zuleide getan hätte.

Wieder strich Marleen über seinen Verband. Sie senkte den Blick, bevor sie leise murmelte: „Ich hatte schreckliche Angst um dich."

Ein wildes, wunderschönes Chaos aus Gefühlen schlug ihm von ihrer Seite entgegen und doch wusste er, dass es nur ein Hauch von dem war, was Marleen empfand. Schützend umfing er ihr Gesicht mit den Händen und hauchte ihr weitere Küsse auf die Lippen.

„Schau nicht so traurig, meine hübsche Nixe", flüsterte er in ihrem Kopf. Augenblicklich fühlte Lír, wie sich ihre Gedanken ihm zuwandten, ihn sanft berührten. Es war ein unglaubliches Gefühl, viel näher und intensiver, als Marleen es mit ihrem Körper je gekonnt hätte. Ein wohliges Seufzen entwich ihm, während sie seine Küsse erwiderte.

Du musst es ihr sagen, drängte ihn sein Unterbewusstsein. Lírs Herz geriet einen Augenblick aus dem Takt, er lehnte seine Stirn an Marleens und schloss die Augen. Ja, er sollte es ihr sagen. Es war ohnehin sinnlos, so etwas vor ihr geheim halten zu wollen. Schließlich konnte sie in seinen Kopf hineinhorchen – es war also nur eine Frage der Zeit, bis Marleen es von selbst herausfand.

Nervös leckte Lír sich über die Lippen und sah in Marleens blaue Augen, die ihm so nah waren. Deutlich konnte er die Maserung ihrer Iris erkennen. Er öffnete den

Mund, doch noch bevor die erste Silbe über seine Lippen kam, klopfte es an der Tür. Erschrocken zuckte er zusammen und heißer Schmerz breitete sich von seiner Wunde aus. Nur am Rand nahm er wahr, dass Anna sie zum Frühstück herunterrief.

Marleen betrachtete ihn unglücklich, nachdem sie ihre Mutter wieder weggeschickt hatte.

„Wir sollten dich zu einem Arzt bringen."

Lír schüttelte den Kopf, als er vorsichtig aus dem Bett stieg. „Ganz so schlimm ist es nicht."

Außerdem war er sich des Mannes im Keller sehr bewusst und wollte die Frauen auf keinen Fall mit ihm allein lassen. Nicht, dass sie nicht mit ihm fertig werden würden.

Nein, das hier ist eine Familienangelegenheit, dachte Lír grimmig. Er würde es niemand anderen überlassen, sie zu klären.

Seit Sofia sich zurückerinnern konnte, hatte es in diesem Haus nie ein so angespanntes, schweigsames Frühstück gegeben. Für gewöhnlich waren die Cromwell-Frauen immer ein lauter, fröhlicher Haufen – niemals hatte eine solch drückende Stimmung geherrscht. Selbst dann nicht, wenn eine von ihnen sich entschieden hatte, auszuziehen oder eine ihrer Ahninnen starb.

Doch an diesem Tag war jeder einzelnen anzusehen, dass sie wussten, dass ein Monster in ihrem Keller saß. Eines, dass sie leider nicht für immer dort unten einsperren konnten. Irgendwann mussten sie hinuntergehen. Zum hundertsten Mal in den letzten zwölf Stunden strich Sofia Sara sanft über die Schulter. Sehnsüchtig schmiegte sich ihre Enkelin in die Berührung.

Ohne großen Appetit wurde auf Müsli, Brötchen und Eiern herum gekaut. Jedem saß der Schreck der vergangenen Nacht in den Gliedern. Sofia bezweifelte, dass sie jemals alt genug werden würde, um diese Angst zu vergessen. Mitten in der Nacht war sie davon aufgewacht, dass ihr jemand ein feuchtes Tuch auf das Gesicht presste, das süßlich gerochen hatte. Grellgrüne, leuchtende Augen hatten sie angesehen.

Jetzt wurde ihr Blut eiskalt bei dem Gedanken an den Bastard. Sie wusste genau, was sie später mit dem Mann anstellen würde, der es gewagt hatte, ihrer Familie Schaden zuzufügen.

„Sofia." Nadjas Stimme riss sie aus ihren düsteren Gedanken. Blinzelnd sah sie zu ihrer Enkelin, die ihr gegenüber saß.

„Was ist, mein Schatz?"

Luna antwortete: „Du warst gerade ziemlich weggetreten. Wir wollten deine Meinung wissen, ob du es für sinnvoll hältst, wenn wir alle Cromwells benachrichtigen."

Sofia stellte langsam ihren Kaffeebecher ab, bevor sie in die Runde blickte. Unwillkürlich blieben ihre Augen an Lír hängen. Der junge Mann saß seltsam steif neben Marleen, den Blick fest auf seinen halbleeren Teller gerichtet. Als fürchtete er sich, ging es ihr durch den Kopf. Ein schiefes Lächeln verzog ihren Mund.

Die Augen weiter auf Lír gerichtet, sagte sie: „Zumindest nicht gleich. Ich denke, dass wir sehr gut allein zurechtkommen."

„Die alten Hexen werden sich nur aufregen", fügte Anna hinzu.

Das Gelächter am Tisch war zwar leise, aber es enthielt schon wieder mehr von der Energie, die ihre Familie für gewöhnlich ausstrahlte. Bevor Sofia aufstand, strich sie Sara noch einmal über den Rücken.

„Es wird nicht besser, je länger wir warten." Mit diesen Worten nahm sie ihr Geschirr und trug es zum Küchentresen. Niemand im Raum fragte, was sie damit meinte.

Der Geruch nach Meerwasser und abgestandener Luft schlug ihnen entgegen, als sie den Vorraum des Kellerteils betraten, in dem Aiden untergebracht worden war. Marleen konnte Lír ansehen, wie überrascht er war, den modernen Panikraum vorzufinden.

„Wir sind ein moderner, blutrünstiger Haufen", sagte sie still zu ihm. Lír blickte sie mit einem schiefen Lächeln an. Wie eine Liebkosung berührte er ihren Geist, ließ ihren gesamten Körper warm prickeln.

Jedes Mal aufs Neue war Marleen davon überwältigt, so mit einem anderen Menschen kommunizieren zu können. Aber er ist kein Mensch, dachte sie. Es war aufregend und furchteinflößend zugleich. Vor allem, weil Marleen nicht sagen konnte, was mit ihnen passieren würde.

Unwillkürlich straffte sie sich und vertrieb diese finsteren Gedanken. Jetzt war keine Zeit, sich darüber den Kopf zu zerbrechen. Sie mussten einen durchgeknallten Inkubus bestrafen, der schon seit Jahrhunderten dadurch überlebte, anderen die Seele auszusaugen, und es bei einer von ihnen versucht hatte. Eine sehr dumme, leichtsinnige letzte Tat.

Als Anna die Verbindungstür zu dem abgesicherten Raum öffnete, stellte sich Marleen näher zu Lír. Ein Frösteln überlief sie und sie schmiegte sich an seine Seite. Obwohl Lír völlig auf den Mann fixiert war, der mit geraden Rücken und herablassenden Blick in der schmalen Zelle saß, ergriff er ihre Hand und verflocht seine Finger mit ihren.

Marleen warf nur einen kurzen Blick in Aidens grüne Augen, ehe sie zu ihrer jüngeren Schwester hinübersah. Sara hatte die Schultern gestrafft, ihr Gesicht zeigte nichts anderes als Entschlossenheit und Verachtung. Sehr gut, dachte Marleen zufrieden. Sie selbst hätte diesem Wurm nie im Leben die Genugtuung verschafft, ihn wissen zu lassen, dass sie sich auch nur im Entferntesten vor ihm gefürchtet hatte.

Viel eher würde sie ihm ins Gesicht spucken. Ein verlockender Gedanke, auf den Marleen später vielleicht zurückkommen würde.

Als hätten sie sich abgesprochen, war es Sofia, die als erste das Wort ergriff.

„Aiden O'Callahan", sagte sie mit eisiger Stimme.

Der Inkubus lächelte vor sich hin. „Ah, diesen Namen habe ich schon lange nicht mehr gehört." Sein Blick huschte kurz zu Lír, der sich kaum merklich versteifte. Beruhigend strich Marleen über seinen Rücken, wo Aiden es nicht sehen konnte.

Vollkommen ungerührt von seinen Worten, verschränkte Sofia die Arme vor der Brust. „Wie kommt es, dass du unser Geheimnis kanntest? Woher weißt du, was unsere Familie ist?"

Aidens Augen glühten kurz auf, ansonsten zeigte er keinerlei Reaktion.

„Die Frage macht ihn wütend", sagte Lír, woraufhin Marleen fragte: *„Was meinst du, warum das so ist?"*

Unmerklich zuckte Lír mit den Schultern.

Niemand im Raum hatte ihre stille Unterhaltung mitbekommen. Alle warteten gespannt darauf, was Aiden sagen würde.

Als er schließlich sprach, war seine Stimme eiskalt. „Schon als ich vor zweihundertfünfzig Jahren zusammen mit meinem Bruder hier in New Port war, wusste ich von einer… besonderen Familie, die hier lebte. Gerüchte waren im Land herumgegangen, an der Küste gäbe es eine Sippe von Meerhexen. Ich wollte mir das genauer ansehen."

Niemand der Anwesenden war sonderlich von Aidens Ausführungen überrascht, schließlich hatte Marleen diese Möglichkeit bereits mit ihrer Familie durchgesprochen. Dennoch war es ein hässliches Gefühl, diese Vermutung bestätigt zu bekommen. Nicht zuletzt, weil ihnen allen dasselbe wie ihrer Vorfahrin hätte passieren können. Wäre Marleen vor einigen Tagen nicht so durch Lír abgelenkt gewesen, hätte sie das Wetter ebenfalls besser im Auge behalten.

Schluss jetzt!, tadelte sich Marleen und zwang ihre Gedanken zurück in die Gegenwart. Es half alles nichts, wenn sie verschütteter Milch hinterher weinte.

Im Raum war es so still, dass man die sprichwörtliche Stecknadel fallen hören konnte. Obwohl ihr Gefangener deutliche Blessuren zeigte und völlig heruntergekommen aussah, wurde Marleen das hässliche Gefühl nicht los, dass er immer noch eine ernstzunehmende Gefahr darstellte.

„Aber ihr habt die richtige Familie nicht gefunden“, durchbrach Sofias kühle Stimme die Stille.

Aiden lächelte schief. „Nein, damals nicht.“ Sein Blick glitt zu Lír, bevor er süffisant sagte: „Im Gegensatz zu damals, hat mir heute die Familie geholfen.“

Marleens Finger drückten fester zu, als sie spürte, dass Lír einen Schritt auf den Inkubus zugehen wollte. Deutlich fühlte sie seine Wut, mit einem Hauch von Scham. Die Zurschaustellung von Lírs Verärgerung schien seinen Vorfahren zu amüsieren. Etwas hässliches, gewalttätiges in Marleen hob den Kopf und flüsterte ihr mit kalter Stimme zu, dass sie das Blut dieses Bastards vergießen sollte. Eine Gänsehaut breitete sich über ihre Arme aus.

Annas Worte enthielten kein Gefühl, als sie fragte: „Das heißt, dass Craig dich damals nicht unterstützt hat?“

„Ja. Er war ein Feigling und Narr, der sich geweigert hatte, unser Erbe richtig anzunehmen.“ Verachtung und ein alter, gefährlicher Hass ließen Aidens Augen unnatürlich glimmen. „Craig wollte ein gewöhnliches, normales Leben führen und wie jeder andere gottverdammte Mensch sterben. Aber ich hatte anderes im Sinn.“

Marleen wusste, dass alle ihre Verwandten und Lír an die Tagebucheinträge dachten, die die gefundenen Leichen beschrieben.

„Als ihr drohtet aufzufliegen, seid ihr aus New Port verschwunden und habt euch getrennt", sagte Lír. Es war das erste Mal, dass er das Wort an seinen Verwandten richtete.

Marleen stellten sich die feinen Haare im Nacken zu Berge, so kalt und bedrohlich klang seine Stimme. Doch tief in sich konnte sie spüren, dass bei all der Verachtung für Aiden in Lír auch eine große Menge Scham war. Er schämte sich dafür, was sein Vorfahr getan hatte. Wie er ihr Erbe ausgelebt hatte. Wie er selbst es vielleicht im Begriff war zu tun. Heiß und schmerzhaft schwelte dieser Gedanke in Marleens Unterbewusstsein, bevor sie ihn energisch verneinte.

Nein, Lír war anders. Vollkommen anders.

Kapitel 15

Lír fühlte sich grauenvoll.

Nicht nur, dass die Stichwunde schmerzhaft pochte und ihn quälte. Nein, er war hier in einem Keller mit einem Mann konfrontiert, der all die hässlichen Seiten eines Inkubus' verkörperte. Es war wie ein perfider, detaillierter Vortrag über all seine Fehler und Schwächen - und das ausgerechnet vor den Menschen, die ihm fast wie seine eigene Familie vorkamen.

Die Behauptung, dass er Aiden geholfen haben könnte, das Geheimnis dieser wunderbaren Frauen zu lüften, fraß sich wie Säure durch seine Haut. Ebenso wie Aidens durchdringender Blick, der seinen festhielt.

„Genau", antwortete Aiden kalt. „Sullivan hat dich sehr gut unterrichtet."

Alles Blut wich aus Lírs Gesicht. „Was weißt du über meinen Großvater?"

Selbstgefällig lächelte Aiden und lehnte sich zurück, die Arme locker vor der Brust verschränkt. Es war offensichtlich, dass er ihre Unterhaltung genoss.

„Schon Craigs Sohn hat mich gesucht. Damals vielleicht noch, um den verlorenen Onkel zu finden, aber schon sein Enkel hat mich gejagt, damit das schmutzige Geheimnis der O'Callahans nicht ans Licht kommt." Missbilligend verzog er den Mund. „Als ob wir uns dafür schämen müssten, die Gabe zu besitzen, unser Leben zu verlängern."

„Es ist dann eine Schande, wenn es auf Kosten anderer geschieht. Wenn man ein Leben dafür nehmen muss", erwiderte Lír hitzig.

Als hätte er ihn gar nicht gehört, fuhr Aiden fort: „Seither habe ich es mir zur Angewohnheit gemacht, Craigs Nachkommen genau im Auge zu behalten und gleichzeitig unentdeckt zu bleiben."

„Lír, du wusstest, dass er noch lebt?", fragte Nadja und sah ihn anklagend an. Übelkeit machte sich in ihm breit. Bevor er antwortete, kam Aiden ihm zuvor.

„Natürlich wusste er das", sagte er, während er den Blick über die Frauen schweifen ließ. „Ich finde es wirklich amüsant, dass er es offensichtlich nicht für nötig hielt, euch darüber zu informieren."

„Sei still, Aiden O'Callahan", sagte Sofia schroff. Machtvoll drangen ihre Worte durch den Raum, gesprochen mit der Stimme der Sirene. Lír wusste genau, dass ihn der Zwang ebenso getroffen hätte, wenn Sofia nicht einen Namen an den Befehl geheftet hätte. Er konnte genau sehen, wie sich die Augen des anderen Inkubus' weiteten und er krampfhaft den Mund zusammenpresste.

Als Sofia ihre grünen Augen auf ihn richtete, stellten sich ihm alle Haare auf. Doch als sie zu ihm sprach, lag kein Hauch Verführung in ihren Worten.

„Lír, mein Junge, warum hast du uns das nicht erzählt?"

„Ich konnte nicht", antwortete er wahrheitsgemäß. Kalter Schweiß brach ihm aus, denn jede der Frauen beobachtete ihn ganz genau. Selbst Marleen war etwas von ihm abgerückt und sah ihn unter zusammengezogenen Brauen an. Unsicher leckte er sich über die plötzlich trockenen Lippen.

„Anfangs war es, weil ich euch nicht unnötig Angst einjagen wollte. Die hättet ihr gehabt, wenn ich euch erzählt hätte, dass ein durchgeknallter Inkubus durchs Land wandert und die Lebenskraft von Frauen für seine eigene Unsterblichkeit sammelt."

Unweigerlich fiel sein Blick auf Marleen und sein Puls verdoppelte sich. „Und dann war es, weil ich nicht wollte, dass ihr mich für ein gefährliches Monster haltet."

„*Du solltest mich nicht so sehen*", fügte er still hinzu, weil er sich nicht traute, die Worte laut auszusprechen. Marleens Mundwinkel hoben sich leicht.

„Das ist schon okay", sagte sie. Gleichzeitig durchströmte ihn durch das Siegel eine angenehme, tröstende Wärme.

„Wir sind alle Monster", fügte Luna trocken hinzu.

Anna berührte ihn sacht an der Schulter. „Lír, wir müssen wissen, ob er irgendwelche Nachkommen gezeugt hat. Ob es noch andere gibt, die seine Meinung teilen."

„Soweit ich weiß nicht", antwortete er. Weil er sich dessen aber nicht hundertprozentig sicher war, fügte er hinzu: „Ihr solltet ihn zwingen, es euch zu sagen."

Und das taten sie, nachdem Sofia den Bann von Aiden genommen hatte. Es schien den Inkubus fast körperliche Schmerzen zu bereiten, sein Nein hervorzupressen. Bei allen im Raum war die Erleichterung deutlich spürbar. Dennoch blieb noch eine Frage offen.

Dieses Mal benutze Sofia nicht ihre Sirenenstimme, als sie fragte: „Warum warst du dir so sicher, dass wir die besagte Familie sind?"

Aidens Blick huschte zu Marleen, wurde anzüglich und drehte Lír den Magen um. Er musste sich sehr beherrschen, um seinem Vorfahren nicht das dreckige Grinsen aus dem Gesicht zu schlagen.

„Zufällig sah ich, wie Marleen im Meer plantschte."

Scharf atmete Marleen ein. Lír konnte sehen, wie ihr Blick unsicher zu Anna und Sofia huschte.

Doch diese lächelten sie nur schief an, bevor sie ihre Aufmerksamkeit wieder Aiden zuwandten. Sofia fragte ihn darüber aus, ob er in seinem Leben andere Fabelwesen getroffen hatte. Nicht nur hier in New Port. Lír schwankte zwischen Enttäuschung und Erleichterung, als Aiden die Frage verneinte. Als er anfing, von all seinen vorigen Identitäten zu erzählen, horchte Lír wieder auf.

„Nach einigen Jahren werden Namen bedeutungslos", erzählte Aiden fast gelangweilt. „Ich hatte so einige, darunter Arvid Connolly, Arne Campbell, Adam Clarke, Aveny O'Carroll, Alan Casey und auch Alex McCane." Er machte eine kurze Pause, ehe er fortfuhr: „Askil O'Conner, Arnor Cullen und Angus O'Collins war glaube ich auch dabei."

Ein unangenehmer kalter Schauer lief Lír den Rücken hinunter. Es zeugte von einer gewissen Dreistigkeit, dass sein Vorfahr nicht nur den nordischen Namen, sondern auch seinen Anfangsbuchstaben treu geblieben war. Innerlich schüttelte Lír den Kopf, über Aidens Unerschrockenheit ebenso wie über die Ignoranz seiner eigenen Familie.

Lír seufzte in Gedanken – er musste unbedingt mit seinem Großvater telefonieren.

Es war kurz nach Mittag, als Lír von Anna in ein kleines Büro im Übergangsbereich von Haus und Café geführt wurde.

„Setz dich", sagte sie mit einem Lächeln, bevor sie ihn auf einen knittrigen Ledersessel drückte. Dankbar lächelte Lír ihr zu. Dabei bemerkte er ein weiteres Mal die dunklen Schatten unter Annas Augen, die neuen Falten um ihren Mund. Gram erfüllte ihn, weil er sich zum Teil für ihren Kummer verantwortlich fühlte.

Als hätte sie seine Gedanken erraten, sah sie ihn tadelnd an. „Schau nicht so reumütig. Keine von uns gibt dir auch nur im Geringsten die Schuld daran, was passiert ist. Vielmehr sind wir dir dankbar, dass du hier warst." Sanft strich sie ihm über die Wange.

„Ohne dich hätten wir nie mitbekommen, dass Sara von einem Siegel behaftet war." Mit einem Lächeln drehte sie sich um und ließ ihn in dem Büro allein.

Die Tür hinter Anna schwang langsam zu, aber Lír bemerkte es kaum. Ihre Worte quälten ihn fast mehr, als es seine Wunde tat. Keine der Cromwells wusste, dass er mit Marleen das zweite Siegel geschlossen hatte. Ein Schritt näher daran war, sie zu töten. Hart presste er die Kiefer aufeinander, um nicht haltlos zu fluchen, und griff zum Telefon. Er musste mit Sullivan reden, bevor die Sirenen ihr endgültiges Urteil vollstreckten.

Es war ein seltsames Gefühl, die Nummer zu wählen und dem Klingeln zu lauschen. Oft genug hatte Lír es sich ausgemalt, wie dieser Moment sein würde, wenn er seinen Vorfahren endlich gegenüberstand. Ihn endlich davon abhalten konnte, weiter zu morden, nur um sein Leben zu verlängern. Doch nie hatte er gedacht, dass es… so sein würde. Nicht einmal in seinen wildesten Fantasien.

Lír zuckte kurz zusammen, als sein Großvater sich mit tiefer, rauer Stimme meldete.

„Hallo Großvater, ich bin's."

„Lír, mein Junge. Schön, von dir zu hören. Wie geht es dir?" Gedanken verloren strich Lír über den Verband unter seinem T-Shirt. Die letzten Stunden hatte die Wunde keine Ruhe gegeben, der Schmerz strahlte bereits in seinen gesamten Rumpf aus.

„Mir geht es ganz gut", log er. Er atmete einmal tief durch, bevor er geradeheraus sagte: „Wir haben Aiden O'Callahan gefunden."

Drückende Stille drang vom anderen Ende der Leitung zu ihm hinüber. Nur ganz schwach konnte er Sullivans Atem hören. Lír sagte nichts, denn sein Großvater brauchte die

Zeit, um die Nachricht zu verarbeiten. Lír wusste, dass Sullivan die Botschaft hinter seinen Worten sehr genau verstanden hatte.

„Das", sagte er schließlich seltsam erschöpft, „hätte ich wirklich nicht erwartet. Bist du dir sicher, dass es tatsächlich *Aiden* ist?"

„Ja, kein Zweifel. Er hat sich zwar als Aaron O'Connell ausgegeben, weshalb ich auch von einem Nachfahren ausgegangen bin, aber letztendlich hat er zugegeben, eben jener Aiden O'Callahan zu sein, der Bruder unseres Vorfahren."

Lír unterließ es, seinen Großvater explizit darauf hinzuweisen, dass das sehr gut möglich war. Sullivan wusste es, kannte nur zu genau die Gabe und den Fluch ihrer Familie.

„Erzähl mir alles", forderte er Lír auf.

Nach einer gefühlten Ewigkeit, in der Sullivan ihn kein einziges Mal unterbrochen hatte, kam Lír zum Schluss seiner Erzählung. „Jetzt sitzt er im Keller des Hauses und wartet... nun, auf seine Strafe."

„Mh-m", war alles, was sein Großvater dazu sagte. Lír konnte ihn regelrecht vor sich sehen, wie er sich über den kurzen, grauen Bart strich und aus dem Fenster in den Garten seines Hauses blickte. Ein seltsames Gefühl von Heimweh überkam ihn.

„Sie werden ihn töten, nicht wahr?", fragte er.

Lír seufzte leise. „Ja. Und wenn du mich fragst, ich werde ihnen dabei nicht im Weg stehen. Aiden ist zu sehr von seiner Idee der Unsterblichkeit besessen, als dass man ihn je wieder an die frische Luft setzen kann."

„Da stimme ich dir zu, auch wenn ich diese Art von Selbstjustiz für gefährlich halte." Sullivan lachte trocken, ehe er hinzufügte: „Aber was will man von männermordenden Sirenen auch anderes erwarten."

Wut kochte in Lír hoch und bevor er sich aufhalten konnte, zischte er: „Hüte deine Zunge, alter Mann."

Noch nie zuvor hatte er sich seinem Großvater gegenüber so respektlos verhalten. Er hatte Sullivan das Geheimnis der Cromwells erzählt, denn sonst hätte sein Großvater nie die Tragweite von Aidens Handeln erfassen können. Er hatte ihm vertraut und fühlte sich durch Sullivans Aussage schmerzlich verraten. Darum tat ihm sein Ausbruch keine Sekunde lang leid.

„Sie sind keine Monster, Sullivan. In ihrer Familie gibt es keine einzige, die je die Macht ihrer Stimme für selbstsüchtige Zwecke missbraucht hat." Die Anschuldigung, dass die O'Callahans nicht so ehrenvoll waren, hing unangenehm zwischen ihnen. Zu Lírs Überraschung fing sein Großvater leise an zu lachen.

„Meine Güte Junge, dich hat es ganz schön erwischt."

Ein Kloß bildete sich in Lírs Hals und er fühlte sich seltsam ertappt. Unweigerlich kam ihm die letzte Nacht in den Sinn. Er konnte Marleen regelrecht vor sich sehen, wie sie ihren schlanken Körper auf ihm bewegte und ihm mit rauchiger Stimme sagte, dass sie ihn liebte.

Selbstsüchtig und trunken vor Lust, wie er war, hatte er sie aufgefordert, es zu wiederholen – und damit ihren Untergang eingeleitet. Als wäre das nicht genug, hatte er ihr die drei Worte bisher nicht zurückgegeben.

Unruhig strich sich Lír durch das Haar, bevor er mit rauer Stimme sagte: „Ja, mich hat es wirklich erwischt."

Sein Großvater war nicht auf den Kopf gefallen. „Du liebst sie wirklich, oder Lír?", fragte er sanft.

„Ja." Zitternd atmete er ein und gestand: „Sie hat gesagt, dass sie mich liebt. Das Schlimme daran ist allerdings, dass sie dabei meinen Namen sagte und wir gerade… Sex hatten."

Hitze stieg in seine Wangen, die nichts mit der pochenden Wunde zu tun hatte. Es war seltsam, mit dem eigenen Großvater darüber zu reden. Obwohl die O'Callahans bezüglich dieses Themas weit weniger zugeknöpft waren wie manch andere. Schließlich ging es um Leben und Tod, wenn sie einen Fehler machten. Und genau dieser Fehler war Lír unterlaufen.

Lír zuckte zusammen, als Sullivan lauthals fluchte.

„Verdammte Scheiße Lír!", schnaubte er schließlich. „Ich würde dich gern fragen, wie das passieren konnte, aber ich kann es mir nur zu gut vorstellen." Sein Großvater seufzte leidgeprüft, als würde der Kummer der ganzen Welt auf seinen Schultern ruhen.

Einige Augenblicke war es still zwischen ihnen, bevor Lír sich leise räusperte. „Das zweite Siegel ist nicht so, wie es mir erzählt wurde."

„Wirklich?"

Lír hätte über den plötzlichen Stimmungswechsel seines Großvaters gelacht, wenn die Situation nicht so ernst gewesen wäre. Eben hatte er noch getobt und im nächsten Augenblick war er wieder ganz der wissbegierige Gelehrte.

Mit schiefem Lächeln sagte Lír: „Ja, wirklich. Sie kann meine Gedanken ebenfalls hören."

„Eine beidseitig telepathische Verbindung also", murmelte Sullivan.

„Ja." Lír lehnte sich in dem Sessel zurück und drehte sich zur Wand. Ziellos ließ er seinen Blick über die vielen Fotos, Zeitungsartikel, Urkunden und Zertifikate schweifen.

„Ich denke es liegt daran, dass Marleen auch ein übernatürliches Wesen ist." Sein Großvater brummte zustimmend. „Ich bin mir nicht sicher, wie es sich auf uns auswirkt, wenn ich New Port verlasse."

„Du willst dich von ihr trennen?" Sullivans Stimme klang verwundert. „Warum?"

„Großvater, ich..." Frustriert stieß Lír die Luft aus und schloss kurz die Augen. Mit schwacher Stimme sagte er schließlich: „Sie soll sich nicht gezwungen fühlen, wegen meines unseligen Wesens bei mir zu bleiben. Obwohl ich sie mehr als alles andere liebe und bei mir haben will, kann und will ich ihren Tod nicht riskieren."

Lír hörte, wie sein Großvater tief einatmete, aber noch bevor er etwas erwidern konnte, sagte Lír: „Ein Blutstropfen, Sullivan. Nur ein einziger."

„Ja, ich weiß." Sullivans Worte klangen ruhig und traurig. „Aber mein Junge, du weißt, dass du dich Zeit ihres Lebens keiner anderen Frau mehr nähern kannst?"

Darauf sagte Lír nichts – eine andere Antwort brauchte sein Großvater nicht.

Es war bereits Abend, als sie sich alle im Wohnzimmer einfanden und es sich auf den Sesseln gemütlich machten. Obwohl es schien, als wäre es ein Abend wie jeder andere auch, lag eine drückende Stimmung über ihnen. Nur lustlos vertilgten sie die Sandwiches, die Luna gemacht hatte.

Eng schmiegte sich Marleen an Lír, peinlich darauf bedacht, seinen Verband nicht zu berühren. Ihr war aufgefallen, dass er sich immer ungelenker bewegte. Aber jedes Mal, wenn sie ihn darauf ansprach, winkte er ab und sagte, er wäre nur müde. Unentschlossen wanderte Marleens Blick kurz zu ihrer Großmutter. Vielleicht sollte sie Lír einfach zwingen, ihr die Wahrheit über seine Verfassung zu sagen.

Aber das wäre nicht richtig, dachte sie. Mochten die Cromwells in Bezug auf ihre Sittlichkeit eine mehr als lockere Einstellung pflegen, so war doch ihr Ehrgefühl unerschütterlich. Niemals würden sie die Macht ihrer Stimmen für unlautere oder erpresserische Taten missbrauchen. Der ein oder andere sanfte, gehauchte Befehl beim Sex war etwas ganz anderes. Meist machten die Männer ohnehin mehr als willig bei ihren unanständigen Spielen mit.

Zufrieden seufzte Marleen, als Lír ihr einen Arm um die Schultern legte.

„Was beunruhigt deine Gedanken? Ich kann regelrecht hören, wie es in deinem Kopf rattert." Warm und rau hörte sie seine Stimme in ihrem Kopf.

„Ich mache mir Sorgen um deine Verletzung."

„Mir geht es gut."

Marleen legte den Kopf in den Nacken und schaute ihn mit zusammengekniffenen Augen an. *„Lüg mir nicht ins Gesicht, das kann ich nicht leiden."*

Statt etwas darauf zu erwidern, lächelte Lír schief und küsste sie auf die Stirn.

„Du bist furchtbar", brummte Marleen. *„Ich weiß gar nicht, warum ich dich leiden kann."* Ein warmes, unanständiges Lachen wehte durch ihren Kopf. Augenblicklich wurde ihre Haut von einer wohligen Gänsehaut überzogen und ihre Brustwarzen richteten sich auf.

„Perversling", nuschelte Marleen. Nur schwer konnte sie sich davon abhalten, Lír vom Sofa hoch und in ihr Schlafzimmer zu ziehen.

Überrascht zuckte Marleen zusammen, als sie von einem kleinen Kissen getroffen wurde. Anna, die ihr gegenübersaß, funkelte sie gereizt an.

„Marleen, hörst du überhaupt zu?"

„Entschuldigung, worum geht es denn?"

Sofia stieß ein leidgeprüftes Seufzen aus. „Wir besprechen gerade, wann wir uns von Aiden trennen." Ihr Blick fiel auf Lír, bevor sie weitersprach: „Wir hatten an heute um Mitternacht gedacht."

Marleen konnte zwar fühlen, wie Lír sich kurz versteifte, doch als er zustimmte, klang seine Stimme gelassen. Sie konnte es ihm nicht verdenken, schließlich planten sie den Mord an einem Mitglied seiner Familie. Obwohl Marleen sich hundertprozentig sicher war, dass Lír diesen Schritt ebenfalls für notwendig hielt, verstand sie seine unterschwellige Ablehnung gegen das Vorhaben.

„Es gibt kein Gericht, vor das wir ihn stellen könnten", sagte Lír. Seine Stimme war kühl und ohne jede Emotion. „So makaber es auch klingt, es ist ein Glück für die O'Callahans, wenn ihr euch der Sache annehmt. Ein anderes Urteil hätte mein Großvater über Aiden auch nicht gefällt." Marleen strich ihm behutsam über die Schulter. War es auch notwendig, war es doch nicht schön.

„Sehr gut", sagte Sofia. „Wollt ihr beiden mitkommen?"

„Ich nicht", sagte Lír entschieden. In Gedanken fügte er hinzu: *„Ich kann einfach nicht. Tut mir leid."*

Marleen schenkte ihm ein schiefes, wissendes Lächeln. „Ich bleibe auch hier."

Nadja seufzte und sagte: „Anders hätten wir es von dir auch nicht erwartet, kleine Schwester. Du konntest dich noch nie sonderlich mit unserer blutrünstigen Seite anfreunden."

Marleen zuckte mit den Schultern. „Es liegt eher an den ekelhaften Tangwäldern. Mich schüttelt es jedes Mal, wenn diese widerlichen Dinger mich berühren."

„Tang?", fragte Lír in die Runde.

„Ja", erklärte Anna. „Etwa zwei Meilen von hier, im offenen Meer, gibt es einen Tangwald, der auf einem verzweigten Labyrinth von Höhlen wächst."

„Es ist Menschen und anderen Landgängern unmöglich, dorthin zu gelangen", fügte Sara mit kühler Stimme hinzu.

Lír nickte langsam und Marleen musste nicht in seine Gedanken blicken, um zu wissen, dass er die Fakten richtig zusammengesetzt hatte: Die Sirenen würden Aiden ertränken und ihn in den Höhlen verstecken.

„Besser, als wenn ihr ihn auffresst", sagte Lír mit einer Spur Sarkasmus zu ihr. Laut sagte er: „Wie hätte ich denn mitkommen sollen, wenn dort kein Landgänger hinkommt?"

„Wir hätten dich in einem Boot mitschleppen können", sagte Sofia und Luna fügte glucksend hinzu: „Ja, wie in der abartigen Version einer Kutsche."

Grinsend schüttelte Marleen den Kopf. Ihre Familie war wirklich ein verrückter, angsteinflößender, liebenswerter und sehr spezieller Haufen.

Kapitel 16

Vier dunkle Gestalten entfernten sich vom Haus, steuerten auf die Klippen zu. Zwischen ihnen ging ein lebloser Körper, dessen Beine über das Gras schliffen. Ohne zu zögern, sprangen sie alle über den Rand der Felsen und verschwanden endgültig im Dunklen der Nacht.

Eine Gänsehaut breitete sich über Marleens Armen aus, während sie vom Fenster zurücktrat. Manchmal war es unheimlich, eine Cromwell zu sein. Ihr Blick glitt zu dem Mann, der mit geschlossenen Augen auf ihrem Bett lag. Egal was Lír sagte, ihm ging es nicht gut. Seine Haut war fahl und er bewegte sich äußerst vorsichtig. Bevor die Frauen aufgebrochen waren, hatte Sofia ihm ein weiteres Mal Antibiotika verabreicht.

Aber es hilft nicht, dachte Marleen beunruhigt. Sie setzte sich neben Lír auf die Matratze und legte ihm eine Hand auf die Stirn. Missbilligend verzog sie die Mundwinkel.

„Verdammt Lír, du hast Fieber und deine Hörner sind zu sehen", fuhr Marleen ihn an. Ohne auf seine Antwort zu warten, zog sie ihm das T-Shirt hoch und machte sich an dem Verband zu schaffen. Energisch schlug sie Lírs Hände weg, die sie aufhalten wollten.

Seine Augen funkelten sie ärgerlich, aber müde an. „Marleen, lass das."

„Wie würde es dir gefallen, wenn wir auf deinen Grabstein schreiben: ‚Lír O'Callahan, verreckt an seinem Stolz'?", zischte sie. „Hör endlich auf, hier den großen Helden zu markieren."

Lír stieß ein tiefes Brummen aus, ließ sie aber weitermachen. Noch bevor Marleen die letzte Verbandsschicht abgelöst hatte, wusste sie, dass sie tief in der Scheiße steckten.

Hässlich klaffte die Wunde noch immer quer über seinem Rumpf. Die Wundränder waren stark gerötet und es roch nach frischem Blut. Lírs gesamter Torso glühte regelrecht vor Hitze. Marleen fluchte leise vor sich hin, bevor sie aufstand und neues Verbandsmaterial holte. Als sie zurückkam, lag Lír unverändert da, die glühenden Augen halb geschlossen. Sein Atem ging stoßweise, als würde eine tonnenschwere Last auf seinen Brustkorb drücken.

Plötzlich war alle Wut aus Marleen verschwunden, stattdessen wurde ihr Herz von kalter Angst zusammengepresst. Achtlos ließ sie die Mullbinden fallen und rannte ans Bett.

„Lír", flüsterte sie und strich ihm beruhigend über die Stirn. „Entspann dich und versuch, tief zu atmen, sonst verlierst du das Bewusstsein."

Mattgoldene Augen mit schlitzförmigen Pupillen sahen sie unstet an. Es schien Lír schwerzufallen, den Blick auf sie fixiert zu halten. Immer wieder ging ein unkontrolliertes Zucken durch seinen Körper.

Marleen atmete geräuschvoll aus, als Lír mit erstaunlicher Kraft ihr Handgelenk umklammerte.

„Marleen", murmelte er in ihrem Kopf. *„Ich muss dir etwas sagen."*

„Wenn du keinen Arzt weißt, dem du auch als Inkubus unter die Augen treten kannst, hältst du jetzt besser den Mund und sparst deine Kraft."

Mir selbst fällt nämlich kein solcher Arzt ein, dachte sie verzweifelt. Kalter Schweiß ließ das T-Shirt auf ihrem Rücken kleben und ihr Magen rebellierte.

Lírs Griff verstärkte sich noch mehr. Sein Blick wurde eindringlicher, die Iris schimmerte und waberte in katzenhaftem Gold.

„Hör mir zu", forderte Lír mit rauer Stimme. „Ich muss dir unbedingt sagen, dass ich dich liebe."

„Ich weiß", erwiderte Marleen mit einem sanften Lächeln.

Doch Lír schien das gar nicht zu bemerken, er schüttelte nur den Kopf und sagte: „Nein, weißt du nicht. Ich…"

„Ich habe den letzten Teil deines Gesprächs mit deinem Großvater mitbekommen. Ich weiß, wie sehr du mich liebst." Mit einem leisen Seufzen legte sie ihre Stirn an seine und sagte: „Lír, du wirst mich nicht mehr los. Es war nicht einfach so daher gesagt, dass ich dich liebe."

Sanft strich Lír mit den Händen über ihre Arme, während er ihren Namen hauchte. Marleen schloss kurz die Augen und versuchte, ihr wild pochendes Herz zu beruhigen.

„Irgendwie hatte ich mir diesen Moment sehr viel romantischer vorgestellt", gestand sie Lír stumm.

Marleen wusste, dass sie ihn verlieren würde, wenn sie seine Verletzung nicht bald in den Griff bekommen würden. Sie konnte regelrecht fühlen, wie das Leben immer mehr aus ihm herausglitt, je höher sein Fieber stieg. Heiße Tränen brannten hinter ihren Augenlidern, die sie mit Mühe zurückhielt. Was sollte sie mit ihrem ach so langen Leben nur anfangen, wenn Lír starb?

Ruckartig öffneten sich ihre Augen bei diesem Gedanken. Als Sirene hatte sie mehr Lebensenergie als gewöhnliche Menschen. Außerdem erfreuten sie sich einer ausgezeichneten Gesundheit und hervorragendem Heilfleisch. Einige Cromwell-Frauen hatten bereits ihren zweihundertsten Geburtstag gefeiert. Es würde Marleen vielleicht nicht umbringen, wenn sie diese Lebenskraft teilte.

Deutlich erinnerte sie sich an das Gespräch mit Lír, als er ihr von den Siegeln erzählte. Der Gedanke, dass sich diese Siegel bei übernatürlichen Frauen anders verhielten, kam ihr wieder in den Sinn. Schließlich funktionierte das zweite Siegel auch anders – sie konnten sich mental verständigen und Marleen konnte seine Gedanken ebenso hören wie er ihre.

Es war gut möglich, dass die Absicht des Inkubus' die Siegel beeinflusste. Lír würde sie niemals verletzten wollen, da war sich Marleen absolut sicher – ganz im Gegensatz zu Aiden, der rücksichtslos und voller Habgier nach Saras Lebenskraft gehungert hatte.

Beunruhigt sah sie in Lírs bleiches Gesicht, die glasigen Augen.

Sein Atem ging leiser und als sie seinen Puls fühlte, war das Pochen gegen ihren Finger nur ein schwacher, unregelmäßiger Hauch. Hart schluckte sie gegen den Kloß in ihrem Hals an. Wenn sie jetzt nichts unternahm, würde Lír den nächsten Sonnenaufgang nicht mehr erleben.

Marleen leckte sich über die trockenen Lippen, atmete tief durch und fasste einen Entschluss. Behutsam strich sie Lír über das schweißnasse Gesicht, berührte ihn sacht an der Schulter. Schuldgefühle und Angst drückten auf ihr Herz, als sie ihre Sirenenstimme benutzte.

„Lír, bleib bei Bewusstsein." Ihre Worte waren leise und vorsichtig geflüstert, doch sofort zwang die Macht darin Lír die Augen zu öffnen. Irritiert sah er sie an, immer noch den goldenen Schimmer um die katzenhaften Pupillen.

„Marleen", murmelte er, sichtlich verwirrt. Doch sie schüttelte nur den Kopf. Tränen brannten in ihren Augen, doch sie blinzelte sie entschlossen fort.

Tief atmete sie ein und konzentrierte sich auf ihr Gesicht, auf ihren Kiefer. Schon nach wenigen Sekunden spürte sie den Druck darin, während sich die langen Eckzähne ausbildeten. Sehr spitze, rasiermesserscharfe Zähne, die mühelos durch Fleisch und Knochen gleiten konnten. Als sie fertig war, bemerkte sie Lírs beunruhigten Blick.

„Was hast du vor?", fragte er heiser.

„Ich werde dir das Leben retten."

Lírs Augen weiteten sich erschrocken, als er erkannte, was sie vorhatte. Doch noch bevor er sich bewegen, bevor er Widerworte geben konnte, sagte Marleen mit Sirenenstimme: „Beweg dich nicht, sei ganz still."

Augenblicklich wirkte der Zauber, Lírs Lippen pressten sich aufeinander und sein Körper wurde schlaff. Doch all das konnte nicht von dem panischen, aufgewühlten Ausdruck in seinen Augen ablenken. Marleen fühlte deutlich in ihrem Kopf, dass er gegen den Zwang ankämpfte. Aber so grausam es auch war, so sehr es auch gegen die Regeln der Cromwells verstieß, die Sirenenstimme so zu missbrauchen, hob Marleen den Bann nicht auf.

Stattdessen schob sie ihren rechten Zeigefinger zwischen ihre Lippen, wappnete sich gegen den Schmerz und biss einmal zu. Ohne jeglichen Widerstand drangen ihre scharfen Zähne durch die Haut und das Fleisch, ließen eine blutende Wunde zurück. Sobald sie den Finger aus dem Mund nahm, stockte Lírs Atmung. Verzweifelt blickte er auf das kleine Rinnsal aus Blut, das Marleens Finger hinunterlief.

Mit der anderen Hand strich Marleen sein verschwitztes Haar zurück. Ihre nächsten Worte trugen keinen Zauber in sich, als sie sagte: „Lír, du weißt genauso gut wie ich, dass du diese Nacht nicht überlebst. In ein Krankenhaus kann ich dich nicht bringen. Wenn sie entdecken, dass du kein Mensch bist, wartet etwas noch schlimmeres als der Tod auf dich." Eine einzelne Träne entzog sich ihrer Kontrolle und hinterließ eine kalte Spur auf ihrer Wange. Zitternd atmete sie ein. „Bitte, du darfst mich nicht dafür hassen."

Mühsam riss sie ihren Blick von Lírs Augen los, heftete ihn auf seinen Mund. Marleen war sich bewusst, dass sie ein unberechenbares Risiko einging. Sie vertraute ihr Leben einer Vermutung an. Nur für einen kurzen Augenblick gestattete sie sich, an die Möglichkeit ihres Todes zu denken.

Wie schwer es ihre Familie treffen würde.

Entschlossen verbannte Marleen diese Gedanken aus ihrem Kopf. Sie würde sich selbst nicht mehr im Spiegel betrachten können, wenn Lír starb.

Traurig, ohne jegliche Verführung und doch mit bezwingender Macht, sagte Marleen: „Lír, öffne den Mund, leck das Blut von meinem Finger und schluck es."

Behutsam legte sie ihren blutenden Zeigefinger an seine Lippen. Eine weitere Träne rann Marleens Wange hinunter, als sie Lírs krampfhafte Atemzüge hörte, seinen aussichtslosen Kampf gegen den auferlegten Bann.

Doch alles half nichts, denn die Macht der Sirenenstimme zwang ihn erbarmungslos zum Gehorsam. Wie in Zeitlupe teilten sich Lírs Lippen, die langen Eckzähne wurden sichtbar.

Marleen atmete zitternd aus, als sie seine warme Zunge an der Wunde ihres Fingers spürte. Erst jetzt wagte sie es, die Hand fortzunehmen und ihm wieder in die Augen zu sehen. Panik, Wut und Verzweiflung sahen ihr entgegen.

„Schluck das Blut", murmelte sie mit leiser, trauriger Stimme. „Bitte Lír."

Sie konnte sehen, wie die Muskeln und Sehnen an seinem Hals arbeiteten, während sein Körper ihrem Befehl gehorchte. Sobald er geschluckt hatte, brach der Bann ihrer Sirenenstimme. Schweißperlen glänzten auf Lírs Stirn, als er tief einatmete.

„Marleen!", zischte er, während er sie an den Handgelenken packte. In seinen goldenen Augen glänzte eine Mischung aus Angst und Hingabe. „Was hast du getan?!"

Aber noch bevor Marleen antworten konnte, hatte sie das Gefühl, einen heftigen Schlag auf die Brust bekommen zu haben. Die Luft entwich zischend aus ihren Lungen, gleichzeitig schien alle Kraft ihren Körper zu verlassen. Bleierne Müdigkeit überkam sie, lähmte ihre Muskeln ebenso wie ihre Gedanken.

Statt in Panik zu verfallen, breitete sich in Marleen ein seltsamer, heiterer Frieden aus... einen Augenblick später war alles vorbei.

Kapitel 17

Drei Tage später

Anna hatte sich nie für besonders mütterlich oder gluckenhaft gehalten. Nicht im herkömmlichen Sinne zumindest. Sie hatte ihre Töchter nicht dazu gezwungen, immer anständig, nett und höflich zu sein, nicht im Dreck zu spielen oder wirklich immer ihr Gemüse aufzuessen. Bei ihren ersten Dates mit Jungs hatte sie ihnen grinsend viel Spaß gewünscht und sie gebeten, sich nicht schwängern zu lassen.

Allen Cromwell-Frauen war diese gewisse Gelassenheit in die Wiege gelegt. Sie waren eine optimistische, tolerante Familie, die nur ihre eigenen Regeln einhielt. Diese aber konsequent. Keine der Frauen war jemals zu einem weinerlichen, verzweifelten Individuum verkommen und auch Anna hätte niemals gedacht, dass so etwas je passieren würde.

Aber nun saß sie hier, völlig am Ende und schwankend zwischen tauber Leere und einem Weinkrampf. Verzweifelt, weil ihre dritte Tochter seit fast drei Tagen in einer Art Koma lag. Sie war ihr Kind, ihre kleine süße Marleen. Sie sah so friedlich aus, als würde sie jeden Moment die Augen aufschlagen und sie anlächeln. Draußen war es bereits wieder dunkel geworden, das letzte Tageslicht ließ den Raum noch trostloser erscheinen.

Aber sie wacht nicht auf, dachte Anna bitter. Fest presste sie die Lippen aufeinander, um nicht doch noch zu weinen. Seit sie und die anderen Frauen am Morgengrauen zurückgekehrt waren, nachdem sie Aidens Leben beendet hatten, war Marleen nicht aufgewacht. Anfangs hatten sie noch gedacht, dass sie nur besonders tief schlief. Schließlich war sie ebenso wie alle anderen von den Ereignissen der letzten Tage ausgelaugt gewesen. Doch als sie selbst zur Mittagszeit nicht wach wurde, wollte Sofia sie wecken – ohne Erfolg. Schnell hatte sich gezeigt, dass Marleen in einem unnatürlich tiefen Schlaf gefangen war.

Aber nicht nur Marleen.

Annas Augen verengten sich, als sie zu dem Mann neben ihrer Tochter blickte. Lír O'Callahan wurde von demselben Koma gefangen gehalten wie Marleen. Anna wurde das Gefühl nicht los, dass Lír für den Zustand der beiden verantwortlich war. Denn als Sofia nach seiner Wunde gesehen hatte, war diese so gut wie verheilt gewesen. Nur noch eine blasse, hellrosa Narbe.

Einen solch schnellen Heilungsprozess hatte Anna bisher nur bei ihrer Familie beobachtet. Sie würde die Hand ins Feuer legen, dass Inkubi diese Fähigkeit nicht besaßen. Irgendetwas war geschehen, etwas Unwiderrufliches, das Lírs Wunde geheilt und ihn zusammen mit ihrer Tochter bewusstlos hielt.

Anna zuckte leicht zusammen, als sich eine warme Hand auf ihre Schulter legte. Sofia beugte sich mit einem besorgten Lächeln zu ihr hinunter, Trauer in den grünen Augen.

„Schätzchen, du solltest wirklich langsam mal aus diesem Zimmer herauskommen."

„Ich kann nicht", sagte sie leise, einen Kloß im Hals. „Ich habe Angst, dass sie irgendwann aufhört zu atmen." Zitternd holte Anna Luft, bevor sie noch leiser hinzufügte: „Sofia, das hier ist nicht normal. Sie sind beide so still."

Liebevoll strich ihre Mutter ihr übers Haar, wie früher, als sie klein gewesen war. Stumm vergoss Anna eine Träne nach der anderen. Sie war müde, traurig, verzweifelt und am Ende ihrer Weisheit. Behutsam wischte ihr Sofia über die Wangen.

„Die Mädchen haben Pizza bestellt. Komm runter und versuch, etwas zu essen. Es hilft niemandem, wenn du vollkommen entkräftet bist."

Widerwillig nickte Anna und blinzelte den Schleier vor ihren Augen fort. Ihr Verstand stimmte Sofia auch zu, aber ihr Herz wollte sich strickt weigern, diesen Raum zu verlassen - ihr Kind zu verlassen, das in Schwierigkeiten war. Dennoch zwang sie sich aufzustehen. Behutsam schlang Sofia ihr einen Arm um die Schultern und küsste sie auf die Schläfe.

„Alles wird gut", murmelte sie.

Gehauchte, unsinnige Worte, die nur eine Mutter sprechen konnte.

Er war gefangen in Dunkelheit, nur umgeben von stark wechselnden Emotionen. Nichts als die leise Ahnung von Bildern und Szenen streifte ihn, ohne das Schwarz zu durchdringen. Panik, Verzweiflung und ohnmächtige Wut wechselten sich im Sekundentakt mit reinem Glück, Verlangen und Liebe ab.

Etwas Namenloses flüsterte ihm zu, dass er genug geruht hatte. Dass nun alles bereit wäre. Ein sanftes Licht traf auf ihn, Zwielicht, das nach der vollkommenen Dunkelheit seine Augen reizte. Halb fürchtete er sich, darauf zuzugehen und die Heimeligkeit der Schwärze zu verlassen.

Es war der vertraute Duft von warmer Haut, der ihn schließlich herauslockte. Auf dem Weg ins dämmrige Licht der Realität kamen die Erinnerungen. Er erinnerte sich an seinen Namen, an das, was er war und an seine ungewöhnliche Familie. Kurz bevor Lír die Augen aufschlug, erinnerte er sich an Marleen. Der Gedanke durchzuckte ihn wie ein heißer Blitz und durchflutete ihn mit Wärme. Marleen, diese verführerische Frau, die ebenfalls kein Mensch war und sein Herz in Händen hielt.

Lír öffnete die Augen. Er befand sich in einem dunklen Zimmer. Durch die Fenster fiel kühles Sternenlicht. Seine Glieder fühlten sich schwer und unbenutzt an, als er sich vorsichtig bewegte. Als hätte er sehr lange stillgelegen. Aber als er versuchte, sich an den Grund dafür zu erinnern, herrschte in seinem Kopf ein wüstes Durcheinander.

Atemzüge, die tiefer wurden, lenkten seine Aufmerksamkeit neben sich. Ohne es zu wollen, lächelte Lír, als er Marleen neben sich liegen sah. Ihre blasse Haut schien von innen zu leuchten und er konnte deutlich den dunklen Kranz ihrer Wimpern erkennen. Behutsam strich er ihr über die Wange.

„Marleen", murmelte er mit belegter Stimme.

Langsam hob sie die Lider, als hätte sie nur auf ihn gewartet. In ihren Augen war fast kein Weiß zusehen. Auch ihre Stimme klang rau, als sie seinen Namen flüsterte. Langsam schob sie sich näher an ihn, schmiegte ihren Körper an seinen und legte ihren Kopf auf seine Schulter. Ein Schauer lief seinen Rücken hinunter. Ganz automatisch legte er die Arme um ihren Körper und seufzte wohlig.

Marleen küsste träge seinen Hals, den Ansatz seiner Schulter und strich ihm über die Brust. Die langsame Wanderschaft ihrer schlanken Finger verscheuchte die letzten Reste des Schlafs aus seinem Geist, machte seinen Körper auf erregende Art hellwach. Lír ließ die Finger durch Marleens Haar gleiten und griff fest zu, als sie zaghaft in seine Schulter biss. Bei der Berührung ihrer ungewöhnlich scharfen Zähne klingelte etwas in seinem Kopf.

Doch alle Gedanken verstummten, als die Frau an seiner Seite eine Hand über seinen Bauch hinunter zu seiner Erektion wandern ließ. Wie für ihn gemacht, schloss sich Marleens Hand um ihn und ließ Lír vor Erregung harsch einatmen. Dumpf hörte er das Murmeln ihrer fiebrigen Gedanken in seinem Kopf.

Ein leises, erotisches Summen, das seinen Herzschlag weiter beschleunigte.

Plötzlich konnte es ihm nicht schnell genug gehen. Er musste ihre Haut berühren – überall. Während Marleen noch damit beschäftigt war, wie eine Katze seinen Hals zu lecken, rollte er sich über sie und hielt sie zwischen sich und der Matratze gefangen.

„Marleen, ich brauche dich so sehr“, hauchte er, bevor er ihr sanft das T-Shirt über den Kopf zog.

Ihre Antwort kam sofort, ein heiseres Flüstern in seinen Gedanken: *„Ich dich auch.“*

Sie vergrub die Hände in seinem Haar und küsste ihn hungrig. Ein tiefes Stöhnen drang aus Lírs Brust, ehe er den Kuss erwiderte. Ohne von ihrem sündigen Mund abzulassen, streifte er Marleens restliche Kleidung ab. Nur kurz ließ er von ihr ab, um sich selbst zu entkleiden. Funken knisterten heiß zwischen ihnen, als Haut auf Haut traf.

Marleens Nägel kratzten über seine Kopfhaut, die Schultern und den Rücken. Gleichzeitig schlang sie die Beine um seine Hüften und ließ ihren heißen Schoß über seine Erektion gleiten.

Zischend atmete Lír ein, bevor er Marleen abermals hungrig küsste. Auch der kleinste Rest der zuvor bleiernen Müdigkeit war aus seinem Körper verschwunden und er glaubte, sich noch niemals so lebendig gefühlt zu haben. Lír zog eine Spur von kleinen, gehauchten Küssen an Marleens Hals hinunter, während er langsam in sie eindrang. Heiß und eng umschloss sie ihn, als sie ihm auf halbem Weg entgegenkam. Er presste die Zähne aufeinander, um nicht sofort heftig in sie zu stoßen.

Marleens Beine schlangen sich enger um ihn, während sich ihre Fingernägel in seine Schultern gruben. Kleine, gehauchte Worte drangen über ihre Lippen, die Lír im ersten Moment nicht verstehen konnte. Besitzergreifend strich er mit einer Hand an ihrer Seite entlang, bevor er sie auf ihre Lendenwirbel legte, um Marleens Körper noch näher an sich zu pressen.

Als er besonders tief in sie eindrang, hörte er ihr leises Flüstern. Der Zauber ihrer erotischen Sirenenstimme ließ seinen Kopf schwirren.

„Lír, hör nicht auf. Bitte, Lír."

Beseelt von dem Wunsch, ihrer Aufforderung nachzukommen, wiederholte er die langsamen, intensiven Bewegungen. Erst als sie mit scharfen Zähnen über die Haut seines Halses strich, wurde er sich ihres genauen Wortlauts bewusst.

Keuchend wich er von ihr zurück, löste sich aus ihrer Umarmung und zog sich halb aus ihrem Schoß zurück.

„Du hast meinen Namen gesagt!" Seine Stimme klang in seinen eigenen Ohren fremd. Von einer Sekunde auf die nächste lichtete sich das Chaos in seinem Kopf und alle Erinnerungen der letzten Tage pressten sich gleichzeitig in sein Gehirn.

Mit einem Ächzen, die Hände an den Kopf gepresst, zog sich Lír von Marleen zurück. Doch das bemerkte er kaum, während die Fülle an Informationen ihn plötzlich überrollte.

Aaron, der eigentlich sein Vorfahr Aiden war. Marleens Familie, die gefangen genommen worden war, dann der Kampf mit Aiden und Lírs Verwundung. Das Verhör im seltsamen Keller des Hauses, das Todesurteil über Aiden.

Phantomschmerzen durchzuckten seinen Körper, als er sich an die Pein erinnerte, die seine Wunde ihm bereitet hatte. Dann Marleen, wie sie ihm ihr Blut aufzwang…

Wieder keuchte Lír, sein Herz schlug hart und schmerzhaft gegen seine Rippen. Unsicher, fast panisch, strich er sich über die blanke Brust und den Bauch, sah hinunter und atmete zischend aus. Statt der hässlichen, schwärenden

Wunde, zog sich eine glatte, rosafarbene Narbe über seine Haut.

„Unmöglich“, entfuhr es ihm.

Panik erfasste ihn, als er seinen Blick zu Marleen hob. Mit großen Augen, die Beine noch immer leicht gespreizt, sah sie ihn an. Verwirrung und Angst sprachen aus ihrem Blick, die Augen ungewöhnlich dunkel. Nervös leckte sich Lír über die Lippen. Sein Kopf schwirrte, denn die Fakten und Erinnerungen in seinen Gedanken passten nicht zusammen. Es sollte nicht möglich sein, dass sie hier so zusammensaßen - lebend.

„Marleen, was hast du getan?“ Seine Stimme wurde brüchig, als er hinzufügte: „Warum hast du das getan? Warum hast mir dein Blut gegeben?“

Schmerz und Schuld ließen Marleens Augen noch dunkler werden, doch sie wandte den Blick nicht von ihm ab. Langsam setzte sie sich auf, während sie zitternd einatmete.

„Du wärst gestorben“, sagte sie leise. Lír fühlte das Chaos in ihrem Kopf, die Verzweiflung und Panik, die sie in der Situation empfunden hatte. Marleen räusperte sich leise und senkte den Blick. Ihr dunkles Haar bildete vor ihrem Gesicht einen dichten Vorhang.

Leise sagte sie: „Ich konnte dir auf normalem Weg nicht helfen und sterben lassen konnte ich dich ebenso wenig. Nicht, wenn die Möglichkeit bestand, dich zu retten.“

Lírs Kehle schnürte sich zu. „Aber zu welchem Preis?“

Er richtete sich auf und kam auf Marleen zu. Die Wärme ihrer Haut und ihr Geruch beruhigten ihn. Er neigte seinen Kopf, so dass er ihr wieder in die Augen sehen konnte. Deutlich waren dort Tränen zu erkennen, aber Marleen vergoss keine einzige. Behutsam strich Lír über ihre Arme, bevor er seine Stirn an ihre lehnte.

„Marleen, du hättest dabei sterben können. Wie hätte ich mit diesem Wissen denn leben sollen?" Sobald er telepathisch Kontakt zu ihr aufgekommen hatte, wandten sich alle Gedanken und Empfindungen in ihrem Kopf ihm zu. Es war, als wäre die Barriere zwischen ihren Gehirnen nur noch hauchdünn.

Lírs Herz stolperte, als er Marleens Gefühle für ihn durchlebte. Er empfand eine seltsame Demut darüber, wie tief ihre Liebe war und was für ein Narr er gewesen war, an ihren Gefühlen für ihn zu zweifeln. Behutsam nahm er ihr Gesicht in seine Hände. Zögerlich strichen Marleens Finger über seine Brust, über die rosafarbene Narbe.

„Ich habe es einfach riskieren müssen", murmelte sie in seinem Kopf.

Er fühlte, wie sie ihre Aufmerksamkeit von ihm abzog, als würde sie sich in ihrem eigenen Verstand umsehen. Lír ließ sie, streichelte immer wieder mit dem Daumen über ihre Wange und entspannte sich langsam. Seine Muskeln, die aufgrund des Schocks schmerzhaft hart geworden waren, lockerten sich wieder. Lír redete sich ein, dass seine kleine Nixe längst gestorben wäre, wenn seine Macht als Inkubus so funktioniert hätte, wie sie es bei normalen Sterblichen tat.

Als Marleen nach einiger Zeit wieder sprach, klang ihre Stimme erleichtert. *„Es sieht so aus, als teilst du nun meine gesteigerte Lebensenergie. Wir werden nicht sterben."* Sie rückte ein Stück von ihm ab und sah ihm in die Augen. In ihren blauen Tiefen spiegelte sich Freude und Liebe.

Doch etwas war anders, stellte Lír mit einem Stirnrunzeln fest. Wenn er genau hinsah, konnte er Bewegung in Marleens Augen erkennen. Wie flüssiger, schimmernder Lack bewegte sich das Blau – zusammen mit einem sanften Glühen.

Die Erkenntnis traf ihn mit voller Wucht. Zärtlich strich er über ihre weiche Wange, während er sagte: *„Die Sirene teilt* *ihre Lebensenergie mit dem Inkubus, aber irgendetwas gebe ich dir zurück, denn deine Augen verändern sich wie meine."*

Lír hörte ein leises, belustigtes Lachen in seinen Gedanken, das ihm einen wohligen Schauer über den Rücken jagte. *„Solange mir keine Hörner wachsen."*

„Und mir keine Schuppen."

Sie sahen sich an und brachen beide in leises Gelächter aus.

Zwischen den einzelnen Lachern küssten sie sich, berührten einander mit einer innigen Mischung aus Staunen und Gier und versuchten zu begreifen, was für ein unglaubliches Geschenk ihnen gemacht worden war.

Sie murmelten einander immer wieder Liebesworte zu, während langsam die Sonne aufging und sie sich im heller werdenden Tageslicht liebten. Als beide den Höhepunkt erreichten, fühlten sie sich dem Himmel so nah, wie es für die Lebenden möglich war.

Lautes Kreischen empfing Marleen und Lír, als sie die Küche betraten. Von einer Sekunde auf die andere schlug die eben noch drückende Stimmung im Haus um, wurde ausgelassen und fröhlich.

Marleen keuchte leise, als Anna sie schmerzhaft fest in die Arme nahm. Erst als auch sie die Umarmung erwiderte, fühlte sie das Zittern ihrer Mutter. Beruhigend strich sie ihr über den Rücken und das dunkelblonde Haar.

Ihr Herz zog sich zusammen bei dem offensichtlichen Kummer, der Anna anhaftete. Das Gesicht an ihren Hals gepresst, murmelte ihre Mutter: „Jag mir nie wieder so einen Schrecken ein. Ich dachte, ich hätte dich verloren."

Es war ungewohnt und beklemmend für Marleen, Anna in so einer Stimmung zu sehen. Seit sie erwachsen geworden war, war Anna mehr eine Freundin und Schwester für sie gewesen, als eine Mutter. Nicht, dass sie sich weniger geliebt gefühlt hätte, aber diese Wandlung war bei den Cromwells normal, da sie mental und körperlich sehr lange jung blieben. Anna nun wieder in der Rolle der besorgten Mutter zu sehen, zeigte Marleen deutlich, wie schlimm es um sie gestanden haben musste.

Aus dem Augenwinkel sah Marleen, wie Lír von Sofia erst auf die Schulter geschlagen wurde, bevor sie auch ihn herzlich umarmte. Gleichzeitig schwirrten ihre Schwestern um sie, berührten sie immer wieder und drängten Anna, sie loszulassen, damit auch sie sie umarmen konnten. In Saras grauen Augen sah sie Tränen schimmern, obwohl ihre kleine Schwester über das ganze Gesicht strahlte.

Es dauerte etliche Minuten, bis Marleen wieder einzelne Sätze aus dem aufgeregten Gerede heraushören konnte und nochmal so lange, bis jede der anwesenden Frauen sie umarmt, geküsst und berührt hatte. Schließlich war es Sofia, die den aufgeregten Haufen zur Ordnung rief und Marleen und Lír an den Esstisch setzte.

Erst nachdem man ihnen einen Berg Pancakes auf die Teller gehäuft hatte, fragte Sofia: „Was zur Hölle habt ihr angestellt? Drei gottverdammte Tage wolltet ihr nicht aufwachen und wir sind beinah gestorben vor Angst. Verflucht nochmal!“

Marleen biss sich auf die Wangeninnenseite, um nicht in lautes Gelächter auszubrechen.

Dennoch bemerkte Lír ihre plötzliche Belustigung und fragte: *„Hast du nun doch noch deinen Verstand verloren? Deine Großmutter sieht aus, als würde sie uns beiden gleich das Fell über die Ohren ziehen und du lachst?“* Marleen konnte deutlich seine Belustigung aus den Worten heraushören.

„So hat Sofia sich immer benommen, als meine Schwestern und ich noch Kinder waren und etwas ausgefressen hatten.“ Sie gluckste, bevor sie hinzufügte: *„Bloß damals hat sie nicht so ausfallend geflucht.“*

Marleen atmete tief ein und drängte ihre Erheiterung zurück. Sie wusste, dass ihre Familie sich um sie gesorgt hatte und wollte sich keinesfalls jetzt über sie lustig machen. Auch die Tatsache, dass sie scheinbar mehrere Tage nicht ansprechbar gewesen waren, ernüchterte sie.

Da es nichts nutzte, um den heißen Brei herum zu reden, platzte sie heraus: „Lír drohte zu sterben, darum gab ich ihm mein Blut und habe damit meine Lebensenergie mit ihm geteilt."

„Saugt er dich jetzt aus wie ein Vampir?", fragte Luna erschrocken. Ihre grünen Augen huschten zu Lír, ein drohender Ausdruck darin.

„Nein!", entfuhr es diesem alarmiert. Lír warf ihr einen kurzen Blick zu, ehe er sagte: „Wir haben selbst keine Ahnung, wie genau es funktioniert. Scheinbar ist es nun so, dass ich von Marleens Energie abbekomme, ohne dass es ihr schadet."

„Das will ich auch hoffen", brummte Anna.

Beschwichtigend legte Marleen ihr eine Hand auf den Arm. „Uns wird es gut gehen Mom."

Die nächste Stunde verbrachten Marleen und Lír damit, alle Fragen der Frauen zu beantworten, ihre Ängste zu zerstreuen und sich gleichzeitig immer wieder mit Essen vollstopfen zu lassen. Zwischendurch riefen mehrere Cromwell-Frauen an, die im Laufe der Tage von Marleens besonderer Situation gehört hatten. Marleen konnte Lír ansehen, wie überrascht er von dem Zusammenhalt der Frauen war.

„Du musst nicht traurig sein, dass es bei dir in der Familie nicht so ist", versicherte sie ihm, nachdem sie das Telefonat mit ihrer Tante Helena beendet hatte. Sie schmiegte sich auf dem kleinen Sofa enger an ihn und strich ihm beruhigend über den Oberschenkel. Marleen konnte die Freude, aber

auch den Kummer in Lír spüren, den er bei diesem verrückten Treiben empfand. Sie seufzte leise, als er einen Arm um ihre Schultern legte.

„Mich macht es immer noch krank, dass ein O'Callahan seine Gabe missbraucht hat", sagte er. *„Bei dem Gedanken daran fühle ich mich… schmutzig. Ihr hingegen seid so anständig."*

Ein kleines, ganz und gar nicht anständiges Lachen schlüpfte aus Marleens Kehle. Als Nadja sie mit hochgezogener Augenbraue ansah, erklärte sie: „Lír hält uns für anständig."

Sofia stieß ein entrüstetes Schnauben aus. „Mein Junge, da bist du leider auf dem Holzweg. Vergiss nicht, dass wir hin und wieder unsere Männer im Bett auffressen."

„Und gib dich nicht der Illusion hin, dass wir mit unserer Stimme nicht bereits das ein oder andere kleine, lukrative Geheimnis entlockt haben", fügte Luna mit einem Grinsen hinzu.

„Es wird wohl noch eine Weile dauern, bis ich mich mit den Taten meines Vorfahren abfinden kann", gestand er. Mitfühlend tätschelte Anna ihm die Wange, bevor sie in die Küche ging.

Marleen küsste Lírs Schläfe und murmelte ihm still beruhigende Worte zu.

Sara setzte sich neben Marleen auf die Sofalehne und stützte sich auf ihrer Schulter ab. Im Flüsterton, den dennoch alle im Raum verstehen konnte, raunte sie: „Es ist übrigens ziemlich unheimlich, dass ihr euch telepathisch verständigen könnt."

Ihre grauen Augen leuchteten gespenstig, als ihre Lippen sich zu einem verschlagenen Grinsen verzogen. „Andererseits kann Lír sicher das ein oder andere pikante Detail aus deinen Gedanken preisgeben, oder nicht?"

Als wäre ein Startschuss gefallen, bombardierten die Frauen Lír mit Fragen und Aufforderungen. Es dauerte nicht lange, bis Lír in schallendes Gelächter ausbrach, dem sich kurze Zeit später die restlichen Cromwell-Frauen anschlossen.

Augenblicklich fühlte Marleen, wie sich die Schuld, Angst und Scham in Lírs Gedanken verflüchtigten und seine Bedenken zerstreut wurden.

Einige Stunden später, während der dunkelsten Stunde der Nacht, wünschte sich Marleen, dass ihre Sorgen sich auch so leicht mit Geselligkeit und etwas Gelächter vertreiben ließen. Doch stattdessen war sie allein in der Dunkelheit unterwegs. Schweiß bedeckte ihren Körper, obwohl sie eine Gänsehaut hatte.

Wie ein verdammter Teenager hatte sie sich aus ihrem Zimmer und dem Haus geschlichen. Sie hatte sich ein hemdartiges Kleid übergestreift, welches sie nur nachlässig zugeknöpft hatte. Unter dem Arm trug sie ein übergroßes Badetuch.

Zielstrebig und in geduckter Haltung eilte Marleen auf die Klippen zu, über ihr ein wolkenverhangener Nachthimmel. In ihrem Leben war sie diesen Weg so oft gegangen, dass sie kein Licht brauchte. Das war gut so, denn sie wollte nicht riskieren, durch den Strahl einer Taschenlampe aufzufallen. Außerdem half ihre Sirene ihr, auch in der Finsternis noch etwas zu erkennen.

Marleens Herz schlug hart gegen ihre Rippen und sie hatte einen leichten Blutgeschmack im Mund, während sie mit rasselndem Atem die steile, ausgetretene Treppe hinunter zum Meer stieg. Wie auf Autopilot überquerte sie den schmalen Sandstreifen und kletterte über die scharfen Felsen, bis sie endlich in der verborgenen Lagune stand.

Undurchdringliche Schwärze hieß sie willkommen, nur das Rauschen des Meeres und der Geruch der See umgaben sie. Panik wallte in ihr auf, denn außer der kühlen Meeresluft und dem Schweiß auf ihrer Haut fühlte sie nichts. Kein Prickeln, kein Spannungsgefühl und kein Zwang, zum Wasser zu gehen. Sie presste sich eine Hand auf den Mund und wich zurück, bis sie in ihrem Rücken die raue Steinwand der Grotte spüren konnte. Marleen fürchtete, sonst auf den Boden zu fallen und zu schreien.

Dennoch zwang die Erkenntnis sie fast in die Knie - sie war keine echte Sirene mehr.

Marleen wusste nicht mehr, wann genau am vergangenen Abend ihr dieser Gedanke gekommen war. Fast so, als wäre ihr diese Tatsache von einer Sekunde auf die andere mit grausamer Härte bewusst geworden. Eine Eingebung, die ihr hier, in dieser kalten, dunklen Höhle, bestätigt wurde. Nie zuvor hatte sie sich so nah am Wasser, geschweige denn am Meer aufhalten können, ohne den fast schmerzhaften Zwang zu spüren, das kühle Nass zu berühren und sich zu verwandeln.

Marleen bemühte sich, gleichmäßig zu atmen, um nicht in Ohnmacht zu fallen. Eigentlich hätte ihr dieser Gedanke bereits kommen müssen, als Lír ihr von der Veränderung ihrer Augen erzählt hatte. Es war dumm und naiv von ihr gewesen zu glauben, dass das Schließen des dritten Siegels lediglich Lírs Leben retten und verändern würde. Dass sie völlig unberührt davon bleiben würde, bis auf die telepathische Verbindung zwischen ihnen.

Nun wusste Marleen, dass es sie weit mehr gekostet hatte. Das Handtuch entglitt ihren plötzlich kraftlosen Fingern. Ein leises Wimmern entfuhr ihr, als sie sich langsam auf die Knie hinunterließ. Durch den dünnen Stoff des Kleids fühlte sie die spitzen Steine unter sich, doch der Schmerz war nichts im Vergleich zu der Trauer in ihrem Herzen.

„Nein“, hauchte sie leise, aber entschlossen. Mit zitternden Händen griff sie zu den Knöpfen ihres Kleids und begann, einen nach dem anderen zu öffnen. Dabei hielt sie die Augen starr auf das Meer gerichtet. Marleen würde nicht in Verzweiflung verfallen, wenn sie nicht absolut sicher sein konnte.

Erst, wenn sich das Meer um sie schloss und sie trotzdem ein Mensch blieb, würde sie sich dieser abgrundtiefen Trauer ergeben.

Kaum hatte sie das Kleid von ihren Schultern gestreift, hörte sie Schritte näherkommen. Das knirschende, rieselnde Geräusch des Sands und leise Atemzüge wehten von der Öffnung der Grotte zu ihr hinüber. Nackt, aber wachsam, kauerte sich Marleen auf den Boden und beobachtete die Felsen. Augenblicke später hob sich schwach eine dunkle Silhouette gegen den Nachthimmel ab.

„Marleen? Bist du hier?“

Überrascht blinzelte Marleen, als sie Línrs Stimme hörte. Was hatte er hier zu suchen? Ihre Anspannung lockerte sich etwas, dennoch blieb sie auf dem Boden sitzen. Erst, als Lír die Felsen überwunden und seinen Weg in die Höhle gefunden hatte, stand sie langsam auf.

„Lír“, murmelte sie lediglich. Sofort richteten sich seine Augen auf sie, zwei golden schimmernde Punkte in der Dunkelheit.

Obwohl es ein unnatürlicher Anblick war, musste Marleen lächeln. Zu dieser nachtschlafenden Zeit war sie nicht das einzige Monster, das herumschlich. Ein Schauer lief über Marleens Rücken, als Lír zu ihr trat und über ihre nackten Arme strich. Seine Berührung wärmte sie und vertrieb etwas von der kalten Trauer, die ihr Herz erdrückte.

„Was machst du denn hier draußen? Willst du abhauen?“, fragte er leise. Seine tiefe Stimme vermischte sich mit dem leisen, steten Rauschen des Ozeans.

Seufzend lehnte Marleen ihre Stirn an seine Brust. Obwohl sie sich nicht telepathisch verständigten, spürte Marleen, dass Lír beunruhigt war. Er schien tatsächlich zu denken, dass sie sich aus dem Staub machen könnte.

„Nein, ich wollte nicht davonlaufen." Ein kleines Lächeln zupfte an Marleens Mundwinkeln. „Die Frage ist eher, wie du mich gefunden hast."

„Nun...", begann Lír mit deutlichem Unbehagen in der Stimme. „Ich... konnte fühlen, wie aufgewühlt du bist. Kaum warst du aus dem Haus, bin ich hinter dir her. Ich hatte Angst, dass du etwas Verrücktes tust." Wieder strich er über ihre Arme, ließ seine Hände über ihren Rücken hinunter zu ihrer Taille wandern. Lír klang belustigt, als er sagte: „Und offensichtlich hatte ich recht. Welche normale Frau würde schon nachts nackt in einer unheimlichen Grotte sitzen?"

Marleens Kehle verengte sich. Sie schluckte hart und sagte: „Eine, die keine richtige Frau und auch keine richtige Sirene mehr ist."

Eine einzelne Träne rann kalt ihre Wange hinunter.

Kapitel 18

Lírs Herz zog sich bei Marleens schmerzhaften Worten zusammen. Er schickte ein stummes Dankgebet gen Himmel, dass er Marleens Verschwinden bemerkt hatte und ihr gefolgt war. Sie hier nackt und so verloren in dieser Lagune vorzufinden, machte ihn ganz krank vor Sorge. Und was sie da sagte, ließ sein Blut gefrieren.

Beruhigend strich er über die kühle Haut ihres Rückens.

„Marleen, was sagst du da? Warum bist du keine richtige Sirene mehr?"

Zitternd atmete sie ein, der Griff ihrer kalten Hände um seine Taille wurde fester. Mit dem Gesicht immer noch an seine Brust gepresst, flüsterte sie: „Ich weiß nicht wann, aber im Lauf des Abends kam mir der Gedanke, dass ich keine echte Sirene mehr sein könnte, weil ich mit dir das dritte Siegel geschlossen habe."

Einen Augenblick setzte Lírs Herzschlag aus, ein lähmendes Schuldgefühl erfasste ihn.

„Ich wollte mir beweisen, dass es nicht stimmt", fuhr Marleen fort. Ihre Worte waren nur ein leises Murmeln gegen das An- und Abschwellen der Brandung. „Also bin ich hierhergekommen. Normalerweise halten Sirenen es so nah am Meer kaum aus. Sie fühlen sich dazu gezwungen, ins Wasser zu gehen und sich zu verwandeln."

Zitternd atmete sie ein und Lír konnte ihren Schmerz beinah körperlich fühlen. „Aber ich... ich sitze hier und fühle gar nichts. Keine Anziehung, keine Ungeduld, nur endlose Leere."

„Marleen." Hilflos und nicht in der Lage, irgendetwas für sie zu tun, schloss Lír seine Arme fester um sie. Maßlose Schuld drohte ihn zu ersticken. Fast wünschte er sich,

Marleen hätte ihn nicht zu dem dritten Siegel gezwungen, auch wenn er dadurch gestorben wäre.

Ihr ihre Identität, ihr zweites Ich zu rauben, war grausam.

Eine Sirene zu sein war ein großer, wichtiger Teil von Marleen. Es identifizierte sie mit ihrer Familie und machte sie Teil all dieser verrückten, liebevollen Cromwells. Nun nicht mehr komplett eins mit diesem Aspekt ihrer Seele zu sein… Lír schluckte hart gegen die bittere Galle an, die ihm in den Mund stieg. Er kam sich so erbärmlich vor.

Doch was ihm den Todesstoß versetzte, waren Marleens stille Tränen, die sie an seiner Brust vergoss. Lír ließ den Blick durch die dunkle Grotte wandern. Es war nur wenig Licht vorhanden und selbst Lír mit seiner verbesserten Nachtsicht konnte die Umgebung nur schemenhaft erkennen. Dennoch fand er schnell den seichten Teil der Lagune, wo die Wellen über den Sand leckten.

Behutsam rieb er Marleen über den Rücken, bevor er sie vorsichtig auf seine Arme hob. Über den unebenen, teils sandigen Boden der Grotte, bahnte er sich seinen Weg zum Wasser. Lír wusste, dass die Siegel der Inkubi weitreichende Folgen hatten, aber an eine derart starke, einschneidende Veränderung konnte er nicht glauben.

Marleen bewegte sich unruhig auf seinen Armen, als er einen Fuß ins Wasser setzte.

„Lír, was machst du denn?“

„Ich wollte schon immer nachts im Meer schwimmen gehen“, antwortete er sanft. Als er tiefer hinein watete, der kühle Ozean seinen Körper umschloss, spannten sich Marleens Arme fester um seinen Nacken. Deutlich konnte er die Furcht in ihr wahrnehmen, die Angst, dass es doch nicht funktionieren würde. Dass etwas Entscheidendes von ihr genommen worden war.

Gespannt hielt Lír den Atem an, als Marleens nackter Körper die Wasseroberfläche berührte. Die Sekunden verstrichen und es geschah… nichts.

Ein unmenschliches Schluchzen löste sich aus Marleens Kehle und ihre Arme lagen wie Schraubstöcke um seinen Hals. Ihre Tränen brannten heiß auf seiner Haut und verätzten ihn bis in seine nutzlose Seele.

„Sch, sch… wein nicht mein Schatz."

Fieberhaft überlegte er, was er sagen oder tun konnte, um ihren Schmerz zu lindern. Doch tief in sich wusste Lír, dass er nichts würde tun können. Der Wille kannte Grenzen. Harte, schmerzhafte Grenzen, die zu überwinden man niemals im Leben fähig war. Egal, wie sehr man es sich wünschte, wie verzweifelt man es versuchte. Marleens Verwandlung war ein automatischer, unbewusster Vorgang gewesen, sobald ihr Körper mit Wasser in Berührung gekommen war.

Bei diesem Gedanken horchte etwas in Lír auf. Sie beide waren durch das dritte Siegel verändert worden – aber bei weitem nicht zerstört. Es war unmöglich, dass etwas so Elementares wie die zweite Gestalt eines anderen übernatürlichen Wesens einfach weggenommen werden konnte.

„Vielleicht haben sich nur die Umstände geändert", flüsterte Lír. Mit äußerster Behutsamkeit legte er einen Finger unter Marleens Kinn und hob ihr Gesicht an, bis er ihr in die tränennassen Augen sehen konnte.

„Marleen, mein Schatz, meine wunderschöne kleine Nixe." Bei seinem letzten Wort entwich ihrer Kehle ein Wimmern. Aber Lír ließ nicht locker, auch wenn er ihr im Moment wehtat.

„Nein, egal was du denkst, du bist immer noch eine vollwertige Sirene." Als sie protestieren wollte, stahl er die Worte mit sanften Küssen von ihren Lippen und sagte: „Hör mir zu: Wenn das Geschenk der Sirene an den Inkubus ein längeres Leben war, warum sollte dann der Inkubus in mir nicht dir auch ein Geschenk machen? Vielleicht hast du nun die Möglichkeit, die Wandlung zu kontrollieren?"

Es dauerte einen Augenblick, bis Lír merkte, wie Marleen den Gedanken aufgriff, ihn in ihrem Kopf hin- und herdrehte.

„Vielleicht, wenn ich es mir nur stark genug vorstelle", murmelte sie in seinem Kopf.

Ermutigend nickte Lír. Je länger er darüber nachdachte, desto logischer erschien ihm diese Theorie. Es wäre zu einseitig, zu parasitär gewesen, wenn nur der Inkubus in ihm einen Nutzen aus dieser besonderen, wundervollen Verbindung ziehen würde.

Zitternd atmete Marleen ein und schloss die Augen. Lír konnte ihre Gedanken leise murmeln hören, ihren Wunsch an ihren Körper, sich zu verwandeln. Einige schreckliche, quälende Herzschläge lang geschah nichts, bevor Marleen einen harschen Wortschwall aus Flüchen und Dankgebeten ausstieß.

Lír fühlte, wie das Fleisch an ihren Beinen zu wabern begann und ließ sie los. Doch statt sich komplett von ihm zu lösen, hielt Marleen die Arme um seinen Nacken geschlungen und presste das Gesicht an seinen Hals.

Nur einen Herzschlag später fühlte Lír grauenhafte Schmerzen und doch unerträgliche Wonne zugleich. Marleen hatte ihn tiefer in ihre geistige Verbindung hineingezogen und er durchlebte die Wandlung mit ihr. Neben den erdrückenden Emotionen, die ihre Metamorphose erzeugte, konnte er ihre unbändige Freude und Erleichterung spüren.

Lír konnte nicht sagen, wie viel Zeit genau vergangen war, als es in seinem Kopf wieder still wurde und er mit seinen eigenen Empfindungen allein war. Er ließ seinen Blick auf Marleens dunklen Schopf hinunter wandern.

Im selben Augenblick sah sie zu ihm auf, ein unnatürlich tiefblaues Glühen in den großen Augen. Die Haut in ihrem Gesicht, auf ihrem ganzen Körper, schimmerte selbst in der dunklen Nacht wie Perlmutt. Lír fühlte mehr, dass sie lächelte, als dass er es sehen konnte.

Ohne ein Wort zu sagen, zog Marleen sich näher zu ihm, bis ihr teils menschlicher, teils verwandelter Körper sich fest an ihn presste.

Ihr Kuss war heiß und fordernd, als sie ihre Lippen auf seine presste. Mit einem leisen Stöhnen erwiderte Lír den Kuss, legte die Hände auf ihre schuppigen Hüften und zog sie noch näher an sich. Es war ein berauschendes Gefühl, derart glühend geküsst zu werden, während das kühle Meer um seinen Körper wogte. Drängend rieb Lírs Erektion gegen den nassen, schweren Stoff seiner Jeans.

„Ich würde jetzt nur zu gern über dich herfallen", murmelte er in ihre Gedanken. *„Aber anatomisch scheint mir das gerade nicht möglich zu sein."*

Mit einem kleinen, unanständigen Lachen zwickte Marleen ihm mit ihren Eckzähnen in die Unterlippe. Lír atmete zitternd ein und presste seine Hüften fester gegen Marleens glatten Sirenenkörper. Einige Zeit verharrten sie bewegungslos im Wasser, schwelgten in dem kühlen Nass und in der Erleichterung, dass das dritte Siegel keinem von ihnen Schaden zugefügt hatte.

Behutsam strich Lír über Marleens Rücken nach oben, erkundete mit den Fingerspitzen den fließenden Übergang zwischen Schuppen und glatter Haut, bevor er vorsichtig über ihren Hals strich.

„Müsstest du nicht eigentlich ersticken, wenn du nicht unter Wasser bist?" Mit äußerster Vorsicht berührte er die Kiemenspalten, die sich an ihrem Hals in ihre Haut eingegraben hatten.

Marleens Augen funkelten belustigt, als sie ihn ansah. „Nein. Unsere Körper können sowohl über als auch unter der Wasseroberfläche atmen. Du brauchst also keine Angst zu haben, dass ich als Sirene nach Luft schnappen muss wie ein gewöhnlicher Fisch."

„Du bist alles andere als gewöhnlich", murmelte Lír. Er wollte gerade etwas anderes sagen, als ihm etwas auffiel. Mit gerunzelter Stirn sagte er: „Du bist eine Sirene."

„Ja, auch schon gemerkt?", fragte sie ironisch, bevor sie leise vor sich hin lachte. Es war ein schöner, betörender Laut, aber er ließ Lír nicht den Verstand verlieren. Ebenso wenig wie ihre Worte.

„Marleen, benutzt du gerade deine Sirenenstimme?"

Trotz der Dunkelheit konnte er sehen, wie sie irritiert eine Augenbraue hob. „Lír, geht es dir gut? Bist du irgendwo hart mit dem Kopf aufgeschlagen?"

„Nein, bin ich nicht."

„Warum stellst du dann so seltsame Fragen?", konterte sie. „Natürlich spreche ich gerade mit meiner Sirenenstimme. Du weißt doch, dass ich in dieser Form gar nicht anders kann."

Nun war es an Lír, leise zu lachen. „Nun, meine hübsche kleine Nixe, dann scheint es so zu sein, dass du deinen Zauber auf mich verloren hast."

„Nein", lehnte Marleen prompt ab. „Männer können sich dem Zauber der Sirenenstimme nicht entziehen. Außer…" Sie neigte den Kopf schief und sagte schelmisch: „Bei homosexuellen Männern habe ich es noch nicht versucht. Bist du etwa über Nacht schwul geworden?"

Aufreizend presste Lír seine Erektion gegen sie, umschloss besitzergreifend ihr nackte Brust und knurrte: „Warte nur, bis du wieder trocken bist. Dann wirst du dir noch wünschen, diese Frage nie gestellt zu haben."

Schelmisch lachte Marleen vor sich hin, als sie sich von ihm löste und im schwarzen Meer verschwand. Lír überlief eine Gänsehaut. Er wurde das Gefühl nicht los, nicht mehr das gefährlichste Raubtier im Umkreis zu sein.

„Marleen, lass das. Du kannst doch in dieser Suppe überhaupt nichts sehen."

Wieder erklang ihr Lachen, dieses Mal direkt in seinem Kopf. *„Wer sagt, dass ich sehen muss? Ich kenne diese Küste in- und auswendig."*

Lír fühlte ihren kühlen, festen Leib an seiner Seite, bevor sie wieder davon glitt. Weil er keine Unterkühlung riskieren wollte, watete er zurück ans Ufer, zog sein T-Shirt aus und wrang das Wasser heraus.

Er wusste, auch ohne zu fragen, dass Marleen jetzt einige Zeit im Meer brauchte. Noch immer wurde ihm ganz schlecht bei der Erinnerung daran, wie elend sie sich gefühlt hatte.

Unvermittelt tat sich eine Lücke in der dichten Wolkendecke am Nachthimmel auf. Silbernes Sternenlicht ergoss sich wie glitzernde Seide über das Meer und erhellte die kleine Lagune. Einige Augenblicke später tauchte Marleen wieder auf. Ihre schimmernde Haut reflektierte das spärliche Licht. Lír wollte ihr helfen, als sie sich an Land zog, doch sie schüttelte den Kopf.

„Das kann ich allein. Meine Haut und die Schuppen sind unempfindlich gegen die scharfen Steine. Außerdem käme ich mir vor wie ein überdimensionaler Fisch, wenn du versuchst, mich an Land zu hieven."

Kopfschüttelnd, aber mit einem Lächeln auf dem Gesicht, ging Lír und holte stattdessen das große Handtuch, das Marleen neben ihre Kleidern gelegt hatte. Eine Welle von Zärtlichkeit und Wärme überkam ihn, als er zu ihr zurückging und sie darin einwickelte.

Marleens glimmende Augen sahen zu ihm hoch und in ihnen erkannte er dieselbe Hingabe, dieselbe grenzenlose Zuneigung. Ihre Gedanken und Gefühle drängten sich näher an seinen Geist, eine viel intimere Berührung, wie sie ihre Körper je finden konnten.

„Ich liebe dich auch", flüsterte sie leise in seinem Kopf, ehe sie ihre Lippen zu einem schiefen Lächeln verzog und hinzufügte: „Obwohl ich nicht sagen kann, dass mir deine Immunität gegen den Sirenengesang gefällt. Wie soll ich dich denn in Zukunft herumkommandieren können?"

Beide lachten und Marleen begann, sich trocken zu reiben. Fasziniert beobachtete Lír ihren Schuppenschwanz, dessen dunkles Blau in der Nacht pechschwarz wirkte. Mochte Marleens Sirenenstimme ihren Zauber auf ihn verloren haben, wusste Lír doch sehr genau, dass er dieser Frau, dieser anderen… Anderen niemals einen Wunsch abschlagen könnte.

Sie hatte sein Herz gestohlen und betörte ihn auf so viel mehr Arten, als nur mit ihrer süßen Stimme.

Kapitel 19

Schwindlig vor Glück, schmiegte sich Marleen enger an Lír und seufzte glücklich, als er seinen Arm um ihre Taille legte. Sie waren auf einem kleinen Spaziergang, nachdem sie am Morgen Lírs gemietete Wohnung geräumt hatten.

Alle seine Sachen befanden sich nun im Haus der Cromwells. Keiner von ihnen wusste so genau, was nun geschehen würde. Ob sie in New Port bleiben würden, im Haus der Cromwells oder sich etwas Eigenes suchten oder ob sie zu Lírs Großvater gehen würden.

Das ist mir eigentlich vollkommen egal, dachte Marleen mit einem Lächeln. Das wichtigste war, dass sie Lír an ihrer Seite hatte. Was sie miteinander teilten, war ebenso ein Wunder wie ein Fluch, den Marleen jedoch für den Rest ihres langen, langen Lebens in vollen Zügen genießen würde.

Bis zum letzten Atemzug.

Selbst in den Regenwald könnten sie gehen und Marleen müsste nicht fürchten, sich ständig unfreiwillig zu verwandeln. Allein wegen diesem unschätzbaren Geschenk der Freiheit würde sie den Inkubus neben sich ewig lieben.

Heißer Atem strich über ihr Ohr, als Lír ihr zuraunte: „Solange du mir deine Hingabe so zeigst wie gestern Nacht."

Ungehalten funkelte sie ihn an. „Du sollst aufhören, in meinen Gedanken herumzuwühlen. Mir gefällt es gar nicht, wenn du das machst."

„Aber mir gefallen deine Gedanken", erwiderte er, ein Funkeln in den Augen. „Vor allem, wenn du über mich nachdenkst."

Ein Schauer überlief Marleens Rücken, wohlig warm und sinnlich. Vom erotischen Standpunkt aus war es der helle

Wahnsinn, dass sie gegenseitig die Gedanken lesen konnten. Nicht wie ein offenes Buch, aber sie hatten bereits herausgefunden, dass in Phasen starker Emotionen die natürlichen Barrieren durchsichtig wurden.

Wie mit erotischen Souffleusen wurden Wünsche und Begierden ausgetauscht, ein überwältigendes Erlebnis.

Kopfschüttelnd, aber mit einem Grinsen auf dem Gesicht, riss sich Marleen von diesen Gedanken los. Es würde noch einige Zeit dauern, bis sie sich beide daran gewöhnt hatten. Etwas, worauf Marleen sich sehr freute.

Schweigend schlenderten sie weiter durch New Port, das in der flirrenden Mittagshitze menschenleer und verschlafen wirkte. Die Straßen waren wie ausgestorben.

Unvermittelt blieb Lír im Schatten eines Baumes stehen. Als Marleen ihn fragend ansah, deutete er mit einem Kopfnicken auf das große Gebäude vor ihnen.

„Wartest du hier kurz auf mich? Ich muss noch etwas erledigen."

Marleens Blick huschte zwischen Lír und der Bibliothek hin und her. Schließlich zuckte sie mit den Schultern und sagte: „Wenn du nach einer halben Stunde nicht wieder da bist, komm ich rein und hol dich."

Lírs leises Lachen strich wie Samt über ihre Haut. „Ist das eine Drohung oder ein Versprechen?"

„Du kannst es ja darauf ankommen lassen", schnurrte Marleen mit Sirenengesang in der Stimme. Für den Bruchteil einer Sekunde sah sie flirrendes Gold in Lírs Blick aufflackern. Er beugte sich zu ihr hinunter und zeichnete mit der Zungenspitze den Rand ihrer Lippen nach.

„Es ist immer noch verflucht sexy, wenn du in diesem Tonfall mit mir sprichst."

Grinsend und mit wiegenden Hüften ging Marleen zu einer Bank ein paar Schritte weiter und ließ sich elegant darauf sinken. Sie konnte Lír ansehen, dass er sie am liebsten über die Schulter geworfen und an einen abgeschiedenen Ort geschleppt hätte. Sie war eben immer noch eine Sirene. Eine Verführerin, die Männer anlockte und ins Verderben zog.

„Zu schade, dass ich nur noch an dir meine Verführungskünste anwenden kann", flüsterte sie ihm telepathisch zu.

Lírs Lippen verzogen sich zu einem trägen, einladenden Grinsen. *„Damit kann ich durchaus umgehen."*

Hitze sammelte sich in Marleens Bauch, wanderte tiefer und ließ ihren Schoß eng werden. Die Sekunden verstrichen, in denen sie in den Augen des anderen versanken, ehe Lír sich grinsend umdrehte und zur Bibliothek ging. Marleen wartete, bis die Türen sich hinter ihm geschlossen hatten, bevor sie ein leises Stöhnen ausstieß.

Mit halb geschlossenen Augen legte sie ihren Kopf in den Nacken. Ein sanfter, warmer Wind ließ die Baumkrone über ihr rauschen. Immer wieder stahl sich ein Sonnenstrahl durch die Blätter und fiel warm auf ihre Haut. Mühsam versuchte Marleen, die Hitze und das Verlangen in ihrem Körper wieder unter Kontrolle zu bekommen.

Ein schwieriges Vorhaben, wenn man bedachte, *was* sie war.

Marleen stieß ein kurzes, belustigtes Schnauben aus. So vieles war nun anders und doch hatte sich manches überhaupt nicht verändert. Hätte man ihr gesagt, was passieren würde, hätte sie sich Lír vielleicht nicht einmal auf zwei Meter genähert. Belustigt erinnerte sie sich an ihre Gedanken, als sie Lír getroffen und das erste Mal mit ihm gesprochen hatte. Es schien eine Ewigkeit seither vergangen zu sein.

Ein Schatten fiel auf ihre halbgeschlossenen Augen und Lírs vertrauter, warmer Geruch stieg ihr in die Nase. Lächelnd sah sie zu ihm auf. Er hatte die Hände hinter dem Rücken, als würde er etwas vor ihr verstecken. Neugierig versuchte sie, um ihn herum zu sehen, doch er drehte sich mit einem schelmischen Lächeln weg und trat einen Schritt zurück.

„Was hast du vor mir zu verheimlichen?“, fragte sie belustigt. „Soll ich in deinen Gedanken nachsehen, was es ist?“

„Nein, mit so etwas fangen wir gar nicht an, meine kleine Nixe. Außerdem ist es ein Geschenk.“

Marleen setzte sich aufrecht hin, nun von echtem Interesse erfasst. „Aus der Bibliothek? Ein Kamasutra-Lexikon vielleicht, damit uns die nächsten paar Jahrhunderte nicht langweilig wird?“

„Nah dran, nur dass es nichts mit Sex zu tun hat“, sagte Lír. Dennoch glitt sein Blick anzüglich über ihren Körper. „Ich denke nicht, dass wir in diesem Bereich schon Inspiration aus einem Buch brauchen.“

Um ein Haar hätte sich Marleen von dem heißen, anrüchigen Versprechen in seinen braunen Augen ablenken lassen. Aber nur fast. Einladend klopfte sie auf die Bank neben sich.

„Spann mich nicht länger auf die Folter. Was hast du geholt?“

Geschickt, so dass sie keinen Blick auf seinen Rücken werfen konnte, setzte sich Lír neben sie.

„Schließ die Augen“, forderte er. Marleen seufzte schicksalsergeben, gehorchte jedoch. Auch sie wusste, wann man nachgeben musste.

Gespannt wartete Marleen und zuckte kurz überrascht zusammen, als etwas Kühles, Schweres auf ihren Schoß gelegt wurde. Kurz darauf stieg ihr der Geruch von altem Leder in die Nase. Als sie die Augen wieder öffnete, schnappte sie überrascht nach Luft.

Begehrlich legten sich ihre Hände um das kostbare Buch, während ihr Blick fragend zu Lír huschte.

„Wie hast du das an dem schießwütigen Bibliothekar vorbei geschmuggelt?“ Während sie sprach, strichen ihre Fingerspitzen zärtlich über das kunstvolle Muster des Einbands. Die Linien und Erhebungen schmiegten sich weich und seltsam vertraut an ihre Haut. Sofia würde vergehen vor Glück, wenn sie ihr dieses Buch zeigte.

Lír zuckte lässig mit den Schultern und antwortete: „Ich habe es gar nicht herausgeschmuggelt, sondern vollkommen legal erworben." Fragend hob Marleen eine Augenbraue und er fügte hinzu: „Ich war von diesem Buch genauso fasziniert wie du. Es kam mir wie ein Verbrechen vor, es in diesem hintersten Regal versauern zu lassen."

Er blickte auf das besagte Buch in ihrem Schoß hinab.

„Fabelwesen dieser Welt" stand auf dem Buchrücken, umwunden von floralen Verzierungen und auf dem Buchdeckel ergänzt von detaillierten, lebendig wirkenden Darstellungen von Fantasiegestalten. Nur, dass diese mit größter Wahrscheinlichkeit niemandes Fantasie entsprungen, sondern sehr real, sehr lebendig waren.

„Ich wollte es der Bibliothek abkaufen, aber der Bibliothekar hatte es nicht in der Kartei. Für einen wirklich lächerlich kleinen Betrag hat er es mir überlassen." Lír schüttelte den Kopf, als würde es ihn wundern, dass der Mann nicht mehr für diese Kostbarkeit verlangt hatte.

Marleen zuckte mit den Schultern und sagte: „Vielleicht sieht es für ihn nur wie ein schön verziertes Märchenbuch aus. Er kann ja nicht wissen, dass es sich nicht nur um Fiktion handelt."

„Was wohl besser ist", fügte Lír mit einem schiefen Lächeln hinzu. Stille senkte sich zwischen sie, nur unterbrochen vom Wind und dem Rauschen der Blätter über ihnen.

Marleens Puls beschleunigte sich, als sie leise sagte: „Irgendwer sollte sich auf die Suche nach den anderen Anderen machen."

Lírs Blick bohrte sich intensiv in ihren und sie hörte deutlich seine Gedanken in ihrem Kopf murmeln. Langsam strich er über ihren nackten Arm. Marleen musste sich beherrschen, bei dieser kleinen Berührung nicht aufzustöhnen.

Langsam veränderten sich Lírs Augen. Die Pupillen zogen sich in die Länge, während das Braun sich in ein schimmerndes, unstetes Gold verwandelte. Die Bewegungen in der Iris zogen Marleen noch tiefer in ihren Bann.

Plötzlich nervös leckte sie sich über die Lippen, bevor sie fragte: „Was hast du in den nächsten Jahren vor?"

Lírs Blut schien in seinen Adern zu kochen.

Er war so auf Marleen konzentriert, dass er nichts mehr um sich herum wahrnahm außer ihr. Der zarte Duft ihrer Haut, ihren sinnlich geschwungenen Mund, den bannenden Klang ihrer Stimme und das faszinierende Dunkelblau ihrer Augen. Seine Welt bestand nur noch aus dieser unglaublichen Frau, die kein Mensch war. Ebenso wenig wie er.

Ein schiefes Lächeln zupfte an seinen Mundwinkeln.

„Weißt du, wie sehr ich mir bei der letzten Unterhaltung dieser Art ein Ja von dir gewünscht habe? Es war wie ein Schlag unter die Gürtellinie, weil du so erleichtert gewirkt hast, als ich alles nur als einen Scherz abgetan habe."

Dass sie nun von sich aus denselben Vorschlag machte, dieses Mal vollkommen ernst, berauschte ihn regelrecht.

Zögernd erwiderte sie sein Lächeln. Es ließ sein Herz nochmals höherschlagen, als er das kurze Aufflackern von blauen, quecksilberartigen Bewegungen in ihrer Iris sah. Es erfüllte Lír mit primitiver Genugtuung, dieses offensichtliche Zeichen zu sehen, wie der Inkubus Einfluss auf Marleen nahm.

Ihre Worte holten ihn in die Gegenwart zurück.

„Es ist schwer, alte Gewohnheiten abzulegen. Damals hätte ich nie gedacht, dass ich diesen Ort verlassen könnte.

Schon gar nicht mit einem Mann an meiner Seite.“ Marleens Lächeln wurde breiter und sie schmiegte sich an ihn. „Anscheinend haben wir es uns beide gewünscht, aber uns nicht getraut, ehrlich zu sein.“

„Jetzt habe ich das Gefühl, als könnte ich all meine Geheimnisse mit dir teilen“, fügte sie in Gedanken hinzu.

Als hätten ihre Worte einen Damm in ihm gebrochen, legte Lír das Buch beiseite und zog Marleen auf seinen Schoß. Er hatte nur ihr leises, verruchtes Lachen im Ohr, als er mit beiden Händen über ihre nackten Beine strich und seinen Mund auf ihren presste.

Wären sie an einem anderen, abgeschieden Ort gewesen, wäre er sofort über sie hergefallen. So musste er sich damit begnügen, ihre weichen Lippen zu küssen und seine Hände über ihren bekleideten Körper wandern zu lassen.

Zwischen kurzen und langen, neckischen und verführerischen Küssen, murmelten sie beide sinnlose Liebesworte zu. Als Lír Marleens kleine, scharfe Zähne an seinem Hals fühlte, lachte er kehlig. Behutsam nahm er ihr Gesicht in beide Hände und sah ihr tief in die Augen. Einzelne blauschwarze Haarsträhnen waren ihr ins Gesicht gefallen und verliehen ihr ein äußerst verführerisches, verruchtes Aussehen.

„Es wäre traumhaft, wenn ich den Anfang unserer kleinen Ewigkeit mit dir zusammen auf einer übernatürlichen Schatzsuche verbringen könnte. Aber Marleen…“ Sanft strich er ihr mit den Daumen über ihre leicht geschwollene Unterlippe. „Ich weiß, wie sehr du an diesem Ort und vor allem deiner Familie hängst.“

„Lír“, murmelte sie mit einem Lächeln, bevor sie kleine Küsse auf seinen Mundwinkel hauchte. „Meine Familie wie sie jetzt ist, wird sicher noch fünfzig Jahre oder länger bestehen, ohne sich großartig zu verändern. Die Welt jedoch…“

Kummer und Sorge umwölkten ihre Stirn. Gedankenversunken kämmte sie mit den Fingern durch das Haar an seinem Nacken.

„Die Welt dreht sich jeden Tag schneller und die Menschen lüften immer mehr Geheimnisse. Die übernatürlichen Spezies sollten Kontakt miteinander aufnehmen und sich… organisieren, verstehst du?"

Lír nickte und blickte auf das Buch hinunter. „Dieses Buch könnte uns helfen, die anderen Anderen aufzuspüren. Und sicher gibt es noch mehr solcher Werke."

„Vergiss nicht die Klatschblätter. Wie oft wird da von Hexen und anderen Verrücktheiten geschrieben? Neunzig Prozent davon wird Spinnerei sein, aber der letzte Teil?" Marleens Augen begannen vor Tatendrang zu leuchten, was Lírs Herz höherschlagen ließ.

Wieder küsste er sie, dieses Mal vorsichtig, als wäre sie aus Glas oder könnte sich jeden Augenblick in Luft auflösen.

„Ich liebe dich", flüsterte er in ihre Gedanken.

Er hörte Marleens glückliches Seufzen, bevor sie halblaut erwiderte: „Ich liebe dich auch."

Einige Minuten saßen sie noch da, küssten sich, berührten sich, bevor sie aufstanden und zurück zum Haus auf den Klippen gingen. Bei sich das ‚Buch über die Fabelwesen' und trunken vor Glück und Vorfreude auf ihre gemeinsame Reise.

Sie würden sie finden… die anderen Anderen.

Alle.

Leseprobe „Schlangengift“

Zweiter Teil der Reihe „Die anderen Anderen“

Shari war sehr vorsichtig gewesen. Wenn nicht sogar paranoid in ihrer Gründlichkeit, keine Spuren zu hinterlassen und von niemandem gesehen zu werden. Nun saß sie in tiefster Nacht am Strand. Nur der leise Wind in der spärlichen Vegetation und das Rauschen des Meeres waren zu hören.

Dennoch saß sie wie versteinert im Sand, obwohl alles in ihrem Körper sie zur Bewegung drängte. Sie anflehte, die Kleidung und menschliche Hülle abzustreifen und sich von den Fesseln der Zivilisation zu befreien. Aber Shari zwang die klagende Stimme in ihrem Inneren zur Ruhe, die sie erbarmungslos antrieb. Sie war verwirrt und rastlos. Sie sehnte sich nach der Schlangenhaut. Aber hier war nicht die Sahara. Es war kein menschenleerer Ort, sondern ein Strand ganz in der Nähe von Siedlungen.

Zischend stieß Shari die Luft aus den Lungen, die sie unbewusst angehalten hatte. Vor ihr wogte sanft das Meer, ein schwarzer Ozean, lediglich erhellt vom diffusen Licht des mondlosen Sternenhimmels.

„Es wird alles gut gehen“, murmelte sie vor sich hin. Ein letztes Mal stand sie auf und beobachtete ihre Umgebung sehr genau. Erst, als sie sich absolut sicher war, allein zu sein, begann sie, sich zu entkleiden.

Hektisch warf sie das schwarze Tuch von ihren Schultern, kickte die Ballerinas von den Füßen und riss sich das bodenlange Kleid vom Leib. Zusammen mit ihrer Unterwäsche stopfte sie alles in den kleinen Rucksack, den sie mitgebracht hatte. Letztendlich stand sie nackt und mit rasselndem Atem im kühlen Sand. Shari schloss die Augen und ließ die ersehnte Wandlung zu.

Keuchend fiel sie auf die Knie, als sich die Haut an ihren Beinen regelrecht auflöste und die Muskeln ihr den Dienst versagten. Shari presste die Lippen und Augen fest zu und krallte die Hände in den feinen Sand, um nicht vor Schmerz zu wimmern. Sie nahm kaum wahr, wie sich ihre Hände und ihr Gebiss veränderten, da all ihre Aufmerksamkeit von der qualvollen Umformung ihrer Beine beansprucht wurde.

Wie mit einer unsichtbaren Streckbank wurde ihre untere Körperhälfte in die Länge gezogen, die einst voneinander getrennten Extremitäten verschmolzen zu einem einzigen dicken Strang aus Muskeln und blutigem Fleisch. Shari ließ sich keuchend auf den Strand sinken, als die schwarzen und dunkelgrünen Schuppen hervortraten und den neugeformten Teil ihres Körpers bedeckten.

Alles hatte sich innerhalb von weniger als fünf Minuten abgespielt und doch rasten Sharis Herzschlag und ihr Atem, als wäre sie einen Marathon gelaufen. Vorsichtig strich sie sich die Locken aus dem Gesicht. Wenn sie die Schlangenhaut trug, musste sie aufpassen, sich nicht mit den scharfen Klauen zu verletzten, zu denen ihre Hände geworden waren.

Nach einigen Minuten drehte sich Shari auf den Rücken und blickte zu den Sternen auf. Ihren langen, muskulösen Körper rollte sie um sich auf wie eine Klapperschlange. Mit einem schiefen Grinsen erinnerte sie sich an Delias resignierte Miene, als sie ihr von ihrem nächtlichen Ausflug erzählt hatte.

„Warum musst du das immer im Freien tun? Wo jeder dich sehen könnte?“, hatte sie gefragt und dabei wie vor sehr langer Zeit, als Shari noch ein kleines Mädchen gewesen war, die Arme verschränkt und eine Augenbraue tadelnd erhoben. Shari wusste sehr wohl, dass auch Delia sich regelmäßig in ihre wahre Gestalt verwandelte, dazu aber im Haus blieb. Oft schlief sie als Naga, zusammengerollt auf einem Berg aus hunderten Kissen.

Aber Shari genügte das nicht, sie brauchte mehr, um vollkommen zur Ruhe zu kommen.

„Ich muss den Sand spüren", hatte sie flehentlich geantwortet.

„Du bist wie dein Vater und dein Bruder", hatte Delia geseufzt, bevor sie Shari mit einem Kuss auf die Stirn hatte gehen lassen. Sie wusste, dass Shari immer äußerst vorsichtig war und niemals zulassen würde, von einem Menschen entdeckt zu werden.

Mit kräftigen, wellenförmigen Bewegungen begann Shari, sich in den weichen, feinen Sand einzugraben. Schon nach wenigen Zentimetern stieß sie auf eine Schicht, die noch die Hitze des Tages gespeichert hatte. Mit einem glücklichen Seufzen drehte sie sich auf den Rücken, halb im Sand verschwunden, und blickte abermals hinauf in den Nachthimmel. Dennoch linderte es nicht den nagenden Schmerz, den sie in ihrem Herzen spürte.

Ihr Vater war vor über zehn Jahren gestorben – am Gift eines Naga. Unvorsichtig bei seinen Forschungen mit dem tödlichen Serum hatte er sich selbst vergiftet. Shari atmete zitternd ein und drängte die Tränen zurück, die ihr in die Augen stiegen. Tarek Narayan hatte genau gewusst, welches Risiko er mit seinen Versuchen eingegangen war, mit was für einer gefährlichen Substanz er experimentiert hatte.

Und Lien… Shari atmete zitternd ein. Selbst ihr freiheitsliebender Bruder, der es nie länger an einem Ort aushielt und nur sporadisch Kontakt zu ihnen gehalten hatte, war sofort gekommen, als er vom Tod ihres Vaters erfahren hatte. Als Shari zweiundsiebzig gewesen war, hatte Lien seine Koffer gepackt und war gegangen. Obwohl ihr letztes Treffen acht Jahre her war, fühlte Shari sich von ihrem älteren Bruder keinesfalls allein gelassen. Er würde kommen, wenn Delia und sie ihn brauchten.

Seufzend drehte sich Shari auf den Bauch, versuchte die dunklen Gedanken aus ihrem Kopf zu verbannen und starrte hinaus auf das schwarze Meer.

Nichts ahnend, das etwas von dort sie ebenfalls beobachtete.

Marleen hatte noch nie ein Problem mit der Dunkelheit gehabt. Vor allem nicht im Meer. Darum machte es ihr nichts aus, während einer mondlosen Nacht schwimmen zu gehen, denn ihre Sehkraft war sowohl im pechschwarzen Wasser wie auch im diffusen Sternenlicht um einiges schärfer und genauer als die gewöhnlicher Menschen.

Sie stieß ein leises, gurgelndes Lachen aus und schickte kleine Luftblasen zur Wasseroberfläche, als sie daran dachte, dass sie auf keinen Fall *gewöhnlich* war. Nicht, nachdem sie sich mit ihrem Inkubus-Liebhaber und seinem Menschen-Freund heftig darüber gestritten hatte, ob sie einen nächtlichen Badeausflug machen durfte oder nicht. Die Arme vor der Brust verschränkt, ließ Marleen sich auf den Meeresboden sinken.

Als ob ich mir von Männern etwas verbieten lassen würde, grollte sie still. Dennoch hatte sie ein hochheiliges Versprechen den beiden gegenüber gegeben, dass sie äußerste Vorsicht walten ließ. Allein schon ihrer Familie und allen anderen Anderen schuldete sie diese besondere Achtsamkeit, um nicht unerwünschtes Interesse darauf zu lenken, dass die Menschheit nicht so allein war, wie sie glaubte.

Ein Schwarm kleiner Fische zog träge an Marleen vorbei, während sie gedankenversunken ihr schwarzes Haar zu einem Knoten schlang. Sie konnte immer noch nicht ganz fassen, was für ein unsägliches Glück sie gehabt hatten, auf Eliah und seine Familie zu treffen. Marleen und die beiden Männer konnten es kaum erwarten, die anderen Mitglieder der Naga-Familie zu treffen.

Ob wir sie doch über unsere Suche nach der Familie Narayan aufklären hätten sollen?, ging es Marleen durch den Kopf. Es war gut möglich, dass sich die einzelnen Naga untereinander kannten. Wenn nicht alle, so mussten sie doch zu einigen ihrer Artgenossen Kontakt halten. Da es bei ihnen sowohl weibliche als auch männliche Individuen gab, mussten sie sich bei der Fortpflanzung nicht auf die Menschen verlassen.

Nicht so wie die Sirenen. Marleen wurde ganz flau im Magen, wenn sie daran dachte, dass es noch andere Familien wie die Cromwells auf der Welt gab. Irgendwo an den Küsten dieser Erde, im theoretisch selben Meer wie sie jetzt lag, gab es sicherlich noch andere Sirenen. Frauen, die mit betörenden Stimmen hin und wieder in die Haut einer Meerjungfrau schlüpften. Thea hatte ihr einmal von ihnen erzählt, als sie noch ganz klein gewesen war.

„Das muss warten", murmelte sie, die Worte durch das Wasser verzerrt. Zuerst mussten sie herausfinden, ob es die anderen Übernatürlichen wirklich gab, von dem das „Buch über die Fabelwesen" erzählte. Wenn man ihren Glückstreffer der letzten Tage betrachtete, schien es viel mehr andere Andere zu geben, versteckt zwischen den gewöhnlichen Menschen und nur für diejenigen zu erkennen, die selbst übernatürlich waren und wussten, worauf sie achten mussten.

Marleen machte einen tiefen Atemzug, genoss das kühle Streichen des Wassers an ihren Kiemen, und tauchte wieder auf. Sie hatte vor, bis zum Morgengrauen zu schwimmen – nicht nur, um Lír und Patrik zu ärgern, die sie am liebsten nur mit einem Teelöffel Salz in die Badewanne gepackt hätten.

Diese Nacht wollte Marleen auf keinen Fall nur am Meeresboden verbringen. Die Straße von Gibraltar, an der sie sich befanden, war der Übergang zwischen dem Mittelmeer und dem Atlantik. Es war so ganz anders als der Pazifik, den Marleen bisher gewohnt war. Das Meer fühlte sich anders an und doch war es vertraut. Gemächlich schwamm Marleen knapp unterhalb der Wasseropferfläche an der Küste entlang.

Am Hafen von Tanger hatte sie mitten in der Nacht ihre Kleider abgelegt und war ins Wasser gesprungen. Erst auf dem Grund des Hafenbeckens hatte sie sich verwandelt und war, ohne noch einmal zur Oberfläche zurückzukommen, hinausgeschwommen. Nun folgte sie dem geschwungenen Bogen, den die Küste Richtung Osten vollführte. Schon nach wenigen Meilen war an Land nichts mehr von Zivilisation zu erkennen, nur noch einsame, nächtliche Strände.

Mit einem Gurgeln tauchte sie auf, spuckte Wasser aus und sog wieder Luft in ihre Lungen. Auf dem Rücken treibend, die Brüste nur knapp vom Meer bedeckt, glitt sie durch die schwarze See. Ihr langes Haar streichelte wie ein seidener Vorhang ihren nackten Körper. Grinsend schloss sie die Augen und genoss das Gefühl, endlich wieder in ihrem Element zu sein. Die Hitze der Wüste war eindeutig nichts für Sirenen.

Ihre Gedanken trieben ebenso dahin wie sie selbst. Spielerisch rollte sie sich im Wasser herum, ließ sich von den flachen Wellen umherschaukeln und blickte immer wieder zum verlassenen Sandstrand hinüber. Aus einer Laune heraus schwamm Marleen näher zur Küste – und erstarrte mitten in der Bewegung. Irritiert kniff sie die Augen zusammen und starrte an den Strand.

„Das kann nicht sein", flüsterte sie leise. Und dennoch, irgendetwas wand sich da an Land. Etwas Großes, wirklich wirklich Großes. Hätte Marleen schwören müssen, hätte sie gesagt, dieses Etwas wäre sicherlich sechs Meter lang. Kein Tier der Welt sah so aus. Und auch kein Mensch.

Aber ein Übernatürlicher, ging es Marleen durch den Kopf. Obwohl sie im Meer nie fror, jagte ihr der Gedanke eine Gänsehaut über den Körper. Selbst die Schuppen ihres Fischschwanzes schienen sich aufzustellen. Schon wollte Marleen diese Überlegung als unsinnig abtun, aber dann schüttelte sie den Kopf, grinsend über ihre eigene Einfältigkeit. Einige Augenblicke wägte Marleen das Für und Wider ab, bevor sie ganz einem Motto ihrer Familie folgte: Hab deinen Spaß, entschuldigen kannst du dich später.

Mit einem schiefen Grinsen, begann Marleen langsam zum Ufer zu schwimmen. Je näher sie dem Strand kam, desto deutlicher konnte sie erkennen, dass es sich bei dem Individuum eindeutig nicht um einen Menschen handelte – aber ein Tier war es auch nicht. Viel mehr glänzte dort im diffusen Sternenlicht ein nackter, weiblicher Oberkörper, dessen untere Körperhälfte sich inzwischen im Sand vergraben hatte.

Die halbe… Frau lang auf dem Rücken, ihr dunkles, gelocktes Haar war auf dem hellen Sand ausgebreitet wie ein Fächer. Sie hatte die Augen geschlossen und auf ihrem Gesicht meinte Marleen, einen ähnlich seligen Ausdruck zu erkennen, wie sie ihn hatte, wenn sie nach viel zu langer Zeit wieder die Wandlung vollzogen hatte.

Da Marleen noch nie ein Freund von langen, geschwollenen Begrüßungsformeln gewesen war, überlegte sie nicht lange, als sie sich mit einer großen Welle an Land spülen ließ und nur einen Meter von der Frau entfernt strandete.

„Ach verdammt", maulte sie und spuckte Sand aus. „Jedes Mal bekomme ich eine Ladung Sand in den Mund." Mit einem angewiderten Gesichtsausdruck zupfte sie den Seetang von ihrem Fischschwanz. „Ich hasse Seetang. Absolut widerliches Zeug."

Die Frau drehte ruckartig den Kopf zu ihr, rappelte sich hektisch auf und stieß dabei eine Reihe von Flüchen aus – das wusste Marleen auch, obwohl sie die Sprache nicht verstand. Mit einem leisen, unanständigen Lachen zwinkerte sie ihr zu, hievte sich weiter an Land und setzte sich aufrecht hin. Sie strich sich das nasse Haar aus dem Gesicht. Es vergingen einige Herzschläge, in denen sich die beiden Frauen nur ansahen.

„Wer bist du?", fragte die Fremde mit schwacher, aber wohlklingender Stimme. „Und…", sie blickte zögerlich an Marleens Schwanz hinunter, „was bist du?"

„Ich bin eine Sirene und mein Name ist Marleen. Und wie ich sehe bist du…" Marleens Augen weiteten sich überrascht, als sie den dunklen Schlangenleib sah, der sich langsam aus dem Sand schälte. „Eine Naga! Na so was."

Dir hat das Buch gefallen?

Dann freue ich mich über eine Rezension!

Du willst immer auf dem Laufenden über meine Bücher und mich sein? Dann melde dich auf meiner Homepage www.melissa-ratsch.de zu meinem Newsletter an und erhalte vor allen anderen Infos zu neuen Büchern und exklusive Leseproben!

Außerdem bin ich auch auf Instagram: Melissa.Ratsch

Weitere meiner Bücher:

- Romantic-Fantasy-Reihe „Die anderen Anderen"
    - Sirenengesang
    - Schlangengift
    - Sturmwind
    - Irrlicht
    - Fuchsfeuer
    - Blutdurst
    - Neuschnee
    - Traumwandler
    - Nachtgeheimnis
    - Höllenfeuer
    - Wasserflüstern (März 2022)
- Romantic-Fantasy-Reihe „New Gods":
    - Erwachen
    - Erheben (Dezember 2021)
- Romantic-Fantasy-Reihe „Das Highborn-Projekt" (beendet):
    - Wolfshaut
    - Wolfsspur
    - Katzenseele
    - Grizzlyblut
    - Wolfsstimme
- Einzelromane:
    - Bis du mich weckst
    - Burned – Wenn in der Hölle das Licht ausgeht
    - Magical Stories – Zauberhafte Kurzgeschichten
    - Your Choice – Liebe auf Umwegen

Printed in Poland
by Amazon Fulfillment
Poland Sp. z o.o., Wrocław

86414688R00145